rowohlt

GEORG KLEIN

DIE LOGIK DER SÜSSE

Erzählungen

Rowohlt

Der Abdruck der Erzählung
«Nacht mit dem Schandwerker» erfolgt
mit freundlicher Genehmigung
des Suhrkamp Verlags. Sie ist der von
Johannes Ullmaier herausgegebenen Anthologie
«Schicht! – Arbeitsreportagen für die Endzeit»
entnommen. Copyright © Suhrkamp Verlag,
Frankfurt am Main 2007.

1. Auflage September 2010
Copyright © 2010 by Rowohlt Verlag GmbH,
Reinbek bei Hamburg
Lektorat Katja Sämann
Satz Arno Pro PostScript, InDesign,
bei Pinkuin Satz und Datentechnik, Berlin
Druck und Bindung CPI – Clausen & Bosse, Leck
Printed in Germany
ISBN 978 3 498 03555 6

INHALT

FUTUR EINS

DIE PFERDE DER KINDER

Die Kinder wissen es nicht. Unsere Kinder ahnen nicht einmal, wo sie ihr Leben verbringen. Letzte Nacht erreichte der fremd gewordene Mond erneut seinen Tiefstand. Nach drei Wochen lotrechten Aufstiegs, nach vierwöchigem, ebenso senkrechtem Sinken klebt seine gewaltig nahe Kugel wieder auf dem nördlichen Horizont. Dort, am unteren Wendepunkt seiner für mich noch immer schaurig neuen Bahn, ist seine Leuchtkraft am größten. Keinen von uns Altweltlern lässt das blaustichige Strahlen zur Ruhe kommen. Niedrigmondlicht nennen wir es, um zumindest den Trost eines Namens zu haben. Schlaflosigkeit treibt uns bei Niedrigmond zusammen, und palavernd rettet sich unsere dreizehnköpfige Runde in den Morgen. Auch zurückliegende Nacht blieb es, während die Kleinen schlummerten, nach langem Hin und Her dabei, dass ihnen das Wesentliche weiterhin verschwiegen werden soll.

Das muntere Häufchen, die vier Knaben und unsere drei kostbaren Mädchen, scheint das Fehlen von Vergangenheit nicht zu bekümmern. Der Wurmberg, der einmal die höchste Erhebung eines stolzen Territoriums war, den Orts-, Fluss- und Flurnamen als ein Dickicht eigener Art umschlangen, für die Kinder ist er schlicht ihr Zuhause. Jetzt, bei Niedrigmond, zieht sich das Wasser weit zurück, und unsere Restwelt erreicht ihre größte Ausdehnung. Die Kleinen spielen schon den ganzen Tag unten am Ufer. Nur die stärksten Böen des Sommerwinds tragen ihr fröhliches Geschrei den Hang hinauf an den Bunkereingang. Aus irgendeinem dummen Grund ist es mir und den alten Männern nicht gelungen, die wuchtigen Stahlflügel beizeiten in Bergtor oder Bergtür umzutaufen.

Die Kinder vergnügen sich an der Grünen Rutsche. Nur bei Niedrigmond liegt die feucht glänzende Rampe gut hundert Schritt lang frei. Dann steigt sie aus dem Wasser auf, um an ihrem oberen Rand schwarzzackig abzubrechen. Die Gleitschicht besteht aus festen, kurzfaserigen, an der Luft schmierig werdenden Algen. Es würde nichts ändern, den Kleinen zu sagen, dass ihre geliebte Grüne Rutsche ein Stück Fahrbahn darstellt. Sie wissen ja nicht, was eine Straße war. Der alte Kirchhoff behauptet, es handle sich um ein monumentales Fragment der Bundesstraße. Rund um den Wurmberg sei einzig sie derart breit gewesen, und erst jetzt, wo ihr Asphaltband untergegangen sei, klinge ihre Nummer wirklich wie ein Name. Uns Altweltlern, den anderen Greisen und mir, malt Kirchhoff gern aus, wie das imposante Bruchstück gleich einem riesigen Surfbrett am Berg zu liegen kam. Kirchhoff ist unser Romantiker, der Einzige, der dem schaurigen Pendelhub des Mondes die Schönheit des Neuen abzugewinnen vermag.

Da kommt er, als hätte er gespürt, dass ich an ihn denke. In einer guten halben Stunde sollen wir den nervösen

Schmidt und den tattrigen Buhr als Kinderwache ablösen. Obwohl Kirchhoff an die achtzig sein muss, hat sein Schritt etwas Federndes, fast Hüpfendes. Seine Kameraden schwören, erst unter den hiesigen Umständen habe er sich diese späte Munterkeit erworben. Zuvor sei er ein träger, übellauniger Pedant gewesen, einer, der zehn Jahre nach der Pensionierung noch immer – zur Sicherheit! – nicht nur Füller und Bleistift, sondern auch drei Stück Tafelkreide in einem speziellen Etui bei sich trug. Dazu so hypochondrisch, dass man zuletzt sogar erwogen habe, ihn nicht mehr zur jährlichen Harz-Tour einzuladen. Der Herrenwanderclub «Gut Fuß, Saxonia!», zwanzig Gymnasiallehrer im Ruhestand, hatte den Wurmberg am letzten Morgen der Altzeit in Angriff genommen. Auf halbem Weg teilte sich die Gruppe. Ausgerechnet Kirchhoff, bislang als miesepetriger Schlurfer verschrien, habe damals die Leistungsfähigeren zu ungewohnt forschem Marschieren angespornt. Nur diese Vorhut, Kirchhoff und elf weitere pensionierte Pädagogen, konnte sich rechtzeitig an meine Arbeitsstelle, zu mir in den Bunker, retten.

Kirchhoff raucht. Die Lehrer waren ohne Ausnahme Nichtraucher, sind alle erst hier oben den Zigaretten anheimgefallen. Kirchhoff treibt es am schlimmsten und ist wirklich nie ohne eine Kippe zwischen den Lippen anzutreffen. Weil er das Extremrauchen erst als alter Mann aufgenommen hat, wirkt es komisch geziert. Kirchhoff nennt sich selbst einen Kunstpaffer, und tatsächlich entzückt er unsere Kleinen damit, dass er verschieden große Kringel aus dem Mund pusten kann. Das mag so weitergehen. Unser Vorrat an Tabakwaren ist ungeheuer. Auch die Kinder, die, von unserem schlechten Vorbild verleitet, diesem Laster gewiss früh genug huldigen werden, könnten die vielen tausend Glimmstängel nicht verbrauchen, die hier oben, die im Landeswehrdepot Südost eingelagert wurden.

Es gäbe auch noch Hochprozentiges. Noch birgt der Bunker acht Kisten, voll mit einem regionalen Getreidekorn, dessen Name in meiner Kindheit durch einen holprig einprägsamen Werbeslogan sprichwörtlich geworden war. Ganz Deutschland hat einmal gewusst, was sich in doppeltem Gleichklang auf Kornsaat reimte. Ich habe den Schnaps hinter den Konserven mit der geräucherten Blutwurst, die keinem der alten Knacker mundet, versteckt. Es geschah in der weisen Voraussicht der Anfangszeit, als ich mich als Einziger im System der Lagerhaltung auskannte. Während des schlimmen ersten Winters haben sich die Greise dann nach und nach bis in den hintersten Stollen umgetan, und nicht einmal der medizinische Alkohol der Feldapotheken war vor ihnen sicher.

Kirchhoff will, dass ich mir vor unserem Abstieg an die Grüne Rutsche noch schnell etwas ansehe, drüben am Osthang warte eine Überraschung auf mich. Wahrscheinlich hat er bloß wieder irgendein Grünzeug entdeckt, und ich soll ihm bei der Namensfindung behilflich sein. Wie der Zufall es wollte, verfügt keiner von uns Altweltlern über solide botanische und zoologische Kenntnisse. Das Getier der Neuwelt krabbelte, brummte und gaukelte uns weitgehend namenlos entgegen, kaum ein Drittel der Blumen-

und Baumarten des Wurmberggipfels konnten wir bestimmen. Schließlich hat sich der wackere Kirchhoff des Notstands angenommen. Er macht unentwegt Skizzen und zeichnet nun schon im dritten Jahr Blätter, Blütenstände und Schmetterlingsflügel auf den Rückseiten meiner alten Dienstformulare ins Reine, so gut dies mit den leider nicht gerade hochwertigen Kugelschreibern unserer Bestände eben geht.

Alles, was Kirchhoff so blau auf weiß abbildet, bekommt einen Namen verliehen, und weil ich angeblich über besonders viel Phantasie verfüge, fragt er mich regelmäßig, wie irgendein Pflänzchen oder Tierlein in Zukunft heißen soll. Ich grübele mit und gebe mein Bestes. Aber wenn ich, wie neulich, lange über der passenden Bezeichnung für eine winzige, nicht unschöne grausilbrige Motte brüte, befällt mich jählings eine spezifische Traurigkeit. Das Kroppzeug bekümmert mich. Es schmerzt mich, dass die schwarzpelzigen Maulwürfe, die so eifrig wie eh und je die Erde des Wurmbergs aufwerfen, nach uns die größten Säuger der neuen Welt darstellen sollen.

«Was hältst du davon?» Kirchhoff stupst mich ungeduldig an, und wieder zucke ich nur mit den Achseln. Er ist der Pädagoge, soll er sich doch mit seinen ehemaligen Kollegen beraten, wenn ihm seine Entdeckung so großes Kopfzerbrechen bereitet. Ich bin froh über jeden Gedanken, in dem unsere Kinder nicht vorkommen. Mir, dem einzigen noch nicht greisen Mann, laufen sie oft genug hinterher und wollen bei den Arbeiten mittun, die ich notgedrungen übernommen habe. Es war wichtig, dass sie im letzten mörderisch strengen Winter erstmals beim Schneeräumen geholfen haben. Allein die Luftansaugstutzen am Ostfels frei zu halten war eine Heidenschufterei. Gleich zwei der Alten hatten sich damals beim Herumklettern auf dem vereisten Gestein die Knöchel gebrochen. Und einer, ausgerechnet der großtönende Schröder, humpelt bis heute an den Krücken, die Kirchhoff und ich ihm gebastelt haben.

Jetzt, im Frühsommer, haben die Kinder fast nichts zu tun, und ihr siebenköpfiges Rudel schweift auf eigene Faust über den Berg. Ich sollte sie mehr beschäftigen, und mir fiele auch das eine oder andere ein. So steht in der Geräte- und Ersatzteilkammer ein Karton mit merkwürdig zierlichen Macheten. Vermutlich waren sie für einen humanitären Einsatz unserer einstigen Bundeswehr irgendwo in den Dschungeln des früheren Afrika gedacht. Die beiden größten Jungen, wirklich kräftige Bengel, könnten damit schon Treibholzbretter spalten oder Wege in das undurchdringlich gewordene Brombeerdickicht des Südhangs hauen. Aber als ich dies in der nächtlichen Versammlung vorbrachte, unterstützte nur Kirchhoff meinen Antrag. Angeblich sei die Verletzungsgefahr zu groß. Messer, Scher' und Licht sollen weiterhin von unseren kleinen Zukunftsträgern ferngehalten werden. Die Frage, wovor sich die alten Herren, wovor wir alle uns in Wahrheit fürchteten, lag mir auf der Zunge, doch ich war klug genug, sie nicht in die Runde, sie nicht ins Licht des Niedrigmonds zu stellen.

«Woher kennen die Kinder das? Sag schon. Du hast

doch Phantasie.» Kirchhoff gibt keine Ruhe. Mit einer Haselrute fährt er die Zeichnung nach, die ihn zu Recht beunruhigt und deren unmissverständliche Umrisse den anderen Greisen, allesamt nervenschwächer als er, erst recht Kopfzerbrechen bereiten werden.

«Das war unsere Rike, das kleine Biest.» Kirchhoff spricht aus, was auch ich vermute, aber ich habe keine Lust, ihm ausdrücklich zuzustimmen. Seit dem vergangenen Frühling ist die Betonstele der Punkt, wo sich die Kinder morgens sammeln. Sie nennen das an der Spitze geborstene Artefakt «die Säule». Neulich habe ich Rike, ihre Anführerin, sogar «unsere Säule» sagen hören. Bergab im Gestrüpp liegt ein zweiter dieser Masten, ein etwas längeres Exemplar. Bevor dort alles vollends überwuchert wurde, konnte man sogar noch ein paar Meter Stahlseil und die großen Rollen der Seilführung in der Nähe des umgestürzten Trägers betrachten. Natürlich hat den Kindern niemand verraten, dass ihre Säule der einzige markante Überrest der einstigen Wurmberg-Kabelbahn ist. Und die Erinnerung daran, wie sie selbst als drei- bis fünfjährige Knirpse, als die allerletzten Fahrgäste, in einer der marienkäferroten Kabinen nach oben gondelten, ist – zu ihrem wie zu unserem Glück! – vom Schock der Katastrophe ausgelöscht.

Kirchhoff hat sich vor der Stele ins Gras gesetzt und kopiert mit seinem Kugelschreiber die Zeichnung der Kinder auf den Spiralblock, den er stets bei sich trägt. In der Anfangszeit beklagte er sich regelmäßig darüber, weder einen Bleistift mit Radiergummi noch seinen geliebten alten Korrektur-Füllhalter zur Verfügung zu haben. Schwarz und rot!

15

Damit ließe sich etwas anfangen! Vor seiner Pensionierung hat er Deutsch, Geschichte und Gemeinschaftskunde unterrichtet. In der zurückliegenden Versammlung schlug er erneut vor, endlich einen Lehrplan zu entwickeln und die Kinder in dem zu unterweisen, was wir auch unter den hiesigen Umständen für weitergebenswert erachteten. Schließlich seien inzwischen alle sieben im schulpflichtigen Alter. Höchste Zeit, zumindest mit dem Abc und den Zahlen zu beginnen! Wie üblich mündete die Diskussion in läppische Haarspaltereien, endete in großem Geschrei. Schmidt bekam eine seiner hysterischen Herzattacken, und gleich drei Altpädagogen stürzten nach draußen, um sich ins mondblau glänzende Gras zu übergeben. Seit der Katastrophe, als wir uns wochenlang nicht aus dem Bunker wagten, als schwingende Erdstöße durch den Wurmberg dröhnten, als sich funkensprühende Kriechströme über das Tor und die Stahlstützen der Eingangshalle schlängelten, seit dem pompösen Untergang der Altwelt, haben alle, auch ich, unter einem chronisch nervösen Magen zu leiden.

Nur den Kindern ist damals nicht der Appetit vergangen. Schweigend löffelten die Kleinen in sich hinein, was ich im flackernden Licht der Notbeleuchtung auf ihre sieben Plastiknäpfe verteilte, meist war es der gleiche kalte Brei, Haferflocken in mit Mineralwasser angerührter Trockenmilch. Wie ein Wurf Welpen schliefen sie auf einem provisorischen Lager aus Bundeswehrschlafsäcken. Selbst wenn der Bunkerboden schlimm schwankte, krabbelten sie auf allen vieren zum Klo und verrichteten dort ordentlich ihr Geschäftchen. Kein Junge, kein Mädchen pinkelte sich in den Schlüpfer! Ein Kompliment, das ich rückblickend der Gemeinschaft der alten Knaben von «Gut Fuß, Saxonia!» nicht machen kann.

Allein im Traum wimmerten die Kleinen leise nach Mama und Papa, nach größeren Geschwistern und besonders häufig nach ihrer Kindergärtnerin «Tante Ulrike». Mit ihr waren sie in der Seilbahn auf den Wurmberg gekommen. Erst auf dem letzten Stück hatte der ohne Vorwarnung losheulende Sturm die Gondel mit der Kinderhortgruppe wüst hin- und hergeschüttelt. Ich stand an der Station, als die Kabine auf kreischenden Seilrollen hereingeschaukelt kam. Tante Ulrike übergab ihre Zöglinge der Obhut der Senioren, die ich bereits vorsichtshalber in den Bunker gewiesen hatte. Dann versuchten wir draußen mit unseren Handys Verbindung zur Bodenstelle, zur Polizei oder zum Hubschrauberhorst der Bergwacht aufzunehmen. Wir bekamen kein Netz. Wir sahen, wie sich das Personal der Gipfelstation zu Fuß davonmachte. Schließlich stolperte auch Tante Ulrike, in der Hoffnung auf besseren Empfang, im Zickzack den Hang hinab. Ich rief ihr nach, dass dies keinen Sinn habe. Aber sie reagierte nicht, hörte mich wohl genauso wenig, wie sie das Bersten der Fichte hörte, deren Stamm, von einer Böe geknickt, auf sie zustürzte.

Als ich mich einen vollen Monat später, gefolgt vom alten Kirchhoff, zum ersten Mal wieder nach draußen wagte, war fast alles, was ich, der letzte Zeugwart des Landeswehrdepots Südost, am Wurmberg zu sehen gewohnt war, verschwunden. Dicht über uns wogte ein unbekannter Himmel. Schwefelgelbe, orange geäderte Wolken drückten herab auf eine Wüstenei. Dunkler, zähklebriger Schlamm bedeckte den Boden, aus dem die Stümpfe der Bäume ragten. Von der Bergstation der Seilbahn war kaum mehr als das Fundament zu erkennen. Nebelschwaden jagten hinauf in das böse Gewölk. Irgendwo hinter diesem Gebräu musste sich unsere alte Sonne verborgen halten. Kirchhoff begann zu weinen. Auch ich brach in ein jämmerliches Schluchzen aus. Als wir uns wieder beruhigt hatten, lauschten wir in das Heulen des Windes, und schließlich hörten wir heraus, wie nah das Wasser gekommen, wie dicht dem Wurmberg über Geest und Marsch, über Heide und Harz hinweg die Nordsee auf die Pelle gerückt war.

«Das können doch nur Pferde sein!»

Warum sollte ich Kirchhoff widersprechen. Zweimal, einmal in Weiß, einmal in Schwarz, ist ein Pferd auf dem grauen Anstrich der geköpften Seilbahnsäule zu sehen. Beide Gäule bäumen sich auf, beide schlagen mit den Hufen ins Leere, beiden flattert die Mähne. Kirchhoff hat ein Stückchen weiße Kreide im Gras gefunden. Ich kenne die Vorräte des Depots in- und auswendig. Tafelkreide gehört nicht zu den Beständen. Unser Schreibzeug ist streng rationiert. Von den zwölf Kugelschreibern, die wir noch besitzen, halte ich elf unter Verschluss; ein einziger ist dauerhaft an Kirchhoff ausgegeben. Alle Kugelschreiber haben blaue Minen. Womit die Kinder das anthrazitfarbene Pferd gezeichnet haben, bleibt uns schleierhaft. Ich lecke daran. Kohle scheint es nicht zu sein. Schwarz sind auch vier der Gestalten, die um die Pferde hüpfen, weiß gemalt sind die drei anderen. Wir brauchen uns nicht darüber zu verständigen, wen diese sieben Figuren darstellen sollen. Den schwarzen Kerlchen baumeln kleine Zipfel zwischen den Schenkeln, bei den drei weißen Gestalten sind just dort feine Kerben grau belassen.

Wir haben nichts dagegen unternommen, dass die Kinder schon im ersten Sommer nackt umherliefen. Im Juni war endlich die Wolkendecke aufgerissen, der Himmel blieb zart dunstig, aber es wurde herrlich heiß. Gewiss waren die folgenden Wochen unsere glücklichste Zeit. Das Gras brach durch die schlickfarbene Kruste. Jedes Hälmchen ein Held. Wie aus dem Nichts waren die ersten Ameisen da. Die schlammverklebten Büsche schlugen aus, sogar einige der geborstenen Bäume fingen an zu treiben. Die Welt begann neu. Mit großen Augen sahen die Kinder sich um. Lange blieben sie so stumm, wie sie es den ganzen Winter hindurch gewesen waren. Aber als dann der erste Vogel auftauchte, als ein jämmerlich zerzaustes, am Kopf halbkahles Amselmännchen hier auf der Stele den gelben Schnabel aufsperrte, zwitscherten unsere Kleinen mit ihm um die Wette.

«Was hält die Rasselbande da in den Händen?» Kirchhoff lässt nicht locker. Nun gut, ich will helfen, das Bild zu deuten, und hocke mich neben ihn. Wir sind uns einig: Die weißen wie die schwarzen Gestalten scheinen die beiden Pferde zu umtanzen. Jungen und Mädchen halten unterschiedlich lange Gegenstände in den Fäusten, Stöcke oder Stangen. Und bei einem der drei Mädchen könnte es sich sogar um eine Art Bogen handeln.

«Das ist Rike, das freche Luder!», knurrt Kirchhoff. Gut

möglich, dass er richtig vermutet. Rike hat sich, obgleich sie die Zweitkleinste der Gruppe ist, zu deren Anführerin aufgeschwungen. Mir gehorcht sie schon eine ganze Weile nicht mehr, und wenn ich ein anderes Kind um etwas bitte, habe ich in letzter Zeit nicht selten zur Antwort bekommen, es müsse erst «Tante Rike» fragen.

Gepriesen sei Kirchhoff. Ich lobe Kirchhoff. Egal, was er auf dem Kerbholz hat, er ist wahrlich nicht der Schlechteste. Die anderen elf, alle anderen Überlebenden des Wanderclubs «Gut Fuß, Saxonia!», dürfen von mir aus zügig zum Teufel fahren. Jeden werde ich, ohne eine Träne zu vergeuden, in die Erde des Wurmbergs betten. Aber wenn es einen Gott gibt, bitte ich den allmächtigen Burschen, mir meinen Kirchhoff noch ein langes Weilchen zu erhalten. Es ist gekommen, wie es kommen musste. Und nun, wo die Würfel gefallen sind, will ich zumindest mit meinem Kirchhoff, dem schlauen Greis, noch das eine oder andere Jährchen verplaudern.

Wir sitzen auf dem oberen Rand der Grünen Rutsche. An der allmählich braun werdenden Algenschmiere können wir erkennen, wo das große Schlauchboot ins Wasser geschoben wurde. Der Wind hat sich gelegt. Wir starren in den Dunst über der schwachen Dünung, in die Richtung, in die das Boot verschwunden ist. Dort hinten, im unsauberen Balken des Horizonts, ist um die Mittagszeit ein kleiner dunkler Fleck, vielleicht der Gipfel eines anderen Berges, auszumachen.

Hinter uns hören wir Schmidt asthmatisch schnarchen. Wir fanden ihn und Buhr, die wir als Kinderwache ablösen sollten, ins Gras des Ufers gestreckt. Eventuell hat unser Kommen Schmidt das Leben gerettet. Er lag auf dem Rücken, röchelte erbärmlich, und Kirchhoff erkannte, dass er an seiner in den Rachen geplumpsten Zunge zu ersticken drohte. Zwischen den beiden Ohnmächtigen entdeckten wir eine leere Flasche Korn, eine zweite, knapp halbvolle, hielt der schlummernde Buhr gegen den Bauch gedrückt. Die Kinder wussten, wie sie die beiden Alten schachmatt setzen konnten.

Bei den Betrunkenen steht der Bollerwagen, mit dem unsere Kleinen den Schlauchbootpacken bis hierher geschafft haben. Auf der Schräge der Fahrbahn fand sich dessen Schutzhülle. Die Pressluftflasche, mit der man ein solches Boot wirklich rasant schnell aufblasen kann, haben die sieben offensichtlich mitgenommen, was klug war, denn ihr Inhalt reicht für ein zweites Mal. Leider ist es das einzige im Bunker verbliebene Boot gewesen. Das Landeswehrdepot befand sich in Auflösung, bereits ein Jahr vor der Katastrophe hatte man alles militärisch Relevante abtransportiert. Und nachdem die allerletzte Kiste Munition hinausgetragen worden war, zog man auch die Bewachung ab. Ich, der unbewaffnete Zeugwart, genügte, um die geräucherte Blutwurst, die Haferflocken, das Schwarzbrot in Dosen, hunderttausend Zigaretten und das Objekt selbst zu beaufsichtigen.

Als wir das Ufer erreichten, trieb das Schlauchboot schon im Wasser. Die beiden kräftigsten Knaben hielten die Paddel in Händen, hatten aber Mühe, das große Ding in Fahrt zu bringen. Unsere Ankunft wurde mit bösem Geheul begrüßt; ganz wie auf der Stele dargestellt, hoben die Kinder die Arme. Und über die Grüne Rutsche ins Nasse schlitternd, erkannte ich die schlanken Macheten, über deren Herausgabe ich zurückliegende Nacht vergeblich mit den Pädagogen verhandelt hatte. Ein Junge und ein Mädchen, deren Haumesser an Gerätestielen aus meiner Werkstatt befestigt waren, stießen mit diesen Speeren drohend in die Wellen. Ich kraulte los. Ich bin nur ein mittelmäßiger Schwimmer, aber ich kam zügig näher. Schon konnte ich die schwarzen Doppelstriche erkennen, die sich die Bewaffneten auf die weißgeschminkten Wangen gemalt hatten. Gewiss hätte ich das Schlauchboot noch erreicht, wenn nicht die kleine Rike mit Pfeil und Bogen an dessen Heck getreten wäre.

Inzwischen hat Kirchhoff meine Wunde begutachtet, und er hält sie für nicht weiter schlimm, ein flacher Kratzer nur, der sich von der Stirnmitte zur linken Braue zieht. Als ich, vom ungewohnten Schwimmen völlig erschöpft, zurückkehrte und auf allen vieren die Grüne Rutsche hinaufkroch, tropfte Blut aus der Augenbraue auf die Wange und lief mir, vom Wasser verdünnt, süßsalzig in den Mund. Inzwischen ist der Riss verkrustet und wird zum Verheilen wohl nicht mehr als ein Pflaster brauchen.

Freund Kirchhoff hat den Spiralblock aufgeschlagen, um das Geschehene in ein Bild zu bannen. Ich blicke ihm über die Schulter und kann mich nur wundern, wie gut ihm das verfluchte Boot auf Anhieb gelingt. Kirchhoff hat mir erzählt, dass er in seiner Kindheit und Jugend unerhört viel, dass er wahrlich wie ein Verrückter gezeichnet habe. Als Jüngling liebäugelte er sogar mit einer Künstlerkarriere, aber dann wurde das bereits recht weit getriebene Talent doch auf dem Altar eines Lehramtsstudiums geopfert. Erst hier auf dem Wurmberg war es für ihn, nach einem halben Jahrhundert Latenz, wieder mit dem Bildermachen losgegangen. Geschickt strichelt er mir alle sieben Kinder als kleine dunkelgraue Figürchen ins Boot. Fürs Erste habe ich genug gesehen. Ich stehe auf und hole uns die halbvolle Flasche Korn.

Kirchhoff hat umgeblättert. Auf das neue Blatt wirft er mit schnellen, verblüffend sicheren Linien den Kopf der kleine Rike. Soll es mich jetzt wundern, dass er ihre Züge wie aus dem Handgelenk parat hat? Lieber trinke ich und reiche auch ihm die Flasche. Mir fällt auf, dass ihm keine Zigarette zwischen den Lippen klemmt. Stattdessen beißt er immer wieder in das Holz seines mir erstmals vor Augen gekommenen Schreibgeräts. Schwarz auf weiß, mit diesem weichen, fast fettig abschmierenden Stift, hat er das kindlich breite Gesicht, die unkindlich dichten Brauen und den stets ein wenig geöffneten Mund für uns, die Zurückgebliebenen, verewigt.

Just so, die unregelmäßigen oberen Schneidezähne halb entblößt, hatte ich Rike im Heck des Bootes stehen sehen. Dass sie ihre Waffe beherrschte, dass der erste Schuss kein Zufallstreffer war, bewies sogleich ihr zweiter, der mich am Hals streifte. Der dritte Pfeil, der schon auf ihrem Bogen lag, wäre vielleicht erneut in mein Gesicht ge-

23

schlagen. Und da mir bloß noch zwei Körperlängen bis ans Boot fehlten, hätte seine Wucht wohl ausgereicht, um mir ein Auge zu zerstören. Feig hielt ich inne, trat nur noch Wasser, hob sogar resignierend die Hand und musste hören, wie die Bande, wie die sieben, die wir für unsere Kinder gehalten hatten, mit schrillen Schreien über mein Aufgeben triumphierten. Entmutigt drehte ich ab. Ein letzter scheeler Blick gehörte der Schützin: Sie hatte den Bogen sinken lassen und beugte sich weit über den Gummiwulst in meine Richtung. Ihr Gesicht war kreidig weiß wie das der anderen, auch ihre Wangen waren von schwarzen Strichen geziert. Aber als ob dies für eine Anführerin nicht genüge, prangte ihr eine schmale Zeichnung auf der Stirn.

Noch einmal fragt mich Kirchhoff, aber ich schweige mich aus. Vorhin, als ich ihr maximal nah gewesen war, als mir Rikes dritter Pfeil drohte, als ich japsend auf der Stelle trat, hatten meine Augen Schweif, Mähne und Hufe überscharf erkennen können. Nun, da ich wieder an Land bin, da ich auf dem Trockenen hocke und mir der Korn langsam den Magen beruhigt, erweicht mein Blick. Und obwohl Kirchhoff schon wieder wissen will, wie die Kinder denn genau geschminkt gewesen seien, bekommt er keine Auskunft. Es scheint mir dringend angeraten, nicht in irgendwelche Erörterungen über Pferde einzutreten. Kirchhoff saugt und knabbert an seinem Stift, korrigiert noch ein wenig an Rikes Zähnen, führt das mysteriöse Schreibutensil erneut zum Mund, und ich bekämpfe, gegen Kirchhoffs Rücken gelehnt, die Erinnerung daran, wie säuberlich konturiert, wie unkindlich stilisiert sich der verflixte rote Gaul auf der Stirn des Mädchens bäumte.

Sei's drum! Freund Kirchhoff gibt Ruhe, und auch ich will Frieden halten. Er klappt den Block zu, er lässt sein Zeichengerät verschwinden und dreht sich um. Er zwinkert. Ich zwinkere so gut ich kann zurück und stehe auf. Kirchhoff streckt mir die Hand entgegen, und es gelingt mir, ihn hochzuziehen. Er hängt sich bei mir ein. So, auf vier Beinen, streben wir dem Bunker entgegen. Gut Fuß, Saxonia! Wurmberg ahoi! Das Neue hat das Weite gesucht. Am Horizont galoppieren die Pferde der Kinder. Hier bei uns gilt es nun, der alten Welt das Zipfelchen ihrer Zukunft zu erklären.

ANTENNEN

Kevins kleiner Bruder ist kein Satansjünger. Niemals hat er den Teufel angebetet, Kevins kleiner Bruder bastelt bloß inbrünstig gern. Keiner kennt diesen Hang zum wilden Handwerk länger als Kevin. Stets sind auf den Schreibtischen seines jüngeren Bruders, ob sie nun Schulbücher, Studienunterlagen oder Firmenakten beschwerten, auch die Utensilien von dessen Leidenschaft herumgelegen: das Etui mit den Mini-Schraubenziehern, eigenartig geformte Zänglein und die Elektronik-Lötpistole, deren schwarz verschmortes Näschen Kevin, sobald sein Bruder das Werkzeug ergriff, von jeher und scheinbar grundlos an das Böse denken ließ.

Selig bastelnd hat sich Kevins kleiner Bruder auf seine Begegnung mit den Mächten der Finsternis vorbereitet. Auch ohne etwas zu ahnen, war er auf dem Weg. Und weil ihm einst, vor fast zwanzig Jahren, kein anderer als Kevin erlaubte, in einem ersten waghalsigen Akt den gemeinsam genutzten Walkman auseinanderzubauen, weil Kevin ihm erst neulich sein wirklich sündteures Mobiltelefon zur Reparatur anvertraute, weil Kevin dem Technikfimmel seines jüngeren Bruders nie eine Schranke gesetzt hat, ist er an dem, was er nun ein Verhängnis nennen muss, wahrlich nicht unschuldig.

Es geht auf Mitternacht, gleich schlägt die Stunde. Zu fünft stehen sie auf dem verschneiten Teufelsberg, dem höchsten Punkt Berlins. Mareike, Kevins zukünftige Schwägerin, hat behauptet, dass sie aus magischen Gründen fünf sein müssten. Ach, schon im Kindergarten hatte Kevins Brüderchen eine Schwäche für schlimme Mädchen. Unweigerlich zog es ihn zu denen, die ihm, dem Braven, mitten im schönsten Spiel Sand in die Augen schmissen. Seit er spürt, was die Geschlechter trennt und magnetisch aufeinander ausrichtet, ist Kevins Bruder vernarrt in Gören, denen der Hunger nach der Bosheit des Jenseitigen ins Gesichtlein geschrieben steht.

Mehr als einmal hat er seinem großen Bruder erzählt, wie er auf offener Straße sein Herz an Mareike verlor. Sie stand bewegungslos vor einem Haufen Sperrmüll. Zum kurzen Rock trug sie eine orange-rot geringelte Strumpfhose. Durch ihre dünnen O-Beine sah Kevins Bruder den zu einer langgezogenen Acht gebogenen Empfangsdraht einer Fernseh-Zimmerantenne. Mareikes schwarz umschminkte Augen fixierten das Ding mit hilfloser Gier. Jedem technisch einfühlsamen Mann, jedem sensiblen Bastler musste bei diesem Anblick die Phantasie durchgehen. Kevins kleiner Bruder dachte sofort, gleich ihm sei auch dieser mageren Maid der in ihrem Viertel vorherrschende Kabelempfang ein Gräuel, wie ihn ziehe es dieses fremde Mädchen zu den am Äther saugenden Antennen. Zugleich schien sie in rührender Unbedarftheit zu rätseln, wie sich eine derart obsolet gewordene Apparatur wohl wieder in Betrieb nehmen ließe.

Damals, als sich Mareike bückte und ihr kindlich kurzer Zeigefinger der Innenkrümmung des Empfangsdrahts folgte, kam mit einem schüchternen Hilfsangebot in Gang, was sich jetzt zur Entscheidung rundet. Gleich ist es so weit. Alles, die bizarren Antennen, die sich über den Köpfen der fünf an Stöcken in die eisige Nachtluft recken, die schweren Akkus an ihren Hüften und die Spezialkopfhörer, deren Schaumstoff ihnen die Ohren wärmt, die ganze mobile Lauschanlage hat Kevins kleiner Bruder in den letzten Monaten für seine Liebste zusammengefummelt. In Mareikes Bibel, dem Großen Handbuch des Satanismus, steht, dass man es unbedingt zu fünft tun müsse. Eine fünfköpfige Schar besitze die besten Chancen auf eine gelingende Anrufung.

Wieder schnäuzt sie ihr Näschen in denselben Fetzen Papiertaschentuch. Längst spricht nur noch Enttäuschung aus ihrer mondbleichen Miene. Alle frieren arg; aber Mareike kann man beim Schlottern zusehen. Seit sie bei ihrem Verlobten wohnt, kocht der jeden Abend für sie. Doch es will nicht anschlagen. Kevins Bruder behauptet, ihr Untergewicht sei strahlungsbedingt. Denn vor Mareikes schmalem Becken pendelt der Zeiger des Messgeräts, mit dem er in der Verwandtschaft alle Telefone, jeden Toaster und jede Mikrowelle durchgeprüft hat, weit in den roten Bereich.

Ihre Hilfskräfte, die beiden halbwüchsigen Araber, die sich für jeweils zehn Euro bereit erklärt haben, mit ihnen auf den nächtlichen Teufelsberg zu steigen, grinsen sich unverhohlen zu. Der kleinere der beiden zeigt auf Kevins Bruder, tippt sich dann gegen die Stirn. Mareike, die es gesehen hat, faucht ihn böse an. Feixend steht der Bengel für sie stramm und präsentiert seine Antenne wie ein Gewehr. Kevins Bruder scheint nichts davon bemerkt zu haben, er zwirbelt, unverzagt in die stummen Muscheln lauschend, die Riffelknöpfe seines Funkverstärkers.

Kevin jedoch, der brave große Bruder dieses gottverlorenen Bastlers, ist auf Empfang. Längst schon hat er den Gerufenen im Ohr. Denn der hat, ich habe Kevin auserwählt. Ich – der, dessen Namen ihr nicht nennen sollt! – flüstere in Kevins Kopfhörer, seit der Mond aufgegangen ist. Ich benutze die Stimme jenes großgewachsenen, blondgelockten Showmasters, den Kevin seit seiner Kindheit mehr als jeden anderen Fernsehstar verehrt. Mit dem kindisch fröhlichen Organ dieses hünenhaft langen Blonden habe ich ihm mein Angebot unterbreitet.

Natürlich kenne ich Kevins Begehren, kein männliches Gelüst ist mir fremd. Jedem Kerl fasse ich an die Wurzel. Ich kann einrichten, dass Kevins üppige Kollegin Yasemin Ürdül sich schon morgen bis in die Spitzen ihrer hennarot schimmernden Mähne für ihn entflammt. Und weil es wirklich bitterkalt ist, weil es sogar mich ein wenig, quasi empathisch, an beiden Spitzen meines gespaltenen Schwanzes fröstelt, komme ich Kevin, was die verlangte Gegenleistung angeht, einen verführerischen Schritt entgegen. Ich beschränke mich. Ich übe mich in nobler Zurückhaltung. Hoch und heilig verspreche ich ihm, nicht nur seinen Bruder, sondern sogar meine alte Anbeterin

Mareike sollen ungeschoren bleiben. «Ich will nur die beiden Araber. Überlass mir bloß die zwei beschnittenen Zipfelchen!», raunt die Stimme des blonden Showmasters in Kevins Ohr.

Bis ins Detail weiß ich, wie dem wackeren Sachbearbeiter Kevin im zurückliegenden Bezirksamtsjahr speziell die arabischen Klienten die Arbeit zur Hölle gemacht haben. In den schlimmsten, in seinen schwächsten Momenten haderte er sogar mit seinem Schicksal als Angestellter des Öffentlichen Dienstes. Erst letzte Woche rang er die Hände über dem abgewetzten Behördenschreibtisch und bereute in Gegenwart eines besonders dreist fordernden Libanesen zähneknirschend, dass er sich nicht wie sein kleiner Bruder auf etwas Vernünftiges, etwas Technisches geworfen habe, um bei den Dingen, bei Röhren, Transistoren und Antennen, sein Glück zu suchen.

Ja, Kevin schwankt, und ich sehe es mit der mir eigentümlichen Wollust. Die Finger seiner Rechten verschwinden in der Jackentasche. Das Polyacryl seines Handschuhs schabt leise über den Griff der Pistole. Sein kleiner Bruder würde die Waffe auch im Mondlicht wiedererkennen. Denn er hat sie einst von seinem ersten Taschengeld gekauft und Kevin zu dessen achtem Geburtstag geschenkt. Heute hat Kevin die Pistole, einer dunklen Ahnung gehorchend, im Keller gesucht, gefunden und dann zum Auftanken nach Sankt Borromäus getragen. Sorgfältig verstöpselt ist sie mit auf den Teufelsberg gewandert, jetzt aber leckt das alte Spielzeug doch ein bisschen, und das katholische Wasser vereist Kevin den rechten Schenkel.

Mit wärmstem Tremolo lege ich Kevin dringlich ans Herz, sich endlich ins Gebüsch zu empfehlen und dort mit seinem Weihwasser eines meiner Zeichen in den Schnee zu spritzen. Damit wäre ihm seine feindliche Absicht, die Bewaffnung wider mich, verziehen, und unser Pakt träte umgehend in Kraft. Die arabischen Buben tuscheln. Gleich werden die kleinen Ganoven erneut Geld verlangen und mir so in die Klauen arbeiten. Noch einmal male ich Kevin die Reize Yasemin Ürdüls aus, säuselnd nenne ich sie die rote Venus von Charlottenburg. Ach, es zerreißt ihm fast das Herz.

Mein Sieg ist nah, denn Kevin ist nicht Jesus. Kevin, den ich in Versuchung führe, ist nur Verwaltungsmensch und ein Familientier. Daran rüttelt der Fürst der Hölle. Oh, Kevin wankt. Kevin wankt arg. Kevins Schwanken ist mir ein Wohlgefallen. Aber noch fällt er nicht. Ich höre, was er mir entgegendenkt: Auch die frechen muslimischen Schlingel seien unübersehbar Geschwister. Zwei einander treue Brüderpaare seien mit Mareike auf den Teufelsberg gepilgert. Brüderchen hin, Brüderchen her! Was soll's. Gib sie mir, Kevin. Gib mir die Ungläubigen. Was klammerst du dich fest. Links an die Moral des Öffentlichen Dienstes. Und rechts an dein Berliner Sippensentiment. Zwei lachhaft wurmstichige Säulen. Wagen sie wirklich, mir zu widerstehen?

Sie tun's und halten stand. Es ist vorbei. Satan flucht jäh mit eigener Stimme. Ich lästere die spießig guten Mächte. Mareike pinkelt erschrocken einen Tropfen. Und einen zweiten. Ihr Schlüpfer saugt beide auf. Kevin zückt die katholische Pistole. Ich weiche, und kopfüber in den frostharten Boden fahrend, furze ich heißen Schwefel. Der kleine Bruder, Kevins kleiner Bruder, hört es im Schaumstoff knarzen und freut sich wie ein Kind über den plötzlichen Empfang.

SHANGHAI SCHICKSAL

Vielleicht sieht das Ehepaar Sandmann tatsächlich so gut wie nichts. Kein einziger Blick Klaus Sandmanns wäre dann stark genug, um seine verspiegelten Augengläser zu durchdringen. Und die vielen dunklen Designer-Brillen, die ich bis jetzt auf Anja Sandmanns schöner Nase gesehen habe, gehörten zu ihrem Schmuck und wollten ihr Sehen so wenig verbessern, wie ein Ohrring einem Tauben zum Hören verhelfen soll. Aber keiner von uns, keiner aus dem Kölner Kunstfilz, mag den beiden das Blindsein recht glauben. Wir sträuben uns gegen die Totalität dieses Gebrechens. Ein Sich-blind-Stellen oder eine starke Kurzsichtigkeit scheinen so viel besser zu unserem Milieu und seinem Avantgarde-Kram zu passen.

Hier hingegen, hier in Shanghai, eine viertel Globusdrehung der Sonne entgegen, soll es nach Schätzung der UNESCO garantiert zweihunderttausend Schwerstsehbehinderte geben. Angeblich arbeiten die meisten, der westlichen Mitleidsgier entzogen, in kleinen Werkstätten, in Zulieferbetrieben der Elektronikindustrie. Auch die besten Masseure und Akupunkteure sollen Blinde sein. Wie viel davon auch stimmen mag, gewiss versteht man sich hier in Shanghai ohne Scham und ohne Koketterie darauf, aus ihrer Not eine gewinnbringende Tugend zu machen. Ich behaupte das einfach. Ich nehme mir heraus, unser putziges Köln und die chinesische Metropole platterdings in einen Vergleich zu setzen. Ich habe in beiden Städten mein Glück gesucht, habe in Köln reüssiert und in Shanghai bekommen, was einem durchschnittlichen deutschen Kulturschurken an Schicksal zusteht.

Die Kassette ist zu Ende. Kurz ist es still. Ich wälze mich, so gut es geht, auf die Seite. Das Bett, an das man mich gekettet hat, quietscht metallisch. Unter meiner Matratze müssen eiserne Federn sein. Inzwischen weiß ich ihr mechanisches Jammern zu schätzen. Auch wenn der Kassettenrecorder läuft, ist es schrill genug, um mich kurz von der Beschallung, der ich völlig hilflos ausgesetzt bin, abzulenken. Als eine fixe Idee quält mich seit über hundert Kassettendurchgängen die Frage, ob es Tonträger von 30 oder 45 Minuten Dauer sind. Und ebenso unsicher bin ich mir darin, ob das Hörprogramm, das meine Entführer für mich zusammengestellt haben, als Gehirnwäsche, als Folter oder eher als eine perfekt auf mich zugeschnittene Fortbildung einzuschätzen ist.

Seit meiner Gefangensetzung spielt man mir chinesische Sprachaufnahmen vor: Männer- und Frauenstimmen. Wahrscheinlich handelt es sich um Lehr- oder Schulungsmaterial. Der didaktisch insistierende Singsang gönnt dem Zuhörer nicht die kleinste wortfreie Pause. Nur an den Anfang und an das Ende jeder Kassettenseite ist ein kurzer, rasant gespielter Marsch gestellt. Die Redepassagen sind

34

von guter Qualität, die Musikstücke hingegen rauschen und knistern, als wären sie von uralten Schallplatten abgenommen worden – vielleicht direkt auf diesen antiquierten Recorder, den ich nicht sehen kann, den ich noch kein einziges Mal gesehen habe, den ich vielleicht niemals sehen darf, weil mir nicht nur die Hände gefesselt, sondern auch die Augen verbunden sind.

Daheim in Köln hat in der letzten Woche wohl endlich der Frühling Einzug gehalten. Und wenn ich die Zahl der Tage, die ich in diesem Keller der historischen Shanghaier Chinesenstadt liege, richtig aus den bewusst erlittenen, aus den peinlich genau mitgezählten Kassetten und aus der vermutlichen Länge meiner Schlafintervalle hochrechne, müsste just heute in der Audio-Galerie OHR-LÖSUNG das traditionelle OPEN SPRING LISTENING meiner Hörbuchverleger über die Bühne gehen. Diese akustische Vernissage, mit der Anja und Klaus Sandmann ihr neues Jahresprogramm vorstellen, ist Kult. Wer in der Domstadt sein Heil in der experimentellen Künstlerei sucht, muss eine der knapp bemessenen Einladungskarten ergattern. Die Vernissage beginnt um Mitternacht. Die Galerie wird dann nur von ein paar hundert zuckenden Teelichtern erhellt. Und als wäre dies noch nicht schummrig genug, verbirgt jeder, der die Usancen kennt, seine Pupillen zu Ehren der Gastgeber hinter einer extradunklen Sonnenbrille. Ich habe es letztes und vorletztes Jahr nicht anders gehalten und mich bloß beim ersten Mal kurz für dieses Blindekuh-Spiel geniert.

Der Recorder surrt hungrig. Gleich werden meine chinesischen Entführer die nächste Kassette einlegen. Bis dahin darf ich noch ein wenig dem Verkehr lauschen. Ich höre ihn ganz leise, dafür direkt über mir, als wäre mein Gefängnis unter den Asphalt einer größeren Straße gegraben. Shanghai ist eine herrlich lärmende, eine Tag und Nacht kindlich vor sich hin plärrende Stadt. Das habe ich sogleich genossen. Vielleicht muss sich unsereiner erst einige tausend Meilen von zu Hause entfernen, um sich wieder recht herzlich am nackten Krach seiner Zeitgenossen zu erfreuen.

Das Tuch, das meine Augen am Sehen hindert, sitzt stramm. Aber durch geduldiges Schaben an der Matratze ist es mir vorhin endlich gelungen, den unteren Stoffrand ein wenig nach oben zu schieben – so weit, dass ich zumindest den schattenhaften Umriss meiner Nasenspitze erspähen kann. Das Zimmer ist nicht völlig dunkel. Einer der Wächter kommt. Der Lichtstreif einer Taschenlampe wischt über mich. Kurz hat mein Blick zwei Knöpfe meines Hemdes ergattert, des neuen gelben Seidenhemds, das ich mir gleich während meines ersten Shanghai-Bummels, noch keine zehn Minuten vom Hotel entfernt, gekauft hatte und das ich dann, am Abend der Entführung, beim Auftritt in der Villa des Shanghai Institute For Advanced Studies zum ersten Mal trug. Das Kassettenfach des Recorders schmatzt. Eine neue Kassette klickt ein: hell quäkende, fröhlich voranstampfende chinesische Marschmusik.

Was meinen Ruf, was mein artistisches Renommee angeht, verdanke ich Klaus und Anja Sandmann viel, womöglich alles. Als ich vor zwei Jahren, ungeladen, als Begleiter einer damals einigermaßen bekannten Düsseldorfer Nacktperformance-Künstlerin, auf dem Open Spring Listening der Sandmanns auftauchte, hatte ich nicht mehr als ein paar Gedichte in Zeitschriften und im Internet veröffentlicht. Am Buffet kam ich mit Klaus Sandmann ins Gespräch. Ich war nicht hungrig, aber aus purer Unsicherheit stopfte ich mir ein Käsehäppchen nach dem anderen in den Mund. Daneben trank ich zu schnell zu viel Bier. Alkohol macht mich mutig, und so gab ich mich vor dem Gastgeber keck als Stand-up-Poet aus. Klaus Sandmann strich sich, während ich über die kathartische Kraft des Spontanreims schwadronierte, nachdenklich mit der linken Hand über seinen wunderbar geformten, an den Schläfen und auf dem Schädeldach spiegelglatt rasierten Kopf und zog spielerisch an dem kleinen Zopf, zu dem das glänzend schwarz gefärbte Haar seines Nackens geflochten ist. Schließlich nahm er die Sonnenbrille ab, blickte aus starren Pupillen eindringlich an mir vorbei und meinte in seiner unverwechselbaren Diktion, die Silben langsam zerkauend: «Trinken Sie in aller Ruhe aus! Wir treten ja erst in fünf Minuten auf.»

Kann man Klaus Sandmann widersprechen? Ich läge nicht hier auf quietschenden chinesischen Bettfedern, wenn ich an jenem Abend den gemeinsamen Auftritt verweigert hätte. Über sein Saxophonspiel wusste ich damals praktisch nichts. Im Kölner Stadt-Anzeiger hatte ich gelesen, dass er bei einem Festival für freie Musik zusammen mit zwei mongolischen Obertonsängern vor das einschlägige Publikum getreten war. Nun hing vor seiner Brust das Instrument, das ich in der Zeitung abgebildet gesehen hatte, und Sandmann erklärte mir, er habe es eigenhändig

37

gebaut. Genauso gut hätte er mir erzählen können, das kurios gekrümmte Ding stamme aus Zentralasien und sei der tieftönende Urahn aller Baritonsaxophone. Auch dies wäre mir, dem der Auftritt drohte, damals gleich glaubwürdig vorgekommen. Schließlich schob er mich, fest am Ellenbogen gefasst, als fürchte er einen Fluchtversuch, zur winzigen Bühne der Galerie. Ohne jede inhaltliche Absprache, ohne Einleitung oder Vorstellung begann unsere Vorführung. Und während Sandmanns Saxophon zwischen rüdem Aufheulen und welpenzartem Wimmern wechselte, begann mein bis dato sorgsam verhätscheltes Lyrik-Ego eine Stotterserie winziger Paniktode zu sterben.

Nie zuvor war ich mit leeren Händen, ohne ein Manuskript, ohne den Halt geschriebener Zeichen vor Zuhörern gestanden. Zum Glück konnte ich einen Teil meiner Gedichtlein halbwegs auswendig. Der Rest würde sich finden müssen. Ich improvisierte Hals über Kopf drauflos. Vermutlich war mein erster Auftritt als Spontan-Lyriker mein bester, eventuell mein einzig guter. Sogar der eine oder andere neue, wirklich originelle Reim gelang mir wie von selbst. Und immer wenn mein Stammeln bedrohlich lang stockte, nahm Sandmann mit untrüglichem Gespür für das Gelingen wie für die Gefahr des Augenblicks das letzte rhythmische Krampfen meiner Verse auf und blies meiner Furcht den Marsch.

Am Ende derselben Nacht, im betörenden Amselgezwitscher des Kölner Morgengrauens, unterschrieb ich sturzbetrunken meinen ersten Buchvertrag. Der Leiter eines großen Kölner Publikumsverlags, der ihn handschriftlich auf einem von den Sandmanns erbetenen Blatt aufgesetzt hatte, konnte gleich mir nur noch lallen, hatte aber alle einschlägigen Formulierungen parat. Das Bändchen erschien schon im Herbst zur Buchmesse in Frankfurt. Ein Videofilm, gedreht von einem Assistenten Anja Sandmanns, hatte meine Spontanverse konserviert und jene 69 luftig bedruckten Seiten ermöglicht, die nun unter dem Titel GROSSES KÖLNER GEHEUL mein lyrisches Debüt bedeuteten. Die drei wichtigsten deutschen Tageszeitungen widmeten ihm die Aufmacher ihrer Literaturbeilagen: Aus dem Nichts sei der deutschen Lyrik ein wilder junger Schmied erstanden!

Ich mühte mich, an jeder Zeile zweifelnd, damit ab, für die anstehenden Auftritte einzustudieren, was mir im Frühling die blanke Angst und Klaus Sandmanns blitzender Klangtrichter eingeflößt hatten. Dann ging es auf Tournee durch Deutschlands Literaturhäuser, durch Buchhandlungen und Clubs. Auch der deutsche Auslandskulturdienst wurde auf mich aufmerksam und bot mir an, mich um den Globus zu schicken. Gern floh ich die Heimat. Monatelang hauste ich mit halbausgepackter Reisetasche in Hotels, um als Gast des Goethe-Instituts von Reykjavík oder Melbourne, von Helsinki oder Santiago de Chile mein Kölner Geheul anzustimmen.

Shanghai sollte die letzte Station einer kleinen Asien-Tour sein. Zum fünften Mal bin ich hier als Multimedia-Act angekündigt worden. Dahinter verbirgt sich der simple Umstand, dass mir seit kurzem ein breiter Bildschirm den Rücken stärkt. Es ist eine Idee Anja Sandmanns, und auch das dazugehörige Video verdanke ich ihr. Was damals mit einer handelsüblichen Digitalkamera im Dunkel der Galerie von unserem Auftritt aufgezeichnet wurde, verdiente in seiner finsteren Unschärfe nicht die Bezeichnung Film. Aber Anja, die Vielseitige, die auf der freien Kölner Theaterszene dem improvisierten Tanz frönt und zu elektronischer Musik bizarr schön singt, arbeitet mit einigen experimentierfreudigen Studenten der Kölner Kunsthochschule zusammen. Deren digitaler Remix meiner Urlesung kann sich in seiner psychedelischen Buntheit wirklich sehen lassen und soll demnächst sogar eine DVD-Reihe des Verlags mit Mitschnitten zeitgenössischer Performer eröffnen.

Das Werk der Kölner Kunststudenten schien mir zunächst wunderbar in den Fernen Osten zu passen. In Japan und Korea fühlte ich mich so sicher wie nie zuvor. Auch in Peking dachte ich noch, die mediale Kopplung könnte meine Versagensängste im Zaum halten. Ein kurzer Blick über die Schulter in das wilde, gekonnt unscharfe Gezucke des Videos, und meine Gedichte kamen mir wie eine Tonspur beruhigend randläufig vor. In Hongkong jedoch musste ich mir bereits einen kleinen Kosmetikspiegel auf mein Lesepult stellen, um ständig einen Ausschnitt des Hintergrundbilds neben meinem Lyrik-Spickzettel flackern zu sehen.

Als meine Shanghaier Entführer in den Saal stürmten und aufs Podium sprangen, erfasste mich das euphorische Schwingen großer Erleichterung. Mir war, als würde ich endlich von einer höheren Macht, von einer Art Kunstpolizei, zur Ordnung gerufen. Das Publikum, eine kleine

Schar Auslandsdeutscher und eine Handvoll unserem Land verbundener Chinesen, reagierte freundlich überrascht. Viele dachten wohl, es handle sich um eine abgesprochene Aktion: Protagonisten der rührigen Shanghaier Kunstszene hätten sich mit dem deutschen Gast zu einer eurasischen Performance zusammengetan. Dieses Missverständnis wurde dadurch unterstützt, dass mich ein Botschaftsmitarbeiter seit Beginn der Veranstaltung mit seinem Camcorder filmte. Dies schien die seltsam maskierten Eindringlinge nicht zu stören. Im Gegenteil: Zwei von ihnen warfen sich sogar gemeinsam in Positur, damit der Amateur-Kameramann ihre falschen Gesichter in aller Ruhe auf Band bannen konnte. Der eine präsentierte die Züge des einstigen amerikanischen Präsidenten Richard Nixon, recht grob stilisiert auf rosafarbenem Pappmaché. Die andere, das einzige weibliche Bandenmitglied, verbarg ihr chinesisches Näschen hinter einer sehr schönen, ausgesprochen wirklichkeitsgetreuen Latexmaske mit dem Antlitz Marlene Dietrichs.

Während man mir die Hände mit grünen Seidenbändern auf den Rücken fesselte und mir einen steil kegelförmigen, ebenso grünen Papphut auf den Kopf stülpte, klatschten nicht wenige Zuschauer Beifall. Barsche Kommandos brüllend stießen mich Richard Nixon und Marlene Dietrich den Mittelgang hinunter. Rechts wie links sah ich die Augen der einheimischen Gäste auf meinen hohen Hut gerichtet, offenbar lasen sie ab, was in schwarzen Schriftzeichen auf ihn getuscht war. Sie nickten sich ernst und einverständig zu. Und mir, der ich kein einziges chinesisches Zeichen kenne, dämmerte, dass man mich nicht nur bis vor die Tür dieser interkulturellen Begegnungsstätte bringen würde.

Die Vorsehung hatte mir schon am Tag zuvor einen Wink gegeben. Während des Flugs war mir ein Artikel in der englischsprachigen SHANGHAI STAR aufgefallen. Die Gruppe, in deren Gewalt ich mich befinde, nennt sich in Anlehnung an ein Gangster-Syndikat der dreißiger Jahre Quing Bang, die Grüne Bande. Vor ihrem Erscheinen auf meiner Lesung war sie ausschließlich im Internet aktiv gewesen und hatte dort nichts weiter als ein paar Dutzend Achtzeiler veröffentlicht, die – angeblich humorvoll und anspielungsreich – traditionelle chinesische Formen variierten. Allerdings hatte der bloße Umstand, dass die Künstler als Kollektiv auftraten, zu hektischer Behördenaktivität geführt. Amerikanische und europäische Lyrik-Websites, die Texte von Quing Bang in Übersetzungen präsentiert hatten, sogar das verschlafene Kölner lyriklabor.de, zu dessen Gründungsmitgliedern ich gehöre und dessen Internet-Auftritt wirklich keinen Hund hinter dem Ofen hervorlockt, waren für alle chinesischen Provider blockiert worden.

Essenszeit! Essenszeit! Schon bevor man die Speisen zu mir hereinträgt, erreicht mich ihr Duft aus dem Nebenraum. Ich schwenke meine Beine über die Bettkante, um Marlene sitzend zu erwarten. Sie kommt. Unter Tausenden würde ich ihren Schritt heraushören. Ich nenne sie in Ermangelung eines chinesischen Namens weiterhin Marlene, obwohl ich nicht weiß, ob sie die Larve mit den Gesichtszügen der deutschen Film-Diva noch trägt. Ich höre, dass das Tablett auf den Tisch gesetzt wird. Wie immer stößt meine Kerkermeisterin ein bezauberndes Kichern aus, als ich sie mit «Ni hao, Marlene!» begrüße. Und schon hält sie mir das erste Schälchen unter die Nase.

Erst wenn ich versucht habe, den aufsteigenden Gerüchen abzuschnuppern, um welche Speise es sich handelt, wird sie beginnen, mich zu füttern. Marlene ist großzügig. Auch wenn ich danebentippe, darf ich einen Happen kosten und muss dann weiterraten. Wichtig ist ihr wohl nur, dass ich die chinesischen Wörter verwende, die sie mir mit einer wahren Engelsgeduld in den Tagen meiner Gefangenschaft beigebracht hat. Ich weiß inzwischen, was Suppe, Nudeln, Reis, Bohnen, Ei und Fisch auf Chinesisch heißt. Sogar sauer, süß und scharf, gekocht oder gebraten kann ich sagen. Natürlich lässt meine Aussprache sehr zu wünschen übrig. Gerade wenn ich mich besonders bemühe, die Melodie der Vokale, ihr Ansteigen oder Fallen, korrekt nachzuahmen, bringt das Resultat meiner Anstrengung Marlene regelmäßig so zum Lachen, dass sie die Schale, aus der sie mich füttert, nicht mehr ruhig gegen mein Kinn halten kann. Ja, mein erster Versuch auszudrücken, die Suppe sei weniger scharf als sonst, führte dazu, dass mir Marlene, heftig losprustend, einen Teil der wirklich nicht sehr scharfen, aber ziemlich heißen Brühe über Hemd und Hose kippte.

Seit ich an dieses Kellerbett gebunden bin, sammelt mein Grübeln Vorzeichen für das, was ich auf Deutsch mein Schicksal nennen muss. Vor einem halben Jahr war ich auf einer U-Bahn-Station in Brooklyn, New York, mit drei chinesischen Musikern ins Gespräch gekommen. Ich, der Halbtourist, der durch die Welt hausierende Lyriker, war stehen geblieben, jedoch nicht, weil mir ihre Musik gefiel. Die drei, ein sehr alter Mann und zwei Burschen, die seine Enkel sein mochten, gönnten sich gerade eine Pause. Sie saßen auf einer Matte und tranken Tee aus Gläsern. Vor den beiden Jungen lagen traditionelle Instrumente, seltsame messingfarbene Töpfe, aus denen verschieden hohe Bambuspfeifen und ein goldener Schnorchel ragten. Aber was mich angezogen hatte, war nicht das Unbekannte. Mich interessierte allein das dritte Instrument, das vor dem alten Chinesen stand: ein wuchtiges Akkordeon. Sein schwarzer Kasten war unglaublich verschrammt, und wie in die Rinde eines Baums waren Namen und Zeichen, sogar kleine und große Herzen in den Lack geritzt. Mit dem ersten Blick hatte ich das Modell der Firma Hohner wiedererkannt, auf dem ich selbst drei Knabenjahre lang mein Glück versucht hatte. Mir war damals ein nagelneues Instrument zum Geburtstag geschenkt worden, und als es, nach meinem musikalischen Scheitern, an eine begabtere und zudem viel fleißigere Cousine überging, war seine glänzende Oberfläche bis auf ein paar winzige Kratzer unversehrt.

Anstatt den Alten zu fragen, wie er zu seiner deutschen Ziehharmonika gekommen sei, erkundigte ich mich recht scheinheilig nach den seltsamen Pfeifentöpfen und bekam ausführlich erzählt, welche Rolle sie seit tausend Jahren oder mehr in der klassischen chinesischen Musik spielten. Ich erfuhr von den beiden jungen Männern, die flüssiger Englisch sprachen als ich, wo man die Handhabung dieser

Instrumente, in deren Pfeifen Metallzungen schwingen, noch erlernen könne und dass sie sich ein Repertoire aus westlichen Musikstücken erarbeitet hätten. Sie verkauften eine CD mit Filmschlagern des zwanzigsten Jahrhunderts. Und weil ich in der Fremde war, freute es mich, auch eine deutsche Komposition, allerdings unter ihrem englischen Namen, darauf zu entdecken.

Wegen dieses Liedes erwarb ich die Scheibe. Und die Chinesen, die nach meinem Heimatland gefragt hatten, wollten das Stück freundlicherweise gleich für mich anstimmen, sie hatten ihre Instrumente schon aufgenommen, als, höllisch scheppernd und jede Musik überbietend, die maroden Waggons der Linie G, der sogenannten Greenline, in die Station einfuhren. Unnötig schnell sprang ich hinein, vergaß in meiner elend dummen Eile sogar, die CD mitzunehmen. Quietschend schlugen die Türen zu, krachend fuhr der Zug an. Aber ich sah zumindest noch, die Nase an ein U-Bahn-Fenster gepresst, wie der alte Musiker die linke Hand auf sein Akkordeon legte, auf die Knöpfe des Bassmanuals. Und deren falsches Elfenbein, deren brüchiges deutsches Zelluloid, schien mir plötzlich genau zu jenem Gelb verwittert, mit dem wir die Hautfarbe der Chinesen in Ermangelung eines besseren Farbworts zu bezeichnen pflegen.

Marlene steht an mich gelehnt. Ich spüre ihren Oberschenkel mit der empfindlichen Spitze meines Ellenbogens, mit dem sogenannten Musikknochen. Ihre Finger nesteln an meinem Hinterkopf. Den Knoten, mit dem sie sich nun abmüht, hat sie selbst stramm gezogen, als man mich im

Fond eines japanischen Kleinwagens Richtung Chinesenstadt transportierte. Nun, da die Abnahme meiner Augenbinde bevorsteht, wünsche ich mir, Marlenes Zupfen und Zerren würde möglichst lang andauern. Es macht gar nichts, dass sie mir inzwischen schon das eine oder andere Haar ausgerissen hat. Diskret schnüffele ich zur Seite, und obwohl die Gerüche des Essens, das dicht vor mir steht, es eigentlich unmöglich machen müssten, bin ich mir plötzlich gewiss, einen Hauch ihres Dufts aufzunehmen.

Ich weiß sehr wohl, jeder Gekidnappte läuft Gefahr, zu viel für seinen Kerkermeister zu empfinden. Marlene schimpft leise vor sich hin. Ich verstehe kein Wort, bin mir aber sicher, sie ärgert sich darüber, wie innig sich die langen Haare meines Hinterkopfs in die Fransen des Tuches, das mir um den Kopf geschlungen ist, verwickelt haben. Eine Schere schnappt und ratscht. Ich spüre das Rupfen der stumpfen Schneiden. Marlene scheint es plötzlich eilig zu haben. Reichlich Haar fällt über meinen Nacken, über meine Wangen, verfängt sich in den Stoppeln des Barts, der mir in meiner Haft gewachsen ist. Ich spüre kaltes Metall auf der kahlgeschnittenen Haut. Ein Ruck. Der Druck der Binde lässt nach. Viel, viel Licht. Ich presse die Lider zusammen.

Ich habe nicht damit gerechnet, Anja und Klaus Sandmann so bald wiederzusehen. Ja, in den bangsten Momenten meiner Shanghaier Gefangenschaft hatte ich es sogar für möglich gehalten, keine einzige Langnase mehr zu Gesicht zu bekommen. Der wunderbar scharfe Bildschirm, der die Gesichter meiner beiden Hörbuchverleger zeigt, gehört zu einem Notebook. Es steht am anderen Ende des niedrigen Tischs, der vor meinem Bett aufgebaut ist. Von meinen Knien bis an die Tastatur des Geräts erstreckt sich eine Landschaft aus chinesischen Speisen. Gewiss ist alles dabei, was mein Herz begehrt, was mein Verstand fürchtet. Womit werde ich beginnen? Mit jenem berüchtigten Stink-Tofu, der Lieblingsspeise des großen Vorsitzenden Mao Tse-tung gewesen sein soll? Oder mit den marinierten Entenfüßen, die ich in Chinatown, New York, zum Erstaunen meiner amerikanischen Begleiter bestellt und dann zu ihrem Entsetzen bis auf das letzte Stück schlabberige Schwimmhaut, bis auf das letzte knackende Knöchlein verschlungen habe?

Hinter den Schalen und Schüsselchen hebt Anja Sandmann im Bildschirm die Hand und winkt mir über viele tausend Meilen zu. Ich zweifele nicht daran, dass es sich um eine Live-Übertragung handelt. Wir, Quing Bang und ich, sind mit dem Kölner Open Spring Listening verbunden. Das warme Flackern hinter Anjas Haar ist schlichten deutschen Teelichtern geschuldet. Und jetzt entdecke ich auch die kleine Web-Cam, die auf mich zielt. Sie steht mitten auf dem Tisch zwischen den chinesischen Köstlichkeiten. Ich räuspere mich und krächze ein unsicheres «Ni hao, Anja! Ni hao, Klaus!» Richtung Notebook. Klaus Sandmann nickt mir ernst zu. Jetzt bewegt sich Anja Sandmanns Kinn, und ein tiefes, ein seltsam auf und ab schaukelndes, ein fast chinesisch moduliertes Brummen scheint ihrem schön geschwungenen Mund zu entströmen. Die Tonübertragung ist noch nicht perfekt, und doch glaube ich, ein «Guten

Abend, Shanghai!» von den fernen Lippen abgelesen zu haben.

Erst jetzt wende ich den Kopf zur Seite. Von meinen Entführern sind nur Richard Nixon und Marlene Dietrich im Raum. Sie stehen dicht neben mir – vermutlich, damit die Kamera die Maskierten und mich als Trio erfasst. Marlene weist stumm auf die Speisen. Ich verneige mich tief, senke die Stirn bis auf den Rand der vordersten Schälchen. Ich spüre Marlenes Blick auf dem Hinterkopf, ich weiß, ihre dunklen Pupillen blitzen aus den Augenlöchern der bleichen Larve. Gewiss unterdrückt meine Lehrerin ein Lachen. Ich spüre es: Marlenes Augen lachen recht herzlich über den kahlen Fleck, den sie mir eben erst – wie einen negativen Zopf! – geschnippelt hat. Nun greift sie erneut nach mir, sie stößt mich in den Rücken, sie rüttelt an meinen Schultern, und dann beginnt sie damit, auch meine armen, glücklichen Hände mit der angemessenen Grobheit zu entfesseln.

PARIS STAR

Der Spiegel hält, was sein Prospekt verspricht. Jedem, der kalt und schlau behauptet, dass sich das Glück nicht kaufen lasse, könnte mit dem von mir erworbenen Spiegelchen das Gegenteil bewiesen werden. Noch hat es nicht an meiner Tür geläutet. Sibylle S. ist eine Viertelstunde über der abgemachten Zeit; aber diese Verspätung ist dem Gefälle zwischen ihren Reizen und meinem Mittelgrau nur angemessen. Die schöne Sibylle S. soll Opfer meines Spiegels werden. Natürlich ahnt sie nichts. Aber nach Mohnkuchen und Tee wird sie, vom Ansturm der Gefühle übermannt, schmachtend, schmelzend, vor Gier mit ihren makellosen Zähnen klappernd, auf meine kleine Klapp-Couch sinken.

Die Spur des Spiegels nahm ich auf dem Flohmarkt, am Stand von Papa Al Halabi, auf. Er, der gebürtige Algerier, der seine sieben Söhne in einem kuriosen Kauderwelsch aus Deutsch, Französisch und Arabisch kommandiert, ist lange schon mein Lieblingströdler. Sein Angebot an Technikkrempel aller Art ist einzigartig, man kann nur staunen, was es nicht alles gab, und immer wieder lasse ich mich gern zum Erwerb eines kleineren Geräts verleiten. Im Herbst hatte ich mir bei Al Halabi eine Rotlichtlampe zum Wärmen meiner empfindlichen Nasennebenhöhlen gekauft. Außer der Anleitung zum Aufbau und zum Betrieb der Lampe enthielt der ausgeblichene Karton noch ein Faltblatt, in dem für einen Schönheits- und Kosmetikspiegel namens Paris Star geworben wurde.

Aus einer Laune, weil mir der Spiegel auf den Fotos des Prospekts gefiel, fragte ich Papa Al Halabi, ob ihm ein solches Ding jemals gebraucht begegnet sei. Der sonst stets würdig steife Graubart grinste, zwinkerte mit dem linken, etwas größeren Auge, schaute sich recht geheimnistuerisch über die Schulter, um meine Frage schließlich mit einem Nicken und einem leisen Grunzen zu bejahen. Alles sei zu beschaffen, wenn einer es nur wirklich wolle. Also zahlte ich einen kleinen Vorschuss, und märchenhaft schnell, bereits am nächsten Wochenende, hatte mein Trödler ein über vierzig Jahre altes, aber tadellos erhaltenes Exemplar des Spiegels für mich aufgetrieben.

Mein Paris Star steht mitten auf dem Couchtisch; Sibylle S. wird ihn nicht übersehen können. Das gut handtellergroße Spiegelglas ist in eine Kugel aus türkisem Plastik eingelassen und schillert in verschiedenen Lila-Tönen. Erst wenn man Paris Star über Stecker und Kabel mit elektrischer Energie versorgt, wenn er sich unter leisem, aber sonorem Brummen langsam erwärmt und heiße Abluft aus seinen Seitenschlitzen strömt, wird nach und nach das eigene Bild erkennbar. Der kleine Apparat verbraucht im Leerlauf stolze zweitausend Watt und mehr als das Doppelte, sobald er ein Gesicht in Arbeit hat. Aber ich stellte mir als Mann ein Armutszeugnis aus, wenn ich jetzt, wo bald Sibylle S. sich hemmungslos an mich vergeuden muss, die Stromkosten, die mir dabei entstehen, berechnete.

Hat Paris Star die optimale Betriebstemperatur erreicht, genügen zehn bis zwölf Sekunden Einblick, um das Anheben der Wirkung zu verspüren. So steht es im Prospekt, und ich habe inzwischen mehr als hundert Selbstversuche unternommen, um das, was mir stets unwillkürlich widerfährt, kritisch, also beschreibend und vergleichend, zu verstehen. Das erste Hineinschauen zeigt mir mein Konterfei nur trübe und außerdem verzogen, als starrte ich in eine alte Christbaumkugel. Aber bald klärt sich das Bild zu großer Schärfe, und die Verzerrungen verschwinden. Rund um meine Nasenwurzel bildet sich langsam eine auffallend helle Stelle, von diesem Zentrum aus gewinnt die ganze Gesichtslandschaft an Farbe und Strahlkraft, und ihre Auf- und Abschwünge werden fast überplastisch deutlich. Zuletzt verliert das prall und lebensfrisch gewordene Abbild in einer Art Cinemascope-Effekt noch den türkisen Rahmen. Auch willentlich lässt sich die Plastikeinfassung des Spiegels dann nicht mehr ins Blickfeld rücken. Mein rosenfarbenes Antlitz füllt den Sehkreis, der letzte Rest von wissender Distanz verdampft, und ein Entzücken an mir selbst, ein Selbstglück nie empfundener Art, findet in einer langen Serie glucksender Seufzer auch akustisch seinen Ausdruck.

Dies alles ist, vermischt mit obsolet gewordenen Kosmetik-Tipps und anrührend betulich, auch in der Gebrauchsanweisung von Paris Star beschrieben. Was aber unerwähnt bleibt, was mich als Mann zunächst verwirrte, ja beschämte, will ich den Selbstknutsch nennen. In ihren Spitzen prickelnd, fassen die Finger auf die unrasierten Wangen, die Zunge, wie ein losgelassener junger Hund, schleckt Richtung Kinn und Nasenlöcher, die Zähne beißen auf die Lippen, ein Tröpflein Blut mischt sich unter den Speichel – und alles, selbst das sogenannte Letzte, lässt sich, vom Spiegel stimuliert, heftig und schnell und, ich gestehe es errötend, auch drei- bis viermal nacheinander auf dem Gesicht empfinden.

Als mir mein Techniktrödelhändler, als mir Papa Al Halabi den Paris-Star-Karton in eine schwarze Plastiktüte zwängte, sah ich hinter dem Stand, im schmalen Durchgang zwischen den größeren Geräten und einer Würstchenbude, eine Gruppe mir unbekannter, junger Frauen im Schein der tiefstehenden Wintersonne vorübergehen. In der Gebrauchsanleitung steht: Unser Patent-Kosmetikspiegel kann von der modernen Frau auch Wange an Wange mit einer schönheitsbewussten Freundin, also in Doppelschau, ohne Einschränkung der Wirkkraft, beansprucht werden.

Es läutet! Sibylle S. hat meine Einladung zu Tee und selbstgebackenem Mohnkuchen mit einem spöttischen «Ja, warum nicht!» quittiert. Die dunklen Samenkörnchen werden so honigschwer an unseren Zähnen kleben, dass sich die Kuchenesserin zu einem Spiegelblick verlocken lassen wird. Dann will auch ich Wange und Nase ins Einzugsfeld des Glases schieben, und Paris Star – es kommt ein kaltes Licht vom Westen her! – soll uns zusammen in die Schwärze unserer Schlünde stürzen lassen.

NACHT MIT DEM SCHANDWERKER

Jedem Herbst, den wir erleben, gelingt, als wäre ihm dies ein Anliegen, sein eigentümliches Abendlicht. Ganz anders der Dreck dieser Welt: Platt und dreist bleibt er Tag für Tag, Jahrzehnt auf Jahrzehnt der gleiche. Bis zuletzt wollen sich Staub und Schmutz von der Kraft unserer Augen zu keinerlei Wesenswechsel nötigen lassen.

Das fragliche Gebäude wäre bei einbrechender Finsternis schwierig zu finden gewesen, hätte mir sein Bewohner nicht per Telefon den Weg beschrieben. Das Auto musste ich, wie angekündigt, vor einem Drahttor stehenlassen. Die Sperre ließ sich nur einen Spalt aufdrücken. Dahinter führte ein breiter Kiesweg durch ein Laubwäldchen. So weit ich sah, bestand es aus schnellwachsendem Gehölz, das in einem Untergrund aus Schotter und Asphaltbrocken Wurzel gefasst hatte. Der wilde Hain war jung. Gewiss stand keine der Weiden, der Eschen und Birken mehr als ein knappes Dutzend Jahre auf dem einstmals gewerblich genutzten Gelände.

Als ich die bescheidene, zweistöckige alte Fabrik erreichte, warfen die Bäume letzte Schatten auf einen Vorplatz und auf eine Fassade aus dunklen Ziegeln. In einem Blechtor, das oben und unten auf Schienen gelagert war, stand eine Tür offen. Eintretend hörte ich die Stimme des Schandwerkers, sein Unterhemd leuchtete mir aus der dämmrigen Tiefe des Raums entgegen. Er sprach zu jemandem, und dazu murmelte ein dünner Strahl Wasser in das kleine emaillierte Becken, über dem er sich mit einer Bürste die Hände schrubbte.

«Na, bleiben wir lieber bei der Wahrheit, Silvie! So gut wie taub bist du schon lange. Und mit dem Sehen ist es auch nicht mehr weit her. Jetzt guck nicht so verdutzt! Das ist mir natürlich längst aufgefallen.»

Ich trat näher. Silvie, die offensichtlich nicht mehr die Jüngste war, die sogar im schmeichelnden Halbdunkel ziemlich zerzaust wirkte, hielt den Kopf abgewandt, gab keinen Laut von sich, schien mir allerdings auf die Nennung ihres Namens mit einer Straffung des mageren Rückens reagiert zu haben.

«Du denkst schon ans Essen, stimmt's? Du meinst, dass ich mich drum kümmern will, weil ich mir die Finger wasche. Du wirst dich wundern, mein Mädchen: Wir kriegen noch Besuch. Der Hand, die einem Arbeit gibt, soll man eine saubere Rechte entgegenstrecken.»

Ich machte noch zwei Schritte auf die beiden zu, scharrte dabei mit den Sohlen über den rauen Estrich, um zu verhindern, dass es zu weiteren Bekenntnissen bezüglich meiner Person und meiner Absichten kam. Der Schandwerker musste mich nun wirklich gehört haben. Dennoch ließ er sich mit dem Trockenreiben der Finger Zeit und hängte das Handtuch akkurat zurück an seine Stange, ehe er sich zu mir umwandte. Das gerippte Unterhemd spannte sich auf seinem muskulösen Bauch. Er zog die herabhängenden Hosenträger über die Achseln und ließ die breiten Bänder gegen seine Brust schnalzen. Er musterte mich, und ich war froh, die Krawatte im Wagen gelassen zu haben. Er hustete ausgiebig, fast nachdenklich und schloss die Kehle mit einem scharfen Räuspern.

«Chef, du siehst aus wie einer, der abends noch Kaffee trinkt. Setz dich auf die Couch! Espresso, Cappuccino, Latte macchiato?»

Ich bat um Milchkaffee. Und während er in einer Kochnische herumhantierte, setzte ich mich auf sein voluminöses schwarzes Cord-Sofa und begutachtete die Örtlichkeit. Offenbar handelte es sich um einen für Wohn- und Arbeitszwecke abgetrennten Vorraum. Gut sechs Meter über uns schimmerte eine Decke aus grünlichem, von starkem Draht durchzogenen Glas. Dort oben fingen also Fenster das letzte Westlicht ein. Die Wand, hinter der sich die Tiefe der Fabrik vor mir verbarg, war mit grauen Faserplatten verkleidet. Es schien mir gepresster Asbest zu sein, wie man ihn in den ersten Jahrzehnten meines Lebens allerorten sorglos verbaut hatte, um ihn später skrupulös sorgfältig demontieren zu müssen. Davor waren unterschiedlich hohe Tische gerückt, auf die der Mann, den ich anheuern wollte, Werkzeug und allerlei altes Gerät gehäuft hatte.

Der Schandwerker hustete. Auf dem Tablett, das er herantrug, klirrten die Tassen. Ich hatte das Klicken und Zischen einer automatischen Kaffeemaschine gehört. Zum Milchkaffee gab es große, appetitlich aussehende, allerdings knochenharte Kekse. Wie mein Gastgeber tunkte ich sie durch den Schaum in die Flüssigkeit. Ich hatte seit dem Frühstück am späten Vormittag nichts gegessen, war sechs Stunden mit einer großen Mineralwasserflasche auf dem Beifahrersitz über die Autobahn gebraust, um meine Heimatstadt und das Domizil des Schandwerkers noch vor Einbruch der Nacht zu erreichen.

«Chef, wie lang ist eure Mutter jetzt eigentlich schon tot?»

«Spielt das eine Rolle?», gab ich zurück und bereute meine Schroffheit sogleich. Ich war nicht hierhergekommen, um mir durch Ungeschick oder Grobheit eine Blöße zu geben. Den Schandwerker hatte mir meine Schwester empfohlen, ja ans Herz gelegt. Er sei zuverlässig, gründlich, dazu klug, gewissermaßen eine Seele von Mensch, und nicht zuletzt göttlich billig, also genau das, was wir in unserer momentanen Situation, es handelte sich ja um eine Art Notlage, bräuchten.

«Vorletzten Montag war die Beerdigung», rang ich mich doch noch zu einer anständigen Antwort durch und fügte freimütig hinzu, meine Schwester habe am Wochenende einen nervösen Zusammenbruch erlitten. Sie mache nun eine medikamentös gestützte Schlafkur in Berchtesgaden. Ich müsse mich also allein um alles Weitere kümmern und wäre froh, wenn wir, wenn er und ich, das Ganze schnell über die Bühne brächten.

Die rechte Hand meines Gegenübers, eine wahre Pranke, war über die Sessellehne gerutscht und hatte damit begonnen, Sylvies Nacken zu kraulen. Übertrieben langsam

56

bewegten sich die Kuppen der muskulösen Finger durch das graugetigerte Fell. Sylvie ließ es sich gefallen, rieb die Flanke am Cord des Sofas. Aber sie schnurrte nicht und behielt mich, den Fremden, im Auge. Eventuell war sie wirklich taub. Blind jedoch schien mir die kleine, greise Kätzin auf keinen Fall zu sein.

«Ich habe eine Fotokopie der letzten Wünsche, der letzten Anweisungen meiner Mutter mitgebracht!»

Der Schandwerker hüstelte pietätvoll, nahm dann eine zierliche Lesebrille vom Tisch. Und wie er ihren Drahtbügel in die wulstige Beuge seiner Nase drückte, erschien mir diese gestaltverwandt mit seinen Händen, als habe auch sie im Lauf der Arbeitsjahre Muskeln und Hornhaut ausgebildet. Er las, nickte, schmunzelte sogar. Womöglich ergötzten ihn Mamas umständlich ins Detail gehende Forderungen. Mich zumindest hätte es an seiner Stelle amüsiert, einen Letzten Willen, eine Art Testament in Händen zu halten, bei dem fast jeder Satz mit einem doppelten Ausrufezeichen schloss.

«Chef, dafür muss ich einen Kleintransporter mieten. Zwei Tage, besser drei …»

Obwohl mir dies doch ein wenig lang vorkam, stimmte ich schnell mit einem Nicken zu. Meine Schwester hatte mich darauf hingewiesen, dass der Schandwerker nicht motorisiert war. Als er bei ihr arbeitete, in der bezaubernden kleinen Villa, die sie vor Jahren günstig erworben und in deren Erdgeschoss sie ihre Praxis eingerichtet hatte, war er anfangs mit einem Fahrradanhänger voll Werkzeug und Material aufgetaucht. Dieses legere Anradeln hatte Petra, obwohl auch die Nachbarschaft regelmäßig schwarzarbeiten ließ, als allzu auffällig beunruhigt. Und so hatte sie ihn jeden Morgen mit ihrem Wagen abgeholt und abends auch zurückgefahren.

Ursprünglich war es bloß um eine neue Schiebetür gegangen, für den Durchgang, der die beiden Behandlungszimmer ihrer Praxis verband. Die Kostenvoranschläge, die sie bei hiesigen Schreinereien eingeholt hatte, fand Petra unverschämt hoch. Und da traf es sich gut, dass ihr eine befreundete Ernährungsberaterin erzählte, wie überaus preiswert der Schandwerker vor kurzem ihren Jugendstil-Wintergarten renoviert habe. Dass es dann nicht bei der Konstruktion der Tür blieb, dass die Sache im Weiteren unbotmäßig weit über das Handwerkliche hinausgeriet, hatte mit einer Liebhaberei meiner Schwester zu tun. Seit Petra in Heidelberg Medizin, Psychologie und Ethnologie studierte, hat sie ein Faible für die afrikanische Kleinplastik: hand- bis armlange Figuren mit schlauchförmigen Brüsten und spitzen Zähnen, mit Hörnern auf dem Kopf und überdimensionierten schwarzen Penissen, die als drittes Standbein dienen. Ich habe nie Lust verspürt, mir vorzustellen, wie sich Petras Sammlung dämonischer Gnome auf den Verlauf einer Psychotherapie auswirken möge.

Der Schandwerker hatte die Figuren gleich in seiner ersten Kaffeepause mit Interesse und Neigung begutachtet. Manches wurde sachkundig gepriesen, aber er scheute sich auch nicht, das eine oder andere Stück als modischen Abklatsch, als seelenlosen Schund zu verwerfen. Meine Schwester, die sonst nicht leicht zu beeindrucken ist, beugte sich seinem Urteil. Gleich sechs der Plastiken wurden auf seinen Tadel hin als Foto ins Internet gesetzt und dort, wie nicht anders erwartet, schnell und gewinnbringend versteigert.

«Chef, ich verstehe, was ihre, was eure Mutter eigentlich will.»

Eigentlich? Von Petra wusste ich, wie es enden konnte, wenn der Schandwerker anhob, sich an der Peripherie einer klarumrissenen Arbeit über das Eigentliche Gedanken zu machen. Bei ihr hatte er zwischen zwei Hammerschlägen vor sich hin gemurrt, eigentlich fehle dieser Tür, dieser Passage zwischen dem weiblichen und dem männlichen Behandlungszimmer, noch das gewisse Etwas. Petra war sich damals sicher gewesen, ihm nicht verraten zu haben, dass sie ihre Klienten nach deren Geschlecht auf die beiden Räume verteilte. Und da die Zimmer bis ins Detail gleich eingerichtet sind, ist dies unmöglich aus der oberflächlichen Anschauung heraus zu erraten. Stetig weiterklopfend, hatte er meiner Schwester vorgeschlagen, dem Durchgang zwei Figuren hinzuzufügen. Die rechte Plastik müsse selbstredend die Arbeit verkörpern, die linke natürlich die Ekstase. Beide sollten in radikal afrikanischem Stil gehalten sein, denn nur in unserer Urheimat Afrika seien sich diese Dämonen noch auf Stirn- und Augenhöhe gegenübergestanden. Doch dies brauche er ihr als Fachfrau gewiss nicht en détail zu erläutern.

Ich kann mich nicht erinnern, dass es mir, dem ewigen kleinen Bruder, je gelungen wäre, meine große Schwester in irgendeiner Angelegenheit über den Tisch zu ziehen. Schon als Grundschülerin griff Petra erfolgreich ein, wenn unsere Mutter wieder einmal kurz davorstand, sich von einem Vertreter zum Erwerb eines sündteuren Klopfsaugers oder von einem Zeugen Jehovas zur Abnahme diverser Broschüren verleiten zu lassen. Ja, bis vor kurzem habe ich meine Schwester für absolut unverführbar gehalten. Der Schandwerker jedoch schien, gezielt oder beiläufig, an eine Blöße gerührt zu haben, die allen Kerlen vor ihm entgangen war. Im Handumdrehen wurden sich die beiden einig: Arbeit und Ekstase sollten halbe Lebensgröße messen und aus einem leichten Material bestehen. So würden sich die Figuren ohne Mühe auf einem Untersatz mit Rollen über die flache Schwelle in den jeweils genutzten Behandlungsraum hinüberschieben lassen. Der Schandwerker wollte Ekstase und Arbeit in seinem Atelier, in der alten Fabrik, binnen eines Monats anfertigen. Auch über das Honorar hatte man sich ohne großes Hin und Her verständigen können.

Wir schwiegen schon ein überlanges Weilchen. Mein Gastgeber ging, die Milchkaffeeschale in der Rechten, den Letzten Willen meiner Mutter in der Linken, vor seinen Werktischen auf und ab. Silvie kaute auf ihrer Schwanzspitze. Trotz des starken Kaffees hatte ich mit dem Gähnen zu kämpfen. Der Schandwerker hustete. Seine Skulpturen hatte ich im Frühling, an einem Mai-Sonntag, zum ersten und zum einzigen Mal gesehen. Ich war mit zwei Stück Erdbeertorte und einem heiklen Ansinnen bei meiner Schwester eingetroffen. Bevor wir nach oben gingen, zeigte mir Petra ihre neuen Türwächter. Während ich die beiden radikal afrikanischen Dämonen umkreiste, ohne mich zu einem Urteil durchringen zu können, betonte sie noch einmal, wie billig sie die Figuren gekommen seien. Man müsse das Ganze nur in Stundenlohn umrechnen. Von den Materialkosten ganz zu schweigen. Woraus die Plastiken im Inneren genau bestünden, habe der Künstler allerdings nicht verraten wollen, sondern nur, unter verlegenem Hüsteln, von einer mineralischen Spezialmischung gesprochen. Außen sei die fragliche Substanz mit einem hochwertigen Kunstharz geglättet, das man sonst exklusiv im Yachtbau verwende. Der wunderbare Ebenholzschimmer komme durch eine aufwendige Poliertechnik zustande. Noch nach der Aufstellung habe der Schandwerker stundenlang mit einer besonderen Watte auf Arbeit und Ekstase herumgebohnert, bis er endlich mit dem Glanz zufrieden gewesen sei.

An jenem Nachmittag hat mir mein Schwesterherz nach Kaffee und Kuchen und den üblichen grundsätzlichen Ermahnungen einen Privatkredit zu einem maßvollen Jahreszins gewährt. Mir war nichts anderes mehr eingefallen, als sie anzupumpen. Ich habe keine reichen Freunde zur Hand, ich verfüge nicht einmal über mittelmäßig vermögende Bekannte. Und aus Mama war die letzten Jahre, seit sie sich mit dieser Sekte, mit den Arborianern, eingelassen hatte, kein Geld mehr herauszuholen gewesen.

«Chef, nimm mir die Wahrheit nicht krumm. Es ist so: Bäume können sehr alt werden. Älter als ich oder du. Deine Mutter wollte, dass ihre Pflänzchen nicht nur nach ihrem eigenen, sondern auch nach dem Tod ihrer Nachkommen in Sicherheit sind.»

Aus der linken Ecke, wo ich auf dem letzten Werktisch den Rumpf und die Trennscheibe eines gewaltigen Winkelschleifers erkennen konnte, hielt der Schandwerker seinen rechten Zeigefinger auf mich gerichtet, um auch gestisch zu unterstreichen, wessen Hinscheiden er meinte. Vielleicht war er aus Rücksicht so weit ins Halbdunkel getreten, bevor er mir seine schlichte Einsicht mitteilte. Sie schockierte mich nicht. Ich hatte in den letzten Jahren nie daran gezweifelt, dass unserer Mutter das Grünzeug, das sie auf dem Balkon und in ihrer Wohnung hochpäppelte, längst wichtiger geworden war als Tochter und Sohn.

Die Arborianer bilden ein bundesweit gut organisiertes Netzwerk. Als herausgekommen war, wem sich unsere Mutter angeschlossen hatte, zögerte Petra nicht, Erkundigungen einzuziehen. Dies erwies sich als schwierig. Zur arborianischen Philosophie gehört ein tiefverwurzeltes Misstrauen all denen gegenüber, die noch das Sklavensiegel tragen. Damit sind wir gemeint: diejenigen, die noch nicht begriffen haben, woran dieser Planet leidet und wodurch er gesunden könnte. Auch im Internet, das die Arborianer intensiv nutzen, ist es nicht einfach, in eines ihrer geschützten Foren einzudringen. Aber meine große Schwester lässt nicht so schnell locker. Im Hunsrück machte sie einen Sektenbeauftragten der evangelischen Kirche ausfindig, der sich auf die Umtriebe esoterischer, insbesondere biosophischer Gruppierungen spezialisiert hatte.

Was Petra herausbekam, gab auch mir zu denken. Bis dato war ich der späten Baumliebe unserer Mutter eher belustigt gegenübergestanden. Warum sollte sich eine über siebzigjährige Witwe, die vergeblich auf Enkel gehofft hatte, nicht um Pflänzchen in Not kümmern? Die Baum-Adoption ist, soweit wir es verstanden haben, das praktische Herzstück des Arborianismus, sein eigentlicher Kult. Mama, die zuvor ihre Eigentumswohnung nur noch zum Einkaufen verlassen hatte, nahm als Arborianerin eine regelrechte Wandertätigkeit auf. Man muss wohl Rentner sein oder arbeitslos, um den Pflichten dieser Weltanschauung vollauf genügen zu können. Auf seiner täglichen Pilgerschaft durch die nähere und weitere Umgebung sucht der Arborianer Bäume, die kränkeln oder denen Gefahr droht. Besonderes Augenmerk gilt jenen Schösslingen, die es geschafft haben, wild hochzusprießen. Wird ein solcher Jungbaum auf einer Verkehrsinsel, an einer Hauswand oder gar in der Tiefe eines Gullys entdeckt, gilt es, ihn dort zu erhalten oder ihn an einen sicheren Platz zu retten. Der Sektenbeauftragte hat Petra erzählt, wozu Arborianer, wenn es hart auf hart geht, bereit sind. Es gebe wahrlich spektakuläre Fälle. Für ein lausiges Weißdörnlein, für eine x-beliebige Pappel, für das Fortwesen irgendeines albernen Ahorns sei schon Blut geflossen – und zwar nicht bloß der Lebenssaft des jeweiligen Baumbehüters.

«Chef, du hast doch bestimmt die Schlüssel mit?»

Der Schandwerker war zu mir an die Couch getreten. Silvie schien just darauf gewartet zu haben, denn genau zwischen uns sprang sie auf den niedrigen Tisch. Als wären wir nun hinreichend vertraut miteinander, schob sie das Schnäuzchen in meine Kaffeeschale und begann den erkalteten Milchschaum herauszuschlecken.

«Chef, ich mach uns noch einen Kaffee, und dann fahren wir hin. Ohne Ortsbegehung lässt sich so etwas nicht seriös vereinbaren. Wir sind deiner Mutter schuldig, dass alles seine Ordnung hat. Es stört dich hoffentlich nicht, wenn meine Silvie mitkommt?»

Ich hatte nicht gewusst, dass es Katzen gibt, die gerne Auto fahren. Petra hätte mir davon erzählen können, denn Sylvie war bestimmt auch zu ihr in die Praxis mitgenommen worden. Jetzt saß sie auf dem Schoß ihres Herrchens, reckte das stupsnasige Haupt Richtung Windschutzscheibe. Als wir dem chic restaurierten Rest der alten Stadtmauer folgten und der Seniorenpark an der Schwedenschanze in Sicht kam, wurde sie unruhig und drückte die Vorderpfoten gegen das Handschuhfach. Unsere Eltern hatten sich ihre Eigentumswohnung quasi vom Reißbrett gekauft, noch bevor die Fundamente der Wohnanlage in das Bett des einstigen Stadtgrabens gegossen wurden, und sie mussten ihre Entscheidung nie bereuen. Die Lage am südlichen Rand der Altstadt bleibt einmalig, und die für damalige Verhältnisse großzügig bemessenen Räume sind seitdem Jahr für Jahr im Wert gestiegen. Sobald die Renovierung ihrem Ende entgegengeht, sobald die zum Teil arg auffälligen Mängel beseitigt sind, will sich Petra um einen vertrauenswürdigen Mieter kümmern.

Ich muss gestehen, dass es mir ein wenig peinlich war, mit dem Schandwerker gesehen zu werden. Vor dem Lift trafen wir ausgerechnet den ehemaligen Steuerberater meiner Eltern. Er ist hoch in den Achtzigern, und obwohl wir bereits auf der Beerdigung miteinander gesprochen hatten, nutzte er unsere gemeinsame Auffahrt, um mir noch einmal umständlich sein Beileid auszudrücken. Dem Schandwerker hatte er, ungewöhnlich lang und freundlich grimassierend, die Hand geschüttelt. Kurz kam mir der Verdacht, er könnte ihm schon einmal begegnet sein, aber wahrscheinlich ist einem bloß ab einem gewissen Alter nichts Menschliches mehr fremd. Ich hingegen sah im Aufzugsspiegel unangenehm scharf, was mir im Dunkel der Fabrik und im Zwielicht des Autos kein genaueres Hinblicken wert gewesen war: Mein Begleiter trug eine dreiviertellange, völlig blank gewetzte, mit Hirschhornknöpfen geschmückte Lederhose, dazu militärartige Schnürstiefel, und in seiner Armbeuge schmiegte sich Silvie an einen jener olivfarbenen Nylonblousons, die sich unter Fußball-Hooligans und anderen prügellustigen Gesellen anhaltender Beliebtheit erfreuen. Zu diesem bereits in sich unstimmigen Aufzug bildete das lange, leicht gekräuselte, im Nacken zu einem kuriosen Dutt hochgebundene Haar einen weiteren irritierenden Kontrast.

Bei meiner Mutter waren wir dann glücklicherweise wieder unter uns. Während ich herumging, um alle Lampen, auch die zahlreichen Pflanzenleuchten, einzuschalten, machte sich mein Begleiter, ohne dass er mich um Erlaubnis gefragt hätte, in der Küche zu schaffen. Weder er noch Silvie zeigten sich überrascht darüber, wie es in der Wohnung aussah. Und als er mit zwei Pötten frisch gebrauten Filterkaffees zu mir ins Wohnzimmer kam, hatte seine Katze dort längst ein schönes Plätzchen zum Hinlegen gefunden: Vor der Balkontür war von Wand zu Wand ein fußbreiter Streifen Parkett herausgenommen worden. Irgendein williger Handwerker hatte auf Befehl der Arborianerin auch die darunterliegenden Pressspanplatten und sogar den Beton des Bodens einige Zentimeter tief weggestemmt. Über eine dunkelgraue Folie war dann Blumenerde gehäuft worden, in der nun ein halbes Dutzend Eichenschösslinge heranwachsen durften. Silvie hatte sich zwischen diese Miniatur-Allee und die Balkonfront gelegt und begann – nun schnurrte sie sogar! – die Wärmestrahlung der Naturlichtleuchten zu genießen.

«Chef, ich sag dir eins: Eiche ist nachtragend, Eiche kann sogar als Brett noch beleidigt reagieren. Mit dem Abtransport der kleinen Kerle sollten wir warten, bis auch die letzten Blättchen braun geworden sind!» Der Schandwerker schlürfte an seinem Kaffeepott, hüstelte nachdenklich und drehte sich noch einmal langsam auf den Absätzen, um all das, was da rund um die unverwüstliche Ledersitzgruppe, die ich noch aus meiner Kindheit kannte, grünte und vor sich hin verholzte, mit einem fachmännischen Blick zu würdigen.

Unter Tränen hat mir Petra erzählt, wie unsere Mutter von ihrer polnischen Putzfrau aufgefunden worden war. Die Arborianerin lag in ihrem Bett, genauer gesagt auf ihrer Seite des Doppelbetts. Die andere, die rechte Hälfte, auf der acht Jahre zuvor unser Vater gestorben war, hatte ein geschickter Schreiner in einen Pflanzkasten verwandelt. Petra sah diesen Umbau zum ersten Mal, denn in Mamas Schlafzimmer war sie lange nicht mehr vorgedrungen. Neben der Toten wölbten Heckenrosen ihre Ranken den an der Decke befestigten Leuchtröhren entgegen. Eine Schaltuhr hatte sie auch am fraglichen Tag bei Sonnenaufgang unter Strom gesetzt. Die linke Hand der Toten steckte bis zum Gelenk in der lockeren Torferde. Der Ärmel des Nachthemds war in die Stacheln eines Triebs verhakt. Auch in Mamas Schlafzimmer herrschte der Herbst, und so konnte Petra an Form und Farbe einiger kleiner Hagebutten erkennen, dass unsere Mutter verschiedene Rosenarten, die gewiss auch unterschiedlich blühten, neben ihrer Matratze hegte.

Soweit ich es zu beurteilen vermochte, ging es allen Gewächsen, auch den Rosen, gut. Da Petra in Praxis und Wohnung nicht einmal eine Yucca-Palme hielt und sich bereits von der Betreuung eines einzigen Usambara-Veilchens überfordert gefühlt hätte, war eine Gärtnerei beauftragt worden, jeden zweiten Tag nach dem Rechten zu sehen. Die letzten Wochen waren ungewöhnlich mild gewesen, und dazu hatte das Binnenklima der Wohnung bestimmt einen gewissen Einfluss auf die jahreszeitliche Umstellung des pflanzlichen Stoffwechsels. Man musste sich also schon auskennen, um für die angemessene Feuchtigkeit zu sorgen.

Über Silvie hinwegsteigend, öffnete der Schandwerker die Balkontür. Ich wusste von Petra, dass uns da draußen das wahrscheinlich schwierigste Problem erwartete. Unsere Mutter hatte sich nämlich nicht darauf beschränkt, den Balkon mit Pflanzkübeln zu verstellen. Silvie erhob sich träge, etwas schien sie hinauszulocken. Auch ich fädelte mich vorsichtig zwischen die großen Tontöpfe, um mir die ganze Bescherung aus der Nähe anzusehen. Über unseren Köpfen und sogar rechts und links, jenseits der seitlichen Brüstung, ragten Winkeleisen in die Nacht. Der Schandwerker wies mich darauf hin, dass sie durchweg mit hochwertigen Schwerlastdübeln an der Fassade befestigt waren. Für diese Aufhängung lege er ohne Zögern seine Hand ins Feuer. Auf die gleiche Weise würden heutzutage komplette Balkone angebracht. Die hundertzwanzig Kilo, die so ein Topf mit Erde und Bäumchen maximal wiege, stellten für derartige Dübel keine ernstzunehmende Zuglast dar. Ich glaubte ihm das. Aber wie es kommen musste, hatten sich die Darunterwohnenden auf der Eigentümerversammlung über die Konstruktion beschwert und ihre Beseitigung verlangt. Prompt hatte sich unsere Mutter stur gestellt und war drauf und dran gewesen, sich wegen der frei schwebenden Jungbäume auf einen Rechtsstreit mit ihren Nachbarn einzulassen.

«Mach dir keine unnötigen Sorgen, Chef. Ich baue das alles restlos zurück!» Der Schandwerker räusperte sich zuversichtlich. Gleich morgen wolle er die ersten Pötte von der Wand heben – obschon es stets traurig sei, eine gute Arbeit ohne überzeugenden Grund zunichtemachen zu müssen. Gut Ding wolle auch nach der Fertigung noch seine Weile haben.

Zu unseren Füßen stieg Silvie in eine Plastikwanne, die mit Katzenstreu gefüllt war. Und während sie mit halbgeschlossenen Augen ihr Geschäftchen verrichtete, überlegte ich irritiert, ob Mama sich zuletzt – trotz ihrer Tier-haar-Allergie und zusätzlich zu ihren Pflanzen! – eine Katze oder ein anderes Haustier gehalten haben könnte.

Auf der Rückfahrt hielt ich schon nach wenigen hundert Metern an der ersten Tankstelle, um sicherheitshalber den Reifendruck zu erhöhen. Der Schandwerker hatte ge-meint, es sei ökologisch sinnvoll, gleich eine erste Fuhre mitzunehmen. Und so hatten wir den offen stehenden Kofferraum, die Fondbank und sogar den Fußraum vor dem Beifahrersitz mit Töpfen und Töpfchen vollgestellt. Mein Begleiter saß im Schneidersitz neben mir. Silvie hatte es sich zunächst auf seinen gekreuzten Schenkeln bequem gemacht. Aber als wir aus der Tankstelle bogen, sprang sie urplötzlich auf meinen Schoß.

Der Kopf der Ekstase hat etwas Pantherartiges. Das samtige Schimmern der Lackierung unterstreicht diesen Eindruck. Die vier oder gar sechs Brüste der Figur habe ich spitz zitzenartig in Erinnerung, und die Nägel ihrer schma-len Hände sind zu Krallen gekrümmt. Damals im Mai hatte Petra für mein Gespür etwas zu eindringlich beteuert, wie sehr ihr das Doppelwerk ihres Schwarzarbeiters gefalle. Ich bilde mir nicht ein, viel von Frauen zu verstehen, aber wenn meine Schwester vom Schwärmen ins Schwindeln hinüberschlittert, merke ich es schon. Mir gingen Arbeit wie Ekstase gründlich gegen den Strich. Bereits Petras echt afrikanische Plastiken protzen arg penetrant mit dem Geschlechtlichen, aber wie sich die Pantherfrau vor dem

Betrachter spreizt, setzt der urigen Geilheit der Primitiven eine porno-kitschige Spitze auf. Petras Patienten werden wohl ihre liebe therapeutische Not damit haben.

Als wir sein völlig finsteres Gelände erreichten, stieg der Schandwerker aus und stemmte den windschiefen Drahtflügel zu Seite. Diesmal durfte ich also bis an die Fabrik fahren. Dort schob er das Tor einen Spalt auseinander, und wir trugen Topf auf Topf, Kübel um Kübel in den Vorraum. Meiner Schwester hatte er freimütig gestanden, dass er halb illegal in der alten Fabrik hause. Offiziell nutze er das Gebäude, das wie das umliegende Gelände der Stadt gehöre, als Atelier und sei, um der behördlich verordneten Form zu genügen, in der Altstadtwohnung eines Freundes zur Untermiete gemeldet.

Nachdem er uns Kaffee gemacht und wir den ersten heißen Schluck im Stehen getrunken hatten, forderte er mich auf, erneut mit anzupacken. Wir räumten den mittleren Werktisch ab und rückten das schwergewichtige Teil so zur Seite, dass ein Stück der Asbestwand frei lag.

«Asbest, Chef! Ach, unser guter Asbest. Du weißt wahrscheinlich genauso wenig wie dein Schwesterchen, dass er zu hundert Prozent ein Naturprodukt ist.»

Nein, das war mir gleich Petra in der Tat unbekannt gewesen. Und erstaunt sah ich den Schandwerker versonnen, fast zärtlich über die grauen Platten streichen. Den besten Asbest, den mit den längsten, glattesten und homogensten Fasern, finde man übrigens nicht, wie oft behauptet, in Sibirien, sondern in Südafrika. Dort, in Steppe und Wüste, werde auch der einzige Edelstein, zu dem sich Asbest verdichten könne, das sogenannte Tigerauge, geschürft. Die Buschmänner hätten noch im vorigen Jahrhundert verstanden, sich die heilende Kraft des Tigeraugs zunutze zu machen, für uns sei dieses Wissen, seien die unumgänglichen Rituale leider bis auf weiteres im Bauch der Zeit verschollen.

Der rechte Zeigefinger des Schandwerkers verschwand in einer der Platten. Seine Hand drehte sich, und eine Tür, so sauber in die Verkleidung eingepasst, dass sie im Halbdunkel nahezu unsichtbar gewesen war, klappte nach innen – hinein in die bislang verborgen gewesene Tiefe der Fabrik.

Das Wort Arboretum war mir zuvor, vor meiner Nacht mit dem Schandwerker, nie zu Ohren gekommen. Und als ich die neun Buchstaben einige Tage später in das weiße Eingabefeld einer Internet-Suchmaschine tippte, enthielt die Ergebnisliste keine einzige deutsche Seite. Im angelsächsischen Bereich hingegen scheint Arboretum als Fremdwort aus dem Lateinischen durchaus gebräuchlich zu sein. Der Schandwerker ist ein belesener Mann. Meiner Schwester, die ihn in ihrer unverblümten Art nach seinem Bildungsweg gefragt hatte, gestand er, ein paar Semester Philosophie und Volkskunde studiert zu haben. Ähnlich fragmentarisch sei auch der Erwerb seiner praktischen Fähigkeiten verlaufen. Er habe sich von Fall zu Fall, auf Baustellen, bei Abbrucharbeiten und diversen Gelegenheitsjobs, nach und nach seinen Teil abgeguckt. Einen Handwerker dürfe und wolle er sich dennoch nicht nennen. Aber auch mit dem Titel «Schandwerker» lasse sich

71

leben. Mich wundert nicht, dass diese Selbstbezeichnung Petra sogleich entzückte. Sie mag Männer, die sich auf geistreiche Art vor ihr erniedrigen. Und auch ich, der sich in beruflicher Hinsicht kaum weniger fragwürdig fühlt, konnte mich der Bündigkeit dieser Benennung und dem Charme ihres Understatements nicht entziehen.

«Packen wir's an, Chef! Bringen wir die Kleinen zu den anderen ins Arboretum!»

Hinter der Asbesttür war das Gebäude wie ausgehöhlt. Vermutlich hatte die Fabrik, bevor sich ihr jetziger Bewohner sein Domizil abtrennte und ausbaute, nur aus einer einzigen hohen Halle bestanden. Bis zuletzt versäumte ich, den Schandwerker nach ihrer ursprünglichen Bestimmung, nach dem, was dort einst gefertigt wurde, zu fragen. Nun, unter seiner Regie, war die Produktion auf signifikante Weise in zwei scheinbar unabhängige Herstellungswege gespalten. Was er sein Arboretum, also seine Pflanz- oder Baumschule, nannte, bestand aus langen Reihen von Töpfen, Kübeln und Eimern. In alles, was Erde fassen konnte, in aufgeschnittene Olivenölkanister, in die bekannten ovalen Farbbehälter und selbst in Haushaltswannen aus Plastik hatte der Schandwerker Bäumchen gesetzt, die hier unter schützendem Glasdach zu Bäumen heranwachsen durften. Stolz zeigte er mir das eine oder andere rare Stück, einen wohlgeratenen Ginkgo, eine seltene Birnensorte und einige Eiben, die, weil ihre Blüten, Früchte und Nadeln giftig sind, kaum noch Liebhaber finden. Aber mir entging bei unserem Rundgang natürlich nicht, dass die Schösslinge in der Mehrzahl den allergewöhnlichsten Arten angehörten.

Dazwischen, auf einem Dutzend ohne erkennbares System in der Halle verteilter Paletten, war zu sehen, welch zweiter Heimarbeit der Schandwerker frönte. Parallel zur Baumzucht war er handwerklich, ja in gewisser Weise sogar künstlerisch zugange. Obwohl keine der etwa zwölf Figuren das letzte Stadium ihrer Fertigung erreicht hatte, erkannte ich die beiden Modelle sogleich wieder. Hier im Arboretum wurden ausschließlich Arbeit und Ekstase, Ekstase und Arbeit in serieller Gleichförmigkeit aus demselben hellgrauen Material herausgesägt, zurechtgehobelt und glatt geschliffen.

Die Hand des Schandwerkers fuhr prüfend über einen relativ weit gediehenen Rohling. Er runzelte die Stirn. Ich trat heran und sah die borstigen Fasern auf dem Hinterkopf der Ekstase, die ihn anscheinend störten. Er räusperte sich ungeduldig, und schon hatte er ein Stück Sandpapier aufgenommen und begann zu schleifen.

«Mach uns noch einen letzten Kaffee, Chef! Ist nicht schwierig: Sind kleine Bildchen über den Tasten.»

Drüben in der Kochnische erwartete mich Silvie. Sie saß vor dem Kühlschrank und miaute fordernd. Während ich mir über der Spüle die Hände wusch, entdeckte ich auf dem Boden einen Teller mit vertrockneten Katzenfutterresten. Warum nicht? Warum sollte ich mir nicht eine kleine intime Freiheit herausnehmen und mit seiner Lebensgefährtin fraternisieren? Schließlich steckte der Schandwerker nicht nur mit meiner Schwester, sondern vermutlich sogar mit Mama unter einer Decke. Die kleine Katze knurrte tiefkehlig, als ich ihr eine übertrieben üppige Portion vor die Pfoten stellte. Sie fraß, sie schlang mit erstaunlicher Gier, und aus der hohlen Tiefe des Arboretums hörte ich den Schandwerker schleifen und husten und schleifen.

Schon in der Praxis meiner Schwester hatte mich die Personifikation der Arbeit irritiert. War es künstlerischer Kühnheit oder einer höheren, quasi spirituellen Faulheit geschuldet, dass er beide Figuren katzenähnlich gestaltet hatte? Der Arbeit hatte zweifellos Silvie Modell gestanden. In hüfthoher Vergrößerung sah sie aus wie eine von vielen Würfen ausgezehrte, von ihren Welpen magergesaugte Löwin. Zwischen ihren Zitzen und auf ihrem Schweif hatte der Schandwerker die feinen Fasern seines Werkstoffs nicht geglättet. Und so wirkte – in schönster Unsinnigkeit! – die Verkörperung der Arbeit animalischer als die der Ekstase, an der sich alles apfelhäutig zu runden hatte.

Als ich die beiden Kaffeeschalen Richtung Arboretum balancierte, kam mir mein Gastgeber entgegen. Fügsam machte ich kehrt, und durch das Tor traten wir hinaus in die klare Nacht. Es war kalt geworden. Der liebliche Altweibersommer, der uns überlang verwöhnt hatte, schien seinen letzten Tag verschenkt zu haben. Morgen würde es Wind und Regenwolken geben. Der Schandwerker schob die Tür seiner Fabrik zu. Krachend fuhren die Rollen über die rostigen Schienen. Dann kam er mit Silvie zu mir. Die satte Kätzin legte sich auf die Seite und begann, sich den Bauch zu lecken. Wir Männer schauten auf zu den Sternen. Wir blinzelten nicht. Wir spannten die Muskeln der Augen und warteten brav – demütig und dennoch stolz auf das

Vollbrachte –, ob es diesem maßlos weit gereisten Licht gelingen würde, das Staubgeflirr, das Leuchten, den kosmischen Blitz andersartiger Arbeitszeit auf unsere Netzhaut zu zaubern.

DIE ZUNGE

Mascha macht uns die Mimik. Ein steinaltes Mischpult, ein technisches Museumsstück, hat sich unsere patente Teamfrau so eingerichtet, dass sie Soft-Face, die Wunderwaffe, mit urig dicken Drehknöpfen und großen Schiebern steuern kann. Immer wenn ich, wie jetzt, von meiner Sprechkabine quer durch den Keller hinüber in die Getränke-Ecke wandere, muss ich, wo sich der Durchgang verjüngt, dicht an der maximal zurückgekippten Lehne von Maschas Drehsessel vorbei. Seit kurzem, seit die Messe uns auf Trab hält, streift Mascha schon in der ersten Stunde der Nachtschicht die Schuhe und die Söckchen ab, um ihr Pult mit Fersen und Zehen zu bedienen. Ich sehe, heute sind ihre Fußnägel abwechselnd schwarz und orange lackiert. Ein schmaler Silberreif liegt eng um ihren rechten Knöchel.

Von den zwölf Bildschirmen, die hinter Maschas Mischpult die Wand bis an die Kellerdecke füllen, ist erst ein Drittel hell. Die meisten unserer Gäste sitzen noch irgendwo beim Abendessen, oder sie trinken in den Bars, bis sich der vielstimmige Nachhall ihres Messetags in etwas Halbartikuliertes und schließlich in ein Rauschen ohne Höhen und Tiefen verwandelt. Erst dann kommen sie, Taxi für

Taxi, Mann für Mann, zu uns, ins beste der großen Hotels, gehen auf ihre Zimmer, hängen den Anzug in den Schrank und zappen sich im Bett durch die TV-Programme. Schnell fängt sie der Hotelkanal, wo sie bei mir und den Kollegen und bei Mascha entdecken, was noch fehlt, um schlafmüde zu werden. Wir heißen Home-Channel 99. Die erste Minute ist gratis, die weiteren kosten nicht die Welt. Beinahe jeder, der uns in Anspruch nimmt, findet nach einer guten halben Stunde seine Seelenruh. Nur wenige, fast immer sind es Gäste aus dem Fernen Osten, wollen – wer weiß warum – länger und länger, manchmal die ganze Nacht, mit uns auf Sendung bleiben.

Kurz vor der Messe hat uns die Geschäftsführung noch einen neuen Kaffeeautomaten spendiert. Der schlanke Kasten schmückt jetzt den toten Winkel unseres Arbeitskellers. Die schwarzgebrannten Bohnen, das Mahlwerk und die silbrigen Hebelchen der Abfüllmechanik stellt die schicke Maschine hinter Plexiglas zur Schau. Wir können zwischen drei Sorten und zwölf Zubereitungsweisen wählen. Ich nehme zum ersten Mal Café Extreme. Von meinem Platz aus habe ich erspähen können, dass Mascha seit Schichtbeginn schon zweimal diese Taste drückte. Der Automat grummelt, lässt lang die Mühle krachen, schnurrt wie ein Tier, scharfriechend zischt es unter hohem Druck in meinen Becher, dann tropft ein wenig zähflüssige Instant-Sahne in den Sud.

Mascha hat ihre henkellose Schale mitten auf dem Mischpult stehen. Jetzt, wo sie mit der rechten Ferse zwei Regler gleichzeitig nach oben schiebt, klackert ihr Knöchelreif gegen das Porzellan. Die große Schale schwankt, ich sehe den Rest Kaffee dem Rand entgegenschwappen, aber schon hat meine Kollegin das Schaukeln ihres Trinkgefäßes mit dem abgespreizten kleinen Zeh gestoppt und beugt sich weit nach vorn, die Fingerspitzen beider Hände tanzen, während sie den Monitor im linken oberen Eck fixiert, über die Drehregler, deren gerillte Kegel in zwei Reihen fast wie Kiefer, wie die abgestumpften Zähne eines Wiederkäuers, den unteren Rand der schwarzen Fläche bilden.

Ich eile an meinen Platz zurück, weil mich ein Fiepsen ruft. Ich habe einen stark betrunkenen, schwach sächselnden Kunden mit Mimo-Vox allein gelassen. Er war recht schnell in jene Phase eingetreten, die wir den Abhang nennen, da sie uns Sprechern nach Themenfindung und Gesprächsanbahnung erlaubt, uns wartend zurückzulehnen. Im Abhang sendet uns das Mikro, das in die Fernbedienung des Zimmerfernsehers integriert ist, einen mehr oder minder flüssigen Monolog und irgendwann, oft nach abruptem Verstummen, manchmal mitten im Satz, bloß noch die Atemlaute des Klienten in den Keller. Einige Kunden legen die Fernbedienung in diesem Stadium irgendwann neben sich oder in seltsamer Diskretion ganz an das Fußende des Betts. In diesen Fällen hatten wir früher mit Rückkopplungen des Fernsehtons zu kämpfen. Aber inzwischen sind Soft-Face und Mimo-Vox so ausgereift, dass wir uns nur noch selten, halb spöttisch, halb mit Wehmut, an die Zeit der Kinderkrankheiten erinnern.

Mascha, unsere Bild-Frau, überwacht sämtliche Gesichter, die Soft-Face generiert. Dagegen braucht es zur

Kontrolle des zugesprochenen Tons weiterhin mehrere Männer. Jetzt, in den Messetagen, sitzen vier von uns in den schallisolierten Arbeitsboxen. Kai winkt mir durch die Glastür seiner Kabine zu. Kai ist ein Urgestein; er war bereits dabei, als Home-Channel 99 vor zwei Jahren seinen ersten Messe-Einsatz trotz tausend kleiner Tücken bravourös bestand. Gestern, als wir im Morgengrauen noch ein Weilchen an der neuen Kaffeemaschine beieinanderstanden, erzählte Kai, dass einst, in einer allerersten Probephase, mit Live-Bild – mit echten Frauen, die die Lippen stumm bewegten! – gesendet worden sei. Kai gab uns eine haarsträubende Anekdote aus dieser Zeit zum Besten, und unsere beiden Youngster, entlaufene Studenten der Kunstgeschichte, wurden – albern, wie sie sind, und übermüdet, wie wir gestern alle waren – von einem hemmungslosen Kichern durchgeschüttelt. Nur Mascha lachte nicht. Vielleicht hatte sie die Pointe nicht verstanden. Wie gut ihr Deutsch ist, können wir, da sie kaum spricht, nicht sagen.

Mit einem Stift klopft Kai jetzt an das Glas der Trennwand und zeigt auf seinen Monitor. Ich winke ab. Er soll sich einen Augenblick gedulden. Erst muss ich kurz in das hineinhören, was sich der Sachse und Mimo-Vox gerade zu erzählen haben. Die Daten von Soft-Face und Mimo-Vox werden seit einem guten Jahr restfrei selbsttätig verrechnet, das heißt, nur wenn einer von uns vieren die Automatik wegklickt und selbst ins Mikro spricht, muss Mascha die zu diesem Live-Ton generierte Gesichtsbewegung kontrollieren und gegebenenfalls verbessern. Soft-Face und Mimo-Vox sind so getaktet, dass Mascha eine gute Sekunde Zeit hat, für ein adäquates Mienenspiel zu sorgen. Überschreitet sie dieses Limit, schickt Soft-Face Standardbewegungen der Mundpartie auf den Bildschirm des Kunden. Das kann mitunter noch immer etwas hölzern, im schlimmsten Fall wie falsch synchronisiert aussehen.

Aber Mascha ist schnell. Als sie an einem Frühlingsnachmittag zu einer Proberunde kam, hatten wir einen jungen Kerl, den wir alle für den ultimativen Bild-Mixer hielten, an die Internet-Konkurrenz verloren. Mascha wurde wie die vorausgegangenen Bewerber ohne Einführung mit Soft-Face konfrontiert. Wir, die damals noch sechsköpfige Riege der Sprecher, stellten uns mit Uli, dem Geschäftsführer, hinter ihren Stuhl. Maschas kurzes Haar war schreiend himmelblau gefärbt. Wir grinsten allesamt, wir feixten uns sogar zu. Maschas arg knappes Deutsch, ihr harter Zungenschlag, ihr Stirnrunzeln, während sie sich mühte, unser professionelles Gequatsche zu verstehen, hatten uns grandios und frech gemacht. Ich weiß noch, wie wir dann, als sie zu mischen angehoben hatte, nacheinander stumm geworden sind und schließlich mucksmäuschenstill enger und enger hinter dem Blau ihres Haars zusammenrückten.

Alles scheint gut. Der Gast von Zimmer 33 befindet sich in bestem Einklang mit der Automatik. Als ich mich vor das Mikro setzte, servierte Mimo-Vox die Phrase O-71: «Das musst du mir jetzt ganz genau erklären, Süßer!» Und wie nicht anders zu erwarten, hat der Sachse mit einem Sololauf begonnen. Schon die Betulichkeit des Tons signalisiert, dass Mimo-Vox und ich ein weiteres langes Weilchen zuhören dürfen. Erst jetzt probiere ich meinen Café

Extreme. Er ist unglaublich stark, fast ungenießbar bitter. Aber da Mascha den Kaffee so trinkt, ignoriere ich das flaue Gefühl in meinem Magen und nippe weiter am wulstigen Rand des Plastikbechers.

Kai kommt herüber. Er sieht schlimm blass aus. Kein Wunder, er geht schon auf die vierzig zu, hat fast ein Vierteljahr pausiert, ist unserer Sechs-Nächte-Schicht wohl nicht mehr ganz gewachsen. Ich rutsche halb von meinem Drehstuhl; Kollege Kai setzt sich zu mir. Schenkel an Schenkel sehen wir das Gesicht «Sophia» den Exkurs meines Klienten mit Lächeln, Nicken und Augenbrauenheben nähren. Von Mimo-Vox kommen in zufällig generiertem Abstand allerlei Zustimmungsgeräusche, ein schönes Schmunzelschnauben und jetzt, hinein in eine kleine Sprechpause des Gasts, ein glucksendes Lachen, das ihn sogleich zum Weitererzählen animiert. Kai fragt, was ich da trinke, ich lasse ihn Maschas Café Extreme probieren.

Zurzeit arbeitet Soft-Face mit acht Gesichtern. Der Kunde, der sich für unseren Kanal entscheidet, bekommt davon stets sechs zur Auswahl. Die restlichen zwei werden als «Leider momentan beschäftigt!» zunächst zurückgehalten. Aber bereits während der nächsten drei Minuten erscheinen ihre Namen im Bildschirmtext als «Wieder frei!». Leicht verzögert blockiert unser Programm, zum Schutz der Illusion, zwei andere Gesichter. Wir wissen aus Erfahrung, dass es die Nutzer irritieren würde, wenn alle acht permanent – was technisch natürlich kein Problem ist – bereitstehen würden. Mann ist als Konsument ungern allein. Kai sagt mir jetzt, Sophia sei auch bei ihm wieder das Top-Gesicht der ersten Stunde. Er meint, wir sollten Mascha bei Gelegenheit fragen, ob es schon vorgekommen sei, dass Sophias breites Antlitz sämtliche Monitore füllte. Das hieße dann, dass wir in unseren Glaskabäuschen, alle zur selben Zeit, mit Sophias tiefer, rauchig wohltönender Stimme zugange gewesen wären.

Meinem Klienten muss ich nun doch ein kleines individuelles Extra geben. Eben hat er von seiner Ehefrau erzählt, ist dann abrupt verstummt, er will wohl eine Antwort haben. Ich klicke die Phrasen O-15 und O-93 an und spreche den Namen seiner Gattin ein. Damit ist alles Nötige getan. Sophia wird sich glaubwürdig einfühlsam zu dem von ihm beklagten Hauptproblem der Ehe äußern. Kai hat einmal erzählt, dass er die Mütter von Sophia kenne. Die Stimme stamme – zu hundert Prozent! – von einer tragisch früh an Krebs verstorbenen Schauspielerin des hiesigen Stadttheaters. Sophias Gesicht hingegen sei bereits auf eine schlichte Art synthetisch: Zwei Schwestern aus Berlin habe man so gemischt, dass sich das Mütterlich-Verständige der Älteren mimetisch spannend mit dem Anzüglich-Frechen der Jüngeren verbinde.

Ich frage Kai, was er denn vorhin von mir wollte. Er sagt, er würde mir die Sache lieber zeigen, und wir gehen in seine Box hinüber. Kai hat zwei Kunden laufen. Ein Bildschirm präsentiert Sophia, die eben ihren Schmollmund zieht, um Phrase 0-36 «Ach, sei so lieb und flüstere mir noch was!» gebührend abzuschließen. Außerdem ist das schmale, eigentümlich alterslose Gesicht von «Yvonne» zu sehen. Yvonne war unser erstes wirklich multiples Antlitz. Sie wurde aus sechs lebenden Müttern und aus Fragmenten von Spielfilmstars der sechziger Jahre zu einem etwas starren, aber gerade in seinem maskenhaften Ausdruck besonders intensiven Typus komponiert. Kai bittet mich, Yvonne im Auge zu behalten. Er wolle schnell zum Automaten, um sich ebenfalls einen Becher Kaffee zu holen. Ihm schmecke dieses Zeug, außerdem gehe das Getränk – gleich würde ich es sehen! – erstaunlich gut mit dieser denkwürdigen Nacht zusammen. Café Extreme passe heute schlechterdings wie die berühmte Faust aufs Auge.

Weil Kai nicht mehr zurückkam, ging ich ihn suchen und habe ihn an Maschas Platz gefunden. Kai saß, und er sitzt immer noch, auf Maschas Stuhl, und seine großen, blond beflaumten Hände liegen auf dem verwaisten Mischpult, ohne einen der Regler anzurühren. Schlimm hilflos sehen seine fast vierzig Jahre alten Pranken aus. Schon leuchtet mehr als die Hälfte der Monitore. Im Lauf der nächsten Stunde wird sich der Rest erhellen, und auf dem Höhepunkt der Messe-Nacht wird Soft-Face die Bildschirme halbieren, dann vierteln, um der manuellen Bild-Kontrolle zuletzt fast eine Hundertschaft Gesichter anzubieten.

Mascha ist weg. Sie ist auf und davon. Die große gelbe Schale, aus der sie fast ein Vierteljahr den Kaffee trank, die sie, wenn wir beisammenstanden, langsam in den Händen drehte, steht nun, verkehrt herum, mitten auf dem verwaisten Arbeitsplatz. Und just auf diesem Sockel aus Porzellan hat unsere Bild-Frau ihre Schuhe so platziert, dass sie, in kunstvoller Balance gekreuzt, wie ausgestellt erscheinen. Kai und ich wissen, dass es Maschas Arbeitsschuhe sind. Im Gegensatz zu uns hat Mascha draußen an ihrem Spind immer die Straßenschuhe ausgezogen, bevor sie zu den Monitoren ging. Schon in der ersten Nacht trug sie die goldenen Pantoletten, die wir jetzt anstarren, als müssten sie sich gleich zu drehen beginnen. Ein weiterer Bildschirm flackert auf. Er zeigt Yvonne. Wir warten bangend, ob es wieder eintritt.

Kais Nacken zittert. Ich lege ihm, auch wenn es nicht viel helfen kann, die Hände auf die Schultern. Noch ist die Nacht erst halb vorbei. Ich fürchte, dass wir es in dieser Schicht nicht schaffen werden, das Ganze zu blockieren. Von Maschas stillem Wirken souverän verwöhnt, sind wir arglos bequem geworden und haben uns zuletzt kaum mehr ums Bild gekümmert. Kai zeigt Courage und hebt mit spitzen Fingern die goldenen Pantoletten und dann auch Maschas Kaffeeschale von den Reglern. Vermutlich ist Café Extreme ins Mischpultinnere gesickert. Es scheint um uns geschehen: Jetzt sind wir Sprecher ganz allein. Kai ächzt, auch mir entfährt ein Stöhnen, es ist, als ob wir aus den Augen schwitzen könnten, und beide schütteln wir in stummer Synchronizität die Fäuste.

Es kommt! Kai hat herausgefunden, dass es periodisch programmiert ist. Immer nach sechs Minuten und sechs Komma sechs Sekunden tritt es in Erscheinung. Schon sieht man eine erste, eine vielleicht ein wenig übertemperierte Röte zwischen den Zähnen Yvonnes. Aber dieser Anflug von Künstlichkeit vergeht sogleich. Knospig, rissig, nahezu penetrant natürlich offenbart sich eine Zunge. Ohne dass Mimo-Vox die Rede unterbricht oder verändert, streckt sich dieser uns Sprechern bislang unsichtbar gebliebene Muskel weiter und weiter, unerhört weit heraus. Nach einer wohlkalkulierten Pause wölbt sich das Fleisch, biegt seine Spitze langsam nach oben und senkt sich unter die Nasenspitze. Maschas Zunge verharrt erneut, um dann – und nun erstirbt das Plappern unserer Automatik! – zunächst ins linke und ebenso tief ins rechte Nasenloch unserer armen, unserer gleich uns absolut hilflosen Yvonne zu schlecken.

DIE LOGIK DER SÜSSE

Verzeihen Sie mir bitte, dass ich von Vergangenem erzähle: Für Sie, die Bewohner einer monumentalen Gegenwart, muss es eine Belästigung bedeuten, wenn ein alter Fremder es mit einem einzigen, längst verflossenen Tag peinlich genau nimmt. Schmerzhaft deutlich, wie zu einem Bild geronnen, habe ich dieses Missverhältnis vor Augen. Zugleich jedoch traue ich mir zu, selbst Ihnen, den stolzen Eurasiern, den Insassen eines wahrhaft gewaltigen Reiches, mit dem Gang meiner Geschichte ein wenig die Zeit zu vertreiben.

Damals, als alles begann, ahnte ich nicht, dass es mich irgendwann nach einem genauen Bericht gelüsten würde. Auf einem jener inzwischen überflüssig gewordenen Flughäfen wartete ich darauf, meine Reisetasche vor den dunklen Schlund des unvermeidlichen Durchleuchtungsgeräts setzen zu dürfen. Technologien erblühen und vergehen: In jenen Tagen war alle Welt in kleine batteriegespeiste Mobiltelefone vernarrt. Auch die junge Frau, die vor mir in der Schlange stand, zog einen solchen Apparat hervor, um seinen Bildschirm zu betrachten. Gelegentlich zuckte ihr schwarzlackierter, zu einem Rechteck gefeilter

Daumennagel. Ich hingegen trat in einem günstigen Moment beiseite und ließ mein Telefon, umhüllt von einem Papiertaschentuch, in den nächsten Abfallkorb gleiten. Für die Dauer meiner Reise musste ich unerreichbar sein, vor allem meinem Auftraggeber durfte kein Kontaktversuch gelingen. Sobald es mit einer ausländischen Arbeit ernst wurde, lautete die erste aller Vorsichtsregeln: Halte dir Auge und Ohr und den Rücken vor Zugriffen aus der jüngsten heimatlichen Vergangenheit frei!

Im Bauch des Flugzeugs war mir das Glück des Tüchtigen hold. Ich saß zwischen zwei alten Männern, Aussiedlern, die für wenige Wochen Altweibersommer in ihr geliebtes Sibirien heimkehrten. Über meinen Leib hinweg machten sie sich auf Russisch miteinander bekannt, fielen dann schnell in ein wunderbar kurioses Deutsch. Ich schloss die Augen und gab mich hin. Mein stilles Dabei-Sein schien den Fluss ihrer Unterhaltung wie ein Katalysator zu befördern, und umgekehrt ergänzte das Greisengeplauder auf eine noch unklare Weise, was von mir in den vorausgegangenen Wochen zur Einstimmung unternommen worden war. Wie stets hatte ich mich mit Bild- und Tonkonserven auf meine Reise vorbereitet. Russische Filme aus neun Jahrzehnten waren über den Monitor meines Rechners geflimmert. Zuletzt noch eine Kompilation von Stummfilmfragmenten aus der frühen Sowjetzeit, die erst unlängst wiederentdeckt worden waren: weitwinklig aufgenommene Ernteszenen, in denen Mähdrescher, grazil wie Gottesanbeterinnen, über weiß schimmernde Roggenfelder in eine untergehende Sonne hineinfuhrwerkten.

Ich hatte mich nicht sattsehen können an diesen Sequenzen. Allerdings schien mir ihre Lautlosigkeit umso flehentlicher nach einer Vertonung zu rufen, je öfter ich sie mir zu Gemüte führte. Und schließlich fand ich heraus, wie vorzüglich eine spezielle Chormusik zu ihnen passte. In meiner Kindheit, als es gleich zwei deutsche Staaten gegeben hatte, waren im kleineren, im östlichen Deutschland besondere Männergesänge in Vinyl gepresst worden. Ein Chor der dort hypertroph entwickelten Geheimpolizei sang mit heroischem Brustton und unüberhörbar teutonischem Akzent russische Lieder. Natürlich verstand ich kein Wort. Vermutlich hatten auch die Singenden nicht alles begriffen und nur generell gewusst, wofür sie die Lungen blähten. Laut Plattenhülle wurde durchweg jene Terror-Organisation des Sowjetstaates gepriesen, die dem Spitzel- und Schikanedienst des deutschen Satelliten als Vorbild gedient hatte.

Wir landeten auf dem internationalen Flughafen von Novosibirsk, wir landeten auf dem letzten Zipfel der nach Westen entschlüpfenden Nacht. Eine puppenhaft geschminkte Milizionärin verglich mein Gesicht so übertrieben lang mit dem Passbild, als hoffte sie darauf, dass entweder ich, der angebliche Tourist, oder mein Konterfei mit einem unkontrollierten Zucken, mit einer ängstlichen Grimasse unsere wahre Einreiseabsicht verraten würde. Draußen, vor den Glastüren des Eingangs, war ich bald der letzte der Eingetroffenen, der einzige, den niemand abgeholt hatte. Ich wartete. Ich wartete einfach ab. Seit vielen Jahren wusste ich, wie gut ich im Abwarten war. Und irgendwann hatte ich sogar noch gelernt, nicht länger stolz auf mein vortreff-liches Abwarten zu sein. Ja, ich hatte mich andernorts, in vordergründig gefährlicheren Ländern, schon ohne Zögern öffentlich hingekniet, nur um den anschwellenden Hochmut, um das Gefühl, einzigartig langmütig sein, mit der Empfindlichkeit meiner Menisken, mit einem zwiefach spitzen Schmerz, in die Schranken zu weisen.

Das erste sibirische Licht kroch über den fleckig asphaltierten Vorplatz. Die Taxifahrer hatten es aufgegeben, mir ihre Dienste anzubieten. Meine Erwartung erlahmte. Ich wurde dösig, ich lehnte mich an eine Betonstrebe. Und kaum dass ich die Augen geschlossen hatte, kam, als wäre bloß dieser kurze Blickverzicht nötig gewesen, der erhoffte Kontakt zustande. Von links sprach mich eine raue, eine unerhört brüchige Männerstimme an. Ohne hinsehen zu müssen, begriff ich, dass sie der Verbrauchtheit ihres Körpers ein fatales Stückchen voraus sein musste. Zugleich verstand ich: Auf dieses mehr als nur heisere, auf dieses morsche Organ hatte mich die Unterhaltung der Greise, hatte mich ihr hinfälliges Deutsch vorbereiten sollen. Und sogleich, die Augen noch immer geschlossen, bejahte ich die Frage, ob ich einen Wagen Richtung Stadt gebrauchen könne.

Gott sei mein Zeuge: Ich war ein Genie der Hingabe, einer, dem das Vermögen verliehen ist, der Welt sein Herz zu öffnen. Aber dereinst erhielt man, anders als heute, rein gar nichts, nicht einmal diese passive Euphorie umsonst. Kaum genoss ich mein Talent, waren mir im Gegenzug andere Fähigkeiten entrissen. Ich nahm meinen frischgebackenen Führer in Augenschein. Es war ein kleiner, ein wenig krummrückiger, grauhaariger Kerl. Wäre ich von ihm auf Kasachisch, auf Tadschikisch oder in einer der vielen Spielarten des damaligen Chinesisch angesprochen worden, ich hätte dies ebenso gut begriffen wie seine russischen Worte. Denn mein Herz verstand nun alle Zungen, die meiner Mitwelt im Munde schlugen. Aber in einem missgünstigen Ausgleich stand mir ab sofort keine einzige Fremdsprache, auch keine der vier westeuropäischen, die ich recht ordentlich erlernt hatte, mehr aktiv zu Gebote. Nicht einmal ein Wörtchen des in jenen Tagen global verbreiteten Englisch hätte ich jetzt, ganz in den Vollzug meiner Auslandsarbeit eingetreten, über die Lippen bringen können.

Damit nicht genug. Zu den Handicaps, die nun unlöslich mit der eben eingetretenen Verfassung verbunden bleiben sollten, gehörte auch, dass ich mir keinen einzigen neuen Namen merken können würde. Ja, was noch fataler war: Die bereits eingeprägten Bezeichnungen für hiesige Orte, Ereignisse und Personen begannen mir zu entgleiten. Stattdessen wurde ich mit einem Wissen geschlagen, das dem hellen Glück des Benennens im Rahmen irgendeiner erztückischen Logik diametral gegenübersteht: Während ich auf der Fondbank einer tief in die Federn wippenden sibirischen Limousine der Innenstadt entgegenschaukelte, las ich meinem Fahrer an seinem Hinterkopf etwas ab, was ich wahrlich nicht zu erkennen verlangte. Aus den verschwitzten Falten seines Nackens und aus der eigentümlichen Rille, die sich von einem Speckwulst ausgehend unter seinem kurzen schütteren Haar zur Schädelmitte zog, schloss ich mit unbezweifelbarer Sicherheit, dass er seinen nächsten Geburtstag infolge eines Herzversagens, das ihn just hinter diesem Lenkrad ereilen würde, nicht mehr erleben sollte.

Eine Art Berufsverkehr umfing uns und nahm an Dichte zu. Heute, wo die Welt in vier Großreiche gegliedert ist, heute, da sich das Schicksal unseres Globus in den Megalopolen Mexico City und Jakarta, im afrikanischen Mandelaburg und in der eurasischen Hauptstadt Novo-Novosibirsk entscheidet, braucht es nicht nur technikgeschichtliche Kenntnisse, sondern vor allem Phantasie, um sich wirklich bildhaft, also bis ins becircende Detail, vorzustellen, wie man damals mit einem handgesteuerten Fahrzeug, angetrieben von einem mehrzylindrigen Explosionsmotor, auf einer vierspurigen Straße in das Zentrum einer Stadt hineinkutschierte. Mein Chauffeur wies gelegentlich nach rechts oder links, um mir mit knappen Worten die eine oder andere Sehenswürdigkeit zu erläutern. Ein steil aufragendes, wüst zerklüftetes Kohlekraftwerk, das die Verbrennungsgase nicht auszustoßen, sondern aus dem Himmel in seine Schlote hineinzusaugen schien. Wenig später eine steril weiße, erst vor kurzem nach alten Fotos neu aufgebaute und nun sogar wieder in Betrieb genommene christliche Kultstätte, eine sogenannte Kirche.

Ich hatte dem Graukopf kein Ziel angegeben. Er hatte mich nicht nach meinem Hotel gefragt und mir auch keines vorgeschlagen. Womöglich wollte er erst einmal eine kleine morgendliche Stadtrundfahrt für mich veranstalten, während der sich dann das richtige, das von der Vorsehung für mich bestimmte Domizil offenbaren würde. Aber kaum dass ich mich zurücklehnte, gerade als ich in einem innig apathischen Moment begann, die angenehm erodierenden Folgen der Zeitverschiebung zu genießen, durfte ich es hören: Ich vernahm das Geräusch, mit dem ich in diesem Moment am allerwenigsten gerechnet hatte und das ich doch insgeheim, perfekt verhohlen vor mir selbst, mehr als andere herbeigesehnt haben musste.

Wie stets war es nur ein kurzes Ritschen, verbunden mit einem sehr leisen, vielleicht bloß eingebildeten Fauchen. Der Laut entstand, wenn man die Verpackung einer bestimmten Schokoladensorte aufriss. Mein Chauffeur ließ das Seitenfenster hinab und warf die Hülle in den brausenden Verkehr. Dann hielt er, triumphierend, als wüsste er um meine Leidenschaft, die nackte dunkle Tafel vor das konvexe Glas des Innenspiegels. Ja, es war meine Lieblingsmarke, durch ihre Form war diese deutsche Schokolade damals weltweit unverwechselbar. Er führte das Quadrat zum Mund und biss so herzhaft hinein wie in ein Stück Brot. Und dann – dies allein wäre Grund genug gewesen, Russland zu lieben! – reichte er mir die Tafel mit einer brüderlichen Geste nach hinten. Ich nahm sie ihm aus der Hand, und während mein Blick seinen Blick im Spiegel suchte, führte ich just die Stelle, die sein Speichel befeuchtet hatte, zwischen meine vom langen Flug rissig gewordenen Lippen.

Ich liebte Schokolade, ich liebte sie kindlich unschuldig und altersgierig zugleich. Aber ich konnte sie nur zu mir nehmen, wenn ich eine Auslandsarbeit hatte. Rückblickend möchte ich sogar behaupten, dass ich mich, sofern

Absicht und Zweck überhaupt eine Rolle spielten, auf meinen russischen Auftrag vor allem eingelassen hatte, um endlich wieder einmal in eine Tafel Schokolade beißen zu dürfen. Unter heimischen Umständen war mir dieses Vergnügen ausnahmslos versagt. Die wenigen Versuche, den Bann zu brechen, hatten mich jedes Mal umgehend in notärztliche Behandlung geführt. Die Urszene dieser Misere lag weit zurück: Am Ende meiner Kindergartenzeit, in den letzten Monaten vor der Einschulung, begann ich, wie aus dem Nichts, an einer Kakao-Allergie zu leiden. Bis an mein Lebensende werde ich mich an meinen ersten Anfall erinnern: Ich malte mit dicken Wachsstiften ein Bild. Ich, der knapp Sechsjährige, war eben dabei, blaue Wolken über Haus, Mensch, Tier und Blume zu setzen, als mir etwas eigentlich Wohlbekanntes, nun jedoch erstmals unerträglich Aufreizendes in die Nase stieß. Mit tränenden Augen sah ich, dass sich eine Spielkameradin aus einer putzig kleinen Thermoskanne heiße Schokolade in einen Becher gegossen hatte und den Dampf, der von der dunklen Oberfläche aufstieg, in meine Richtung blies. Frühreif hellsichtig, ahnte ich einen Zusammenhang. Es gab da irgendeine verhängnisvolle Querverbindung zur besonderen Gelungenheit meines nahezu vollendeten Bildes. Aber dann schüttelten mir meine rebellierenden Bronchien jeden weiteren Gedanken, die bereits keimende logische Schlussfolgerung, ja sogar das nackte, basale Gefühl für Kausalität aus dem kindlichen Schädel.

Einen Rest Schokolade zwischen Daumen und Zeigefinger, stand ich in einem Hof. Ich schob mir das klebrige Bröckchen in den Mund. Irgendwo heulte ein Hund. Der Rausch, die nach langer Abstinenz nahezu halluzinatorische Kakao-Ekstase, klang nur langsam ab. Mir war ein wenig übel. Mein Chauffeur hatte mich zum Abschied umarmt und mir ins Ohr gekrächzt, ich solle um Himmels willen gut auf mich aufpassen. Ich wäre nicht der erste Deutsche, der in Sibirien sang- und klanglos, ohne die geringste Spur, verloren ginge. Während unsere unrasierten Wangen übereinanderkratzten, wurde ich von einem Gefühl tiefer Dankbarkeit durchflutet. Ganz kurz glaubte ich erstmals zu erfassen, was von früheren Generationen unter russischer Seele verstanden worden war: eine besondere Architektur des Gemüts, klar und weihevoll zugleich, wie der Klang einer wohlgegossenen Glocke. Gibt es eigentlich noch Glocken dieser altertümlichen Bauart? Ich befürchte, dass Ihnen beides, die russische Seele und jene mit Klöppeln zum Klingen gebrachten Bronzeungetüme, so will es die Zeit, allenfalls noch als Begriff geläufig ist.

Während ich mich umsah, glaubte ich mich zu entsinnen, wie ich meinem Schokoladenbruder zuletzt noch meine gesamte Barschaft ausgehändigt hatte. Es beruhigte mich, ihn anständig für den Transfer entlohnt zu haben. Dass zudem meine Reisetasche im Kofferraum seines Wagens verblieben war, nahm ich als ein gutes Omen. Das Verschwinden meines Gepäcks konnte nur bedeuten, meine hiesige Arbeit würde sich binnen eines Tages erledigen lassen. Sowenig ich noch irgendeine der weltweit gehandelten Währungen brauchte, wären im Weiteren frische Unterwäsche und Rasierzeug vonnöten. Gewiss ginge alles zügig seinen Gang. Schon heute Abend würde ich in einem Flugzeug Richtung Westen sitzen, die Beute, umhüllt von einer simplen Plastiktüte, auf dem Schoß. Keine der russischen Stewardessen, keiner meiner greisen oder blutjungen Mitreisenden würde ahnen, was ich da, getarnt als Handgepäck, nach Deutschland entführte.

Ganz in der Nähe bellte ein Hund. Nur kurz, fast diszipliniert, schlug er an, und da begriff ich, wo ich mich befand. Obwohl ich von meinem Chauffeur auf der schmucklosen Rückseite des gewaltigen Gebäudes ausgeladen worden war, hätte mein Arbeitsgespür die Aura des einzigartigen Bauwerks, den Bedeutungsdunst, der aus seinen Poren drang, längst wahrnehmen müssen. Ich gab mir einen Ruck und trat tiefer in den Schatten der steil aufragenden Fassade. Muss ich Ihnen nun erklären, was ein Lastenaufzug ist? Leider ist die Zeit, die ich inzwischen aus süßem Grund mit einer gewissen Verachtung strafen darf, nicht spurlos an meinem Gedächtnis vorübergegangen. Obwohl ich zum Beispiel weiß, dass man sich schon seit einigen Generationen kein Funktelefon mehr ans Ohr hält, bin ich mir unsicher, ob der Gebrauch von großen mechanischen Aufzügen in Gebäuden völlig unüblich geworden ist.

Links neben dem Lift leuchtete eine etwa spielkartenhohe Taste auf, so eindringlich weiß, dass ich gar nicht anders konnte, als sie zu drücken. Die Türen öffneten sich schnaufend. Im Inneren des Aufzugs hätte ich an der abgegriffenen Schalttafel vergeblich nach einem Hinweis

gesucht, wäre mir nicht ein zweiter Fahrgast in den volu-
minösen Kasten gefolgt. Ein schöner, vielleicht ein wenig
magerer, vielleicht aber auch nur mit Bedacht ernährter
Deutscher Schäferhund tapste an meine Seite. Anstelle
eines Halsbands trug er ein blaues Tuch. Säuberlich glatt
wie ein Pfadfinder- oder Pionierhalstuch lag es um seinen
Nacken. Und ich wunderte mich nicht, als das Tier die Vorderpfoten gegen die Wand stemmte und mit der feuchten,
schwarzen Spitze seiner Schnauze für uns beide auf den
richtigen Knopf stieß.

In Baden-Baden, einem untergegangenen deutschen
Kurort, einem Städtchen, das heute außer mir bestimmt
nur noch wenige mit seinem kuriosen Doppelnamen aus
der Vergessenheit herbeizitieren können, war ich von meinem Auftraggeber persönlich auf Russland eingestimmt
worden. Während mehrerer Spaziergänge erzählte er mir,
was ich seines Erachtens über das ferne Objekt seiner
Begierde, über jenes russische Kleinod, wissen müsse.
Immer endeten unsere Gänge auf dem Hauptfriedhof der
Bäderstadt, und stets führte er mich zuletzt vor dasselbe,
durch die Form seines Steins einzigartige Grabmal. Das
Monument glich einem überdimensionierten Türrahmen.
Eine schwarze Basaltplatte war so radikal durchbrochen
worden, dass rechts und links und als oberes Querstück
nur fußlange Streifen übrig geblieben waren. Die untere
Querstrebe, die Schwelle dieses eigenartigen Durchgangs,
war wohl als Fundament in die Erde gesenkt. Stets wies
mich mein Auftraggeber aufs Neue darauf hin, wie skrupulös das Grabmal aus einem einzigen Stein geschnitten

worden sei, dass man es bewusst nicht, obwohl dies weit billiger gekommen wäre, aus vier einzelnen Basaltstelen zusammengefügt habe.

Die Wirkung, die der merkwürdige Durchlass auf mich ausübte, war groß. Noch heute erscheint es mir angemessen, von Gewalt zu sprechen. Das umständliche, bald redundante Gerede meines Begleiters hatte mich auf eine eigentümliche Weise zermürbt und für stumme, rein visuelle Eindrücke besonders empfänglich gemacht. Zudem fanden die Exkursionen ausnahmslos am Abend statt. Mehr als einmal stand die untergehende Sonne genau in der Mitte des schwarzen Rahmens, und jedes Mal wurde ich dann von der Illusion überwältigt, ich sähe unser Muttergestirn nicht in seinem Abstieg, sondern in einem prächtigen, nahezu heroischen Aufgang.

«Machen Sie es besser», pflegte mein Begleiter zu murmeln, nachdem wir ein hypnotisch schwebendes Weilchen gemeinsam durch das Basalttor geglotzt hatten. «Seien Sie – bitte, bitte! – klüger als dieser Idiot», fügte er nach einem rhetorischen Päuschen mit noch gesteigerter Emphase hinzu. Und dann erzählte er mir erneut, wie ein großer russischer Schriftsteller, von einer hochinfektiösen Krankheit dahingerafft, bei Nacht und Nebel just hier unter die Erde gebracht worden sei. Niemand in Baden-Baden, keiner der zahlreichen Trink- und Spielkumpane des Romanciers, habe damals die Generosität besessen, einen luftdicht verlöteten Bleisarg und dessen Überführung ins ferne Sankt Petersburg zu finanzieren. In der russischen Heimat musste man, um sich keine Blöße zu geben, den Sarg mit einem Sack Roggen beschweren, bevor es im Donnern der Glocken zu einem schier endlosen Leichenzug und einer pompösen Beerdigungsfeier kommen konnte. Erst er, der nachgeborene deutsche Verehrer – voll Stolz schlug sich mein Auftraggeber an die Brust –, habe das wahre Grab ausfindig gemacht und es nach langem Erwägen mit einem die Anonymität vordergründig wahrenden und diese insgeheim aufhebenden Monument geschmückt.

Erst als sich mein Novosibirsker Lastenaufzug unter täuschend kreatürlichen Geräuschen, unter Ächzen und Stöhnen, in Bewegung setzte und ich beobachten durfte, wie geschmeidig mein hündischer Begleiter das unregelmäßige Ruckeln, ja Hüpfen des Kastens auszugleichen vermochte, verstand ich den Hintergedanken, mit dem ich Abend für Abend vor den hohlen schwarzen Rahmen geführt worden war. Dass mein Auftraggeber sich am Rand des Grabes als nobler Spender gerierte, diente einem einzigen, leicht zu durchschauenden Zweck. Schließlich schickte er mich als Dieb, sogar als potenziellen Räuber nach Russland. Ich sollte Beute machen, notfalls mit Gewalt, und der Baden-Badener Grabstein war gewissermaßen seine vorauseilende Wiedergutmachung, eine Art vorgezogener Sühne dafür, dass ich auf sein Geheiß in die Schatzkammer, ja in die Herzkammer der russischen Kultur einbrechen würde.

Mit einem großartig in die Länge gezogenen Rütteln kam unser Aufzug zum Stillstand. Obschon mir während unserer Fahrt entgangen war, wie weit es uns nach unten gesenkt oder in die Höhe gehoben hatte, empfand ich dies nicht als Mangel. Was machte es schon aus, ob wir uns im fünften Obergeschoss oder auf der sechsten Tiefebene befanden. Mein Gefühl sagte mir, wir seien auf dem rechten Niveau angelangt. Das Gebäude, in dem wir uns aufhielten, gehörte zu den Bauwerken, denen man dereinst, in der Zeit meines Auftrags, ohne Zögern zutraute, oberirdisch wie unterirdisch monumental zu wirken. Seine Errichtung geht auf einen Diktator zurück, der sich nicht nur für einen großen Theoretiker, Volksführer und Feldherrn, sondern auch für einen genialen Baumeister gehalten hatte. Damals, als sich die Türen des Lastenaufzugs öffneten, als mir mein halstuchgeschmückter Schäferhund voraustrottete, wusste ich noch, wie dieser Kerl geheißen hatte. Inzwischen – wer zählt die Diktatoren? Wer memoriert schon ihre Namen! – kann ich mich nur noch an die Form seines Oberlippenbarts erinnern.

Dennoch sollte ich erwähnen, dass das unselige Wirken dieses Kerls nicht ganz unschuldig an meiner Reise war. Als mein Großvater die Kleider eines jungen Mannes und dann den grauen Rock des Soldaten trug, hatte ein anderer, mit einem schmaleren Bart versehener, deutschsprachiger Machthaber das Reich des schnauzbärtigen Despoten angreifen lassen. Eine böse kleine Weile sah es so aus, als könnte die Armee des Schmalbärtigen den Sieg davontragen. Der Schnauzbärtige hatte sich in den vorausgegangenen Jahren für einen eventuell nötigen Rückzug nach Osten im Abstand von je fünfhundert Kilometern eine Reihe von gewaltigen Bunkern in die russische Erde gießen lassen. Und das Gebäude, durch dessen spärlich erleuchtete Gänge mich mein russisch-deutscher Schäferhund nun führte, war über der vorvorletzten dieser Maulwurfsbastionen errichtet worden.

Wahrscheinlich hatte es in jenen Tagen vor allem der Tarnung gedient, dass man die Kuppel eines Musentempels über die bombensicheren Geschosse wölbte. Oder gab es doch einen tieferen, einen womöglich bleibenden Zusammenhang? Sollte es nicht nur der damaligen Welt, sondern auch kommenden Nachwelten etwas Bestimmtes bedeuten, dass ausgerechnet unter dem größten Theatersaal, der bis dato auf unserem Planeten errichtet worden war, allerlei Staatswichtiges, Goldbarren und Dollars, ganze Gemäldesammlungen und sogar der Sarkophag mit der Mumie des glatzköpfigen Staatsgründers, eingelagert wurde? Wenn dem so war, dann existierte eventuell auch eine innige Kohärenz zwischen diesen Werkzeugen und Insignien der Macht und dem Zielobjekt meines Raubzugs. Mir blieb keine Zeit, weiter über dergleichen Subtilitäten nachzugrübeln. Mein Führhund hatte das Haupt vor einer Tür in den halstuchgeschmückten Nacken gelegt und gab mit einem dreiteiligen, säuberlich in der Tonhöhe gestuften Bellen Signal. Offenbar handelte es sich um eine Losung, denn sogleich fuhr ein Riegel zurück, und die silberne Türklinke wippte: Uns wurde aufgetan.

Ja, ich war einer der Auserwählten, einer der wenigen, dem die Welt die inneren Kammern ihres Herzens aufschließt. Dies jedoch durfte, so wollten es die Zeitläufte, nicht umsonst geschehen. In einem unmittelbaren Gegenzug wurde ich der ganzen markaussaugenden Kälte des sibirischen Windes ausgeliefert. Eintretend hatten meine Blödheit und ich noch mit allem Möglichen gerechnet, eine letzte überschäumend törichte Phantasie setzte mir sogar jenen verflossenen Diktator als schaurig abgemagerten Greis, als Überlebenden seiner selbst, in einen Lehnstuhl aus poliertem Plutonium. Auf schlichten Wind war ich allerdings nicht eingestellt. Dabei war es doch Herbst, und im damaligen, im alten, im nur anderthalb Millionen Einwohner zählenden Novosibirsk des frühen einundzwanzigsten Jahrhunderts gehörte heftig auffrischender Wind zu den erwartbaren Wetterphänomenen. Am Wind, das verstand ich, der allem starken Wetter entwöhnte Westler, erst jetzt, ist das Entscheidende, weit wichtiger noch als seine Temperatur, woher er uns anweht.

Ich befand mich in einem weiten, halbdunklen Raum, ich schritt hinein in einen quadratischen Saal, dessen Boden sich zur Mitte hin merkwürdig vertiefte. Offenbar war eine große, muschelförmige Mulde in den Beton gehauen und dann wie der Rest des Saalfußbodens sorgfältig mit Parkett ausgelegt worden. Rund um diese seltsame Senke fuhr der Wind in einen ringförmig angehäuften, etwa hüfthohen Wall aus allerlei Plunder. Ich wagte mich noch ein Stück heran. Mein Blick überflog eine Unmenge kleinteiligen Allerweltskrams: gebrauchte Werkzeuge, Töpfe und andere Küchenutensilien, Spielzeug und Nippes. Dahinter, hinter wehrhaft aufragenden Schraubenziehern, Besenstielen, Flaschenbürsten und Kochlöffeln, hinter dem wehenden Haar von Puppen in allen je handelsüblich gewesenen Größen, war die tiefste Stelle der Saalmulde, war der innerste Kreis des dämmrigen Raums mit weißen Pelzen bedeckt. Mir blieb nichts anderes übrig, als zu sehen, was es zu sehen gab: In diesem innersten Rund thronte, so es ein Thronen in der Tiefe gibt, die Bewohnerin, die Beherrscherin des Saals. Zwei Schäferhunde, wie mein Führhund mit einem blauen Halstuch geschmückt, lagerten mit stolz erhobenem Haupt rechts und links an ihrer Seite. Der meine setzte mit einem Sprung über den Wall, um sich vor den Füßen seiner weißgekleideten Herrin – war es ein Mädchen oder eine sehr kleine Frau? – in Position zu werfen.

Erst als mir eine wahrlich eisige Böe in den Nacken griff, achtete ich auf den Ursprung des Windes. In allen vier Wänden – zu meinem Erstaunen auch auf der Türseite! – klafften breite Fenster. Hinter jedem dieser Fenster war es völlig finster, als wäre während meiner Liftfahrt ein ganzer Tag verstrichen und eine mondlose Nacht angebrochen. Alle Fensteröffnungen schienen restlos entglast. Zumindest strömte aus jedem dieser absolut schwarzen Rechtecke in widersprüchlichen Rhythmen bewegte, kalte Luft, so stark und unablässig, dass sich in den Ecken des Saals Wirbel aus Birkenlaub bildeten, Wirbel aus goldenen Blättern, die es aus jenem universalen Dunkel hereingeweht haben musste.

Ich wartete darauf, angesprochen zu werden. Rückblickend sehe ich mich dastehen und warten, und mir fällt ein, dass ich versäumt habe, Ihnen gleich anfangs, wie es sich eigentlich für einen ordentlichen Erzählgang gehört, meine einstige Gestalt zu schildern. Nicht einmal das Alter meines damaligen Leibes ist Ihnen mitgeteilt worden. Nun ist es hierfür zu spät. Mein Bericht ist bereits zu weit fortgeschritten. Sie haben sich gewiss selbst ein Bild gemacht. Ich will nur nachtragen, dass ich, wenn ich nach langer Entwöhnung während eines Auslandsaufenthalts endlich wieder Schokolade genießen durfte, in eine hemmungslose Form des Knabberns, Schleckens und Lutschens verfiel und mir wie ein Kind den Mund verschmierte. Mit schokoladenbraun gerahmten Lippen war ich vor die auf schneeweißen Fellen lagernde Bewohnerin des Saals getreten. Und so brauchte es mich nicht zu wundern, dass sie mir spöttisch, aber nicht unfreundlich entgegenrief, ob sie mir zur Begrüßung ein Erfrischungstüchlein reichen dürfe. Dazu sagte ich nicht nein. Ich sagte auch nicht ja. Ich tat bloß die noch nötigen Schritte und beugte mich stumm so weit über den Kram, wie es für den Akt der Entgegennahme nötig war.

«Du darfst mich Olga Ivanovna nennen!», bot sie mir an, wohl um meiner Verlegenheit auf die Sprünge zu helfen, und dann wiederholte sie Vornamen und Vatersnamen noch zweimal, als wisse sie um das Problem, das ich in der Trance des Auftrags mit neuen Bezeichnungen unweigerlich hatte. Ihre rechte, von einem weißen Spitzenhandschuh bedeckte Hand wies auf ein Fell, das unter den angehäuften Dingen hindurch bis auf meine Seite reichte. Offenbar war dieser Ausläufer für Audienzen wie die, die mir nun gewährt wurde, gedacht. Ich nahm Platz. Ein orientalischer Schneidersitz erschien mir angemessen. Und kaum dass ich mich deswegen unsicher umschaute, tapste schon einer der Hunde, im Maul eine silberne Schale, an den Rand des Walls, damit ich das gebrauchte, das schokoladenverschmierte Tüchlein darauf ablegen konnte.

Bis zuletzt, bis zu unserem finalen Handschlag am Baden-Badener Friedhofstor, hatte mir mein Auftraggeber trotz vieler Worte nicht beschreiben können, was ich für ihn aus der Tiefe Russlands entführen sollte. «Es ist nicht groß! Es kann nicht sehr groß sein!», hatte er immer wieder, halb beschwörend, halb flehentlich, gemurmelt und dazu mit dem rechten Zeigefinger einen etwa handhohen, ungefähr quadratischen Umriss in die Luft gezeichnet. «Sie werden es erkennen. Die anderen waren allzu gut ausgebildet. Gott sei ihren armen Seelen gnädig!»

Dieser fromme Wunsch samt seiner nicht weiter explizierten Vorgeschichte schreckte mich nicht. Ich war es gewohnt, nicht die Nummer eins zu sein. Man verfiel in der Regel erst auf mich, wenn bereits der eine oder andere Spezialist oder sogar schon eine kleine Serie hochtrainierter Pioniere in das Gras des fraglichen Terrains gebissen hatte. Gerade weil ich ihre letzte Hoffnung bin, müssen meine Auftraggeber auch mein abweichendes Vorgehen, meine verbohrten Regeln, meine eigentümliche Orthodoxie hinnehmen lernen. Der Baden-Badener hatte sich mir gleich auf unserem ersten Spaziergang als der weltwichtigste Sammler wirkmächtiger Objekte vorgestellt und mit dieser wahrlich anmaßenden Selbstbezeichnung ein klares Dominanzsignal zu setzen versucht. Natürlich wollte er mich nach Sankt Petersburg oder Moskau schicken. Liebend gern hätte er für einen perfekt gefälschten Pass und erstklassige Kontakte vor Ort gesorgt. Womöglich vermutete

er mich noch in diesem Augenblick, während die Birken-
blätter über das Novosibirsker Parkett rotierten, in einem
verheißungsvoll gefährlichen Kellergelass des Kreml. Oder
einer seiner angstvollen Wunschträume ließ mich, nur mit
einer Taschenlampe bewaffnet, durch die Gewölbe der
Petrograder Eremitage oder eines vergleichbar legendären
Museums schleichen.

Er konnte nicht einmal ahnen, wo ich war. Denn ich
hatte ihm, dem Absichtsreichen, dem Gegenstandsgieri-
gen, wohlweislich nichts von meiner Eingebung, von der
einzigen Frucht meiner häuslichen Exerzitien erzählt.
Während ich den Gesängen der Ostberliner Tschekisten
lauschte, während revolutionäre Mähdrescher von links
unten nach rechts oben, quer über meinen Monitor, einer
sowohl untergehenden als auch aufgehenden Sonne ent-
gegentorkelten, während ich mich mit übermüdeten Augen
in medialer Demut übte, hatte mich schließlich eine Vision
heimgesucht: Aus der Tastatur meines Rechners wuchs mir
eine kindlich schmale Hand entgegen. Daumen und Zeigefinger hielten ein in buntes Papier gewickeltes Bonbon.
Ich nahm es an, die Hand erlosch wie eine Projektion. Aber
ihre Gabe blieb. Ich entpackte sie eilends, stopfte sie mir
unbesehen in den Mund. Sekundenbruchteilsüß schmeck-
te ich eine einzigartig köstliche Schokolade. Aber bevor ich
den kleinen Quader zerbeißen oder auch nur lutschend
mit der Zunge gegen den Gaumen drücken konnte, war alles wie weggeschmolzen, sogar der Geschmack war restlos
vergangen. Allein dem Papierchen, in dem die Gabe geborgen gewesen war, schien längere Präsenz vergönnt. Schnell

strich ich es auf den Plastikknöpfen der Tastatur glatt. Die Bonbonhülle zeigte ein gewaltiges, säulenbewehrtes, von einer flachen, muschelförmigen Kuppel gekröntes Gebäude. Ich versuchte noch, die kyrillische Bildunterschrift zu entziffern, da waren Papier und Bild bereits in jäher Sublimation, als eine aufdampfende Flüssigkeit zwischen unseren lateinischen Buchstaben versickert.

Deutsch-Sein heißt Deutsch-Sein: Selbst ein deutsches Genie der Hingabe, selbst ein deutscher Meister der Demut, auch ich – gerade ich! – kann stur, kann kleinlich und verbohrt, kann bis zum Exzess pedantisch sein. Wochenlang wälzte ich Fotobände und surfte im Internet von Seite zu Seite. Ach, wer könnte Ihnen, den bildgewissen Eurasiern der Gegenwart, wer könnte einem heutigen Menschen noch anschaulich machen, welch kuriose Umständlichkeit, welch technologischen Schabernack das damalige Internet darstellte. Entscheidend war, maßgeblich bleibt, dass ich dort fündig wurde. Ein Netzwerk von deutschen Auslandskulturinstituten, benannt nach einem mittlerweile wohl längst vergessenen Dichterfürsten, half mir weiter. Die Moskauer Filiale hatte eine Fotogalerie mit Beispielen moderner russischer Architektur online gestellt. Das Bauwerk, das ich auf meinem ersten und letzten russischen Schokoladenbonbonpapierchen abgebildet gesehen hatte, war das Gebäude, zu dem mich mein heiserer Chauffeur gefahren hatte, war das Haus, durch dessen schwarze Fenster der Wind wehte, war das wegen seiner Gigantomanie weltberühmte Theater von Novosibirsk.

«Ist draußen eigentlich immer noch Krieg?», fragte

mich die kleine Weißgewandte, die ich nun, ich ließ mich im unsicheren Licht vom Klang der Stimme leiten, für ein etwa zehnjähriges Mädchen hielt. Und dann beugte sie sich vor und fuhr mit beiden Händen tief in die Gerätschaften, die sie, scheinbar ungeordnet, umgaben. Rückblickend wage ich zu behaupten, dass mir diese Sammlung, dieser außen fast senkrecht aufsteigende, innen jedoch sanft abfallende Wall von Anfang an nicht geheuer war. Schon ergriff eine ungute Ahnung von mir Besitz. Wie kam es nur, dass eine so liebreizende, eine so säuberlich herausgeputzte Person ihr nobles Pelzlager mit dergleichen Trödel verunzierte? Dies konnte doch nur einem einzigen Zweck, dies konnte doch nur der Tarnung dienen.

Meine Vermutung erwies sich im Nu als richtig, mit einem jähen Doppelruck zogen die von einem schneeweißen Trikot umspannten Arme Olga Ivanovnas rechts und links nahezu gleiche Gegenstände aus dem aufklirrenden Zeug. Für jedes heutige Auge muss das Hervorgeholte ein in seiner Funktion völlig dunkles Objekt geworden sein, der funktionalen Erklärung ähnlich bedürftig wie eine Schlagbohrmaschine oder ein Küchenmixer. Meinem damaligen Ich jedoch brauchte niemand darzulegen, wozu das Gerät diente, das Olga Ivanovna nun in doppelter Ausführung auf mich richtete. Glauben Sie mir bitte, dereinst war eine ausgesprochen spezifische Unlust damit verbunden, in die Mündung einer oder sogar, wie ich es mit nervös hin- und herpendelndem Blick nun tat, in die Mündungen zweier vollautomatischer Maschinenpistolen schauen zu müssen.

«Krieg? Frieden! Frieden, verehrte Olga Ivanovna! Es

107

herrschen Frieden und Völkerfreundschaft!», beeilte ich mich zu antworten, denn ich, der leidige Fachmann, hatte nicht nur die Art, sondern auch die historische Herkunft der beiden Schusswaffen erkannt. Schließlich handelte es sich um legendäre und zudem fast geschwisterlich verwandte Exemplare. Rechts hielt das schlanke, aber offensichtlich alles andere als schwache Mädchen die berühmte PPSch-55 der Roten Armee, links deren nicht weniger zuverlässigen deutschen Nachbau, die nur an winzigen Details unterscheidbare MP 56 der einstigen Wehrmacht.

«Frieden?», fragte meine Gastgeberin. Wie eine Akrobatin war sie, ohne die Hände zu Hilfe nehmen zu müssen, in den Stand geschnellt, und auch ihre drei Schäferhunde standen, die Köpfe bedrohlich gesenkt, auf den Pfoten. «Frieden? Frieden zwischen unseren bis aufs Blut verfeindeten Vaterländern?»

Erst jetzt, da sie breitbeinig auf den Zehenspitzen wippte, begriff ich vollends die Eigenart ihrer Bekleidung. Sie trug, daran konnte ihre martialische Aufrüstung nichts ändern, ein klassisches Ballettkostüm. Sogar der französische Name des steif abstehenden Tüllröckchens fiel mir, dem in Sachen Namen schwer Gehandicapten, nun zu wie aus dem Nichts. Die Spitzen ihrer Tanzschuhe waren gründlich abgewetzt, gewiss war sie so fleißig, wie es die klassische russische Schule von ihren Elevinnen verlangte. Unkindlich muskulös erschienen mir plötzlich ihre Oberschenkel und Waden, und dass ich nun, mit einer Scharfäugigkeit, die uns Männern vielleicht allein die Angst verleiht, durch die weiße Strumpfhose eine dunkle Behaarung ihrer Schienbeine zu erkennen glaubte, erhöhte den Ausdruck ihrer Kampfbereitschaft um ein letztes nachdrückliches Quäntchen.

Sie schmunzeln? Sie lachen gar? Es gefällt Ihrer eurasischen Souveränität, mein damaliges Ich, meine zeitgebundene Not zu verspotten? Was hätten Sie denn vorgebracht, um einer schwerbewaffneten Ballerina, die – aus welchem Grund auch immer – nicht ganz auf der Höhe der Historie war, eilends zu beweisen, dass auch der zweite Große Vaterländische Krieg längst ein für Russland siegreiches Ende gefunden hatte? Die Arme der Schussbereiten zitterten. Offenbar hatte sie nun doch mit dem Gewicht der Waffen zu kämpfen. Was, wenn sich durch einen schlichten Krampf im Zeigefinger eine ganze Salve aus einem dieser erkennbar gut gepflegten Mordgeräte löste?

Da kam mir eine Instanz zu Hilfe, mit deren Beistand ich nun, auf dem krisenhaften Höhepunkt meines Auslandseinsatzes, am allerwenigsten gerechnet hatte. Ausgerechnet mein Gedächtnis, ausgerechnet mein von mir seit langem geringgeschätztes Erinnerungsvermögen, rettete seinen physischen Standort. Aus der noch frischen Erfahrung meiner häuslichen Exerzitien stimmte ich ein Lied an. Ich sang eines der Tschekisten-Lieder, ich grölte es mit verdoppeltem, mit vielleicht sogar potenziertem Akzent. Zum ersten Mal verstand ich jeden Vers, und noch bevor ich die erste Strophe vollenden konnte, winkte die kleine Tänzerin ab. Der Text sei, gelinde gesagt, idiotisch. Und mein Gesang übertreffe an Schaurigkeit das Klagen eines dreibeinigen Straßenköters. Ich solle mich schämen. Allerdings könne, wenn deutsche Agenten dergleichen auswendig vortrügen, wohl nicht am Sieg der ruhmreichen Roten Armee über den Hitler-Faschismus gezweifelt werden. Gleichzeitig warf sie die Waffen zurück. Ein Topfboden dröhnte, und die deutsche Maschinenpistole, der Nachbau, klickte beim Aufprall gefährlich, beließ es aber bei dieser rein akustischen Andeutung ihrer Möglichkeiten.

Hatte die wehrhafte Maid mich eben einen deutschen Agenten genannt? Ich spürte, wie sich mein Magen nervös zusammenzog, wie mir mit einem Rülpser der Geschmack meiner geliebten Schokolade, peinlich wie eine unerwünschte Erinnerung, in den Mund zurückstieß. Die Ballerina und ihre Leibwache hatten es sich inzwischen wieder auf den weißen Fellen bequem gemacht. Den Hunden waren die langbewimperten Lider über die Augen gesunken, sie schienen, was vielen Tieren vergönnt ist, nach dem Exzess der Hochspannung, von jähem Schlaf übermannt. Ihre Herrin jedoch begann, nachdem sie ihren Tüll-Tutu ordentlich glatt gestrichen hatte, aufs Neue damit, in den Dingen, die sie wie der Fundus einer Krämerin umgaben, herumzuwühlen. Ich hielt den Atem an. Ich faltete in purer Hilflosigkeit die Hände. Ich war kein Gott, ich war nichts weiter als ein Genie der Hingabe. Ich konnte im entscheidenden Moment ganz wenig für, ich konnte im entscheidenden Moment rein gar nichts gegen den zuckenden Fortgang, gegen den nun erbarmungslos forschen Stechschritt des Schicksals tun. Ich wusste, wonach ihre Finger gruben. Irgendwo in diesem kleinteiligen Durcheinander, verborgen unter kaputten Uhren, Orden und Gedenkmedaillen, vergraben unter verschrammtem Modeschmuck und geschnitzten Holzlöffeln, versteckt unter bunten Matrioschkas und angerosteten militärischen Ausrüstungsgegenständen lag, weswegen ich nach Russland geschickt worden, weswegen ich auf eigene Faust nach Sibirien gekommen war.

Wenig später trat ich in ein schlierig unklares Morgenlicht und damit ein letztes Mal ins Freie hinaus. Alle drei Hunde hatten mich zum Lastenaufzug begleitet. Zu dritt waren sie mitgefahren und ließen mich nicht aus ihren treudeutschen Augen, als ich das glücklich Errungene meinem Schokoladenbruder, meinem noch einmal, wahrscheinlich per Mobiltelefon herbeigerufenen Chauffeur, zum Weitertransport übergab. Die Beute steckte bereits in einer großen, gutgepolsterten Versandtasche. Die für eine Beförderung nach Deutschland nötigen Briefmarken waren von Olga Ivanovna höchstselbst mit Speichel befeuchtet worden. Die Anschrift meines Baden-Badener Auftraggebers hatte ich auswendig gewusst. Während die Limousine aus dem Hof rollte, stellte ich mir vor, wie der weltweit wichtigste Sammler wirkmächtiger Dinge den Umschlag aufreißen, wie er das große blaue Halstuch, in das sein Sehnsuchtsobjekt gewickelt war, mit zitternden Fingern auseinanderschlagen würde. Ich hatte ihn nicht enttäuscht.

«Sie sind mehr als ein Dieb, Sie sind mehr als einer dieser teutonischen Konquistadoren. Sie vermögen mehr als alle Ritter, die je nach Osten gezogen sind. Sie sind ein wahrer

Beutekünstler!» Dies hatte er mir bei unserem letzten Besuch am Grab des russischen Romanciers ins Ohr geraunt, um mich mit einer ultimativen Schmeichelei anzufeuern.

Als meine sibirische Ballerina das Gesuchte endlich aus Schutt und Tand, aus dem fein säuberlich um sie aufgeschichteten Zeitmüll zog, wurde mir schwindlig vor Sorge, denn mir war klar, dass sie nun einen Handel, ein Tauschgeschäft vorschlagen würde.

«Was gibst du mir dafür, mein deutsches Brüderchen?», säuselte sie mit süßester Kleinmädchenstimme, und im selben Moment entdeckte ich das Netz aus haarfeinen Fältchen unter ihren Augen. Sie war zweifellos alt, viel älter als ich, vielleicht sogar älter als das flache, dunkle Objekt, das sie nun mit beiden Händen in die Höhe hielt. Von meinem Auftraggeber weiß ich, welche Legenden sich um diesen weder großen noch schweren, noch in irgendeiner anderen äußeren Hinsicht spektakulären Gegenstand spinnen.

«Numen est», soll der exquisit grausame, also keineswegs ungebildete Schnauzbart geknurrt haben, als man ihm ein Foto, eine simple Schwarzweißablichtung des Artefakts, vorlegte. Er war nach den Anfangserfolgen seines deutschen Widersachers in einen Bunker nach Samara ausgewichen. Von dort ließ er einen Geheimdiensttrupp, geführt von seinem kaltblütigsten NKWD-Liquidator, ins belagerte Leningrad einschleusen, um das ominöse Ding, das er noch in der hungernden Stadt vermutete, zerstören zu lassen. Just in denselben Tagen soll ein deutsches Spezialkommando, insgesamt fünfundfünfzig akzentfrei Russisch sprechende SS-Männer, mit Fallschirmen über Moskau abgesprungen sein. Ihr Auftrag lautete, dasselbe Objekt, das laut einem Spionagebericht in eine Gemäldesammlung der russischen Hauptstadt gelangt sein sollte, nach Möglichkeit zu erbeuten oder zumindest mit Dynamit in tausend Splitter zu zersprengen. Aber beide Befehlshaber, sowohl der breitbärtige als auch der schmalbärtige Diktator, irrten. Beide schickten ihre besten Männer umsonst in den Tod. Das Ziel ihrer Angst und Begierde war auf den kuriosen Umwegen, die dergleichen manchmal durch die Zeit nimmt, von Hand zu Hand weitergereicht, längst in Sibirien eingetroffen.

Meine Trödlerin übergab es mir. Über den Tüll ihres Röckchens, über die ausgebeulten Knie ihrer Strumpfhose, über das abgestoßene Satin ihrer Tanzschuhe wanderte es in meine Hände. In aller Ruhe sollte ich Ware und Preis, Gabe und Gegengabe, Wert und Gegenwert abwägen können.

«Was wollen Sie denn von mir dafür, hochverehrte Olga Ivanovna?», hatte ich, nach mehrmaligem schokoladig süßen Aufstoßen und magensaftbitteren Schlucken, endlich zurückzufragen gewagt. Und meine Stimme hatte in diesem Moment so hinfällig geklungen wie das rauch- und wodkagebeizte, wie das in einem russischen Männerleben vorschnell brüchig gewordene Organ meines Novosibirsker Chauffeurs.

«Eine kleine Dienstzeit, Brüderlein! Sagen wir summa summarum fünfhundert Jährchen?»

Genug, genug davon! Genug geschwatzt. Gewiss verzeihen Sie mir, dass ich auf meine altmodische Art, in langatmigen Beschreibungen und ungeschickt kolportierter direkter Rede, von Vergangenem erzählt habe. Mir, dem einstigen Genie der Hingabe, dem einzigartig erfolgreichen Beutekünstler, fehlt es schlicht an den richtigen Worten, um Ihnen nachfühlbar zu machen, was fünfhundert Jahre zu meiner Zeit für einen deutschen oder einen russischen Kerl bedeutet haben. Glauben Sie mir abschließend bloß: Fünfhundert Jahre, ein halbes Jahrtausend, das war in meinen Tagen ein gehöriger Batzen Zeit! Ich wog den Gegenwert in der Hand. Er war ganz aus schwarzlackiertem Holz, aus Birkenholz, das sonst kaum zur Herstellung von Bilderrahmen verwendet wurde. Dieses Werk, das von seinem Verfertiger «Der Absolute Rahmen» betitelt worden war, bestand aus nichts als gutgetrockneter Birke, aus Knochenleim und aus Lack, demselben Lack, der einst auch Särge spiegelnd schwarz gemacht hat. Die vier Rahmenteile, zwei Dreiecke und zwei Trapeze, waren so perfekt gefügt, dass in ihrer Mitte, in ihrer vollständig geschlossenen senkrechten Fuge, kein Spalt mehr für ein Bild, für etwas Buntes oder auch nur für das allerschmalste Schlitzchen Weiß verblieb.

Verzeihen Sie, vergeben Sie mir bitte, dass ich mit Worten nicht nur von vergangenen Rahmen, sondern sogar von dem, was diese nicht fassen konnten, zu erzählen versuchte. Ihnen, den stolzen Bewohnern von Novo-Novosibirsk, muss dies, gelinde gesagt, obsolet vorgekommen sein. Aber noch kann ich nicht anders. Noch hängt mir nach, wie gierig, wie hemmungslos, wie rücksichtslos gegen mich selbst ich den absoluten Rahmen zu meiner Beute machte. Noch bin ich im Dienst. Meine sibirische Dienstzeit, meine selbstgewählte Verbannung, mein intimes halbes Jahrtausend dauert an. Seit damals, seit jener Zeit, als man in Autos fuhr, Düsenflugzeuge bestieg, in Mobiltelefone sprach und Strumpfhosen über Knie und Kniekehlen streifte, arbeite ich in der riesigen Küche des Theaters. Wie es sich für die Kantine eines Musentempels gehört, versorgen wir Schauspieler, Sänger und Tänzer Jahr auf Jahr, Tag für Tag rund um die Uhr mit stärkenden Speisen, mit heißen und mit gekühlten Getränken. Ich war und bin die einzige männliche Küchenhilfe. Aber meine russischen Kolleginnen, allesamt gestandene Frauen, Großmütter, ja Urgroßmütter die meisten, haben sich längst an mich, ihr deutsches Faktotum, und auch an mein spezielles Kauderwelsch gewöhnt. An nichts, an keiner Falte meines Nackens, an keinem Wirbel meines grauen Schopfes und auch nicht daran, wie sich mein Rücken über Töpfe und Pfannen krümmt, kann mir die versammelte Weiblichkeit meine Schuld, den Grund meines Hier-Seins, ansehen. Und manchmal erlaube ich mir sogar den Gedanken, meine Arbeitsgenossinnen nähmen es mit einem Achselzucken hin, falls einer ihnen erzählte, wofür ich einst, eine Handvoll Etagen über oder unter dieser gewaltigen Küche, mit meinem Weiterleben einstand.

Numen est: Eben reichte mir eine besonders tüchtige, ja liebenswerte Köchin, eine der wenigen jungen – heißt sie nicht Olga? –, eine Schüssel und befahl mir, das Dessert, das sie aus edelbitterer Schokolade, aus süßer Sahne und anderen hochwertigen Zutaten bereitet hat, noch ein gutes

Weilchen recht gründlich durchzurühren. Ich tauche den Löffel ein. Womöglich ist er aus Birkenholz. Das Löffelende hat man auf jeden Fall, wie es seit Urzeiten bei dergleichen Utensilien geschieht, rechteckig durchbrochen. Durch diese Öffnung quillt mir die dunkle Creme. Ich rühre sie, so gut ich kann. Sorglos atme ich ihren Duft. Olga wird mich gewiss nicht tadeln, wenn ich nun, in diesem köstlichen Augenblick, schon vor der Zeit ein wenig davon nasche.

AMERICANO

Seit Männer Kollegen sind, also seit unvordenklichen Zeiten, gehört es zu den Freuden des gemeinsamen Tuns, sich im Anschluss an dasselbe gemeinsam zu betrinken. Schlicht und auf banalste Art einsichtig scheint dieser Brauch zu sein. Aber insgeheim zehrt er auf magische Weise von seinem Gegenexempel: von der Existenz derjenigen, für die sich ein solches Gelage gerade durch die Eigenart der vorausgegangenen Arbeit verbietet.

Wohl zehntausendmal hatte es Huppsi und mich nach den Schulter an Schulter abgeleisteten Dienststunden auseinandergetrieben. Stumm und immer aufs Neue im Herzen verlegen, mussten wir voneinander scheiden. Kaum dass wir die morgengraue Schwelle unserer Wirkstätte gemeinsam überschritten hatten, bog jeder von uns in eine andere Münchner Straße. Denn die Bambi-Tränke ist eine klassische Schwabinger Eckbar: Dieselbe Kreuzung, die des Nachts alle, die aus den vier Schneisen heranpirschen, in der schwarzen Tür der Bar zusammenführt, hat uns in der klammen Frühe vieler Tage scheu in verschiedene Richtungen davonschleichen sehen.

Huppsi und Herri! Mit diesen drolligen Kurzformen

unserer Taufnamen sind wir einst, in kurzärmeligen rosa Rüschenhemden, einen Plastikpropeller als Fliege unter den schlanken Hälsen, hinter der Theke angetreten. Wir waren wahrlich jung, und die neueröffnete Bambi-Tränke hatte als erste Schwabinger Kneipe die gerade eingeführte verlängerte Nachtlizenz erhalten. Schnell wurde aus dem diskreten Treff für den verheirateten Homo ein allgemein beliebtes Abhängerlokal. Nach Mitternacht strömte es aus allen Münchner Himmelsrichtungen herbei, und bald spreizten im Gedränge, neben den sich vollends keck outenden Schwulen, allerlei andere nachtaktive Vögel ihr Gefieder.

Mich, den noch halbherzig Studierenden und frischgebackenen Barkeeper, schmückten haselnussbraune Locken. Huppsi, schon damals gastronomieerfahren, veredelte seine schwarze Mähne mit einem buntbestickten Stirnband. An der linken Kühlfachtür klebt noch ein Polaroid, das uns mit unserer einstigen Kollegin Görtie zeigt. Von rechts und links küssen wir sie auf die Wangen und quetschen dabei ihre kurzen, festen blonden Zöpfe nach vorn. Gut kann man die Enden, die pinselartigen Quasten der roten Pfeifenreiniger erkennen, mit denen Görtie ihr Haar während der Küchenarbeit zusammenhielt. Auf gnädig langsame Weise bleicht dieses Rot wie alle anderen Farben des Fotos aus. Und eines Tages, wenn seine leicht gewölbte Oberfläche weißer als das umliegende Blech geworden ist, wird das Sofortbild besonders trefflich von unserem Urzustand zeugen.

Längst gibt es auf unseren Häuptern nichts mehr zu bändigen oder zu scheiteln. Huppsi trägt das graue Haar, dem ein Gel seinen metallischen Blauschimmer verleiht, fast streichholzkopfkurz. Und da es weiterhin einigermaßen dicht sprießt, kann er, karotinbraun und heimtrainergestählt, sicherlich noch einige hundert Nächte als ein Mann von vierzig Jahren durchgehen. Ich bin, nachdem mein Haar in jeder Länge nichts als peinlich geworden ist, dazu übergegangen, mir den Kopf zu rasieren und einen Esslöffel Kürbiskernöl in die Glatze zu massieren. Diese Abtönung suggeriert im Rotlicht der Bar den Schatten eines vital auskeimenden Bewuchses. Und wenn ich, die Stirn geneigt, die Augen geschlossen, den chromblitzenden Shaker über mich hebe, gibt mein Schädeldach – ich hoffe es zumindest! – einen passablen Hintergrund ab.

Wie dem auch sei, die wahren Kenner schätzen meine Arbeit. Sie, die unsere winzige Tanzfläche nicht mehr mit den Augen abweiden, denen längst gleichgültig ist, in welchem Verhältnis sich die Hits aller Popmusikperioden auf den Nacht für Nacht abgespulten Bändern mischen, sie verstehen sich inzwischen umso besser aufs Schmecken. Und die wenigen, deren Zunge sich dabei nicht, genüsslich am Gaumen sückelnd, ausschweigt, wissen den Einfallsreichtum meiner Kreationen zu loben. Unser alter Achim, ein einst in jeder Hinsicht agiler bisexueller Kunstbuchverleger, der inzwischen beruflich wie privat Muße hat und sich zu den Freuden dieser Muße bekennt, meinte neulich, nachdem er meine «Karibische Improvisation über einen Hauch von Jägermeister» wohl eine volle Minute im Mund hin- und hergespült hatte: «Herri, was für ein Glück, dass wenigstens dir – nach all dem! – noch etwas einfällt.»

Huppsi hingegen hat sich den Klassikern verschrieben. Dabei war er in seiner Anfangszeit als wilder, ja wüster Neo-Mixer in Verruf. Ich kann mich noch erinnern, wie er die Bestellung gängiger Cocktails mit einem abfälligen Schnauben zurückwies und dem brüskierten Gast stattdessen ein Ad-hoc-Experiment präsentierte. Vor den Augen des Überrumpelten hatten befremdliche Zutaten auf möglichst provozierende Weise ineinanderzukommen. In einem Beutel aus ungegerbtem Hasenleder sah ich ihn, auf dem Höhepunkt dieser Ära, die Getränke schwenken, um sie dann, braun und verdächtig schäumend, in einen Becher aus Naturkautschuk fließen zu lassen.

Aber das ist lange her. Die Wende kam mit dem Scheitern von Huppsis dritter und letzter Langzeitbeziehung. Er hatte Görtie auf einem Urlaubsflug nach Miami kennengelernt. Sie war damals frischgebackene Stewardess der Bavarian Birdline. Als diese Gesellschaft bald darauf in Konkurs ging, kam Huppsi der Einfall, die Bambi-Tränke solle – in Widerspruch zu ihrem Namen – auch kleine Gerichte anbieten. Görtie wurde als Küchenfee eingestellt und hielt zwischen Salattrommel, Baguette-Korb, Mikrowelle und Fritteuse so souverän die Stellung, wie sie es wohl auch 10 000 Meter über dem Atlantik getan hatte. Sogar die Art, wie sie Huppsi ein volles Jahr hindurch betrog, war, zumindest in ihrer logistischen Ökonomie, auf Airline-Niveau. Die Brauerei hatte auf Frühlieferung umgestellt, weil unser Keller über einen Hinterhof zugänglich ist, in dem keine Nachtruhe gestört werden kann. Der Bierkutscher, der uns am Anfang seiner Schicht mit frischem Gerstensaft versorgte, kam stets kurz nachdem die Küche schloss, also immer genau dann, wenn Görtie, zwei Stunden vor uns, Arbeitsende hatte.

Seit dem Fiasko mit Görtie kennt man Huppsi als bodenständigen Hüter des Überlieferten. Unübertrefflich ist er längst, wo das Althergebrachte seinen Tribut fordert. Nie käme ich daher auf die Idee, einen «Sweet Schwabing», den im Prinzip jedes Milchmädchen aus Malzbier, italienischem Perlwein und einem Schuss pasteurisierter Sahne zusammenmischen kann, als Bestellung anzunehmen. Die gültige Interpretation solcher Hits überlasse ich wohlweislich Huppsi, dem es vor kurzem erst gelang, einen neuen Gast – nach eigener Aussage notorischer Sweet-Schwabing-Trinker im fünften Jahrzehnt! – mit einer entschieden sentimentalen Abschmeckung dieses Cocktails zu einem Schluchzen zu rühren.

Leid und dessen Bewältigung haben aus Huppsi einen Könner gemacht. Als er seine Görtie mit ihrem Liebhaber im Führerhaus des Lkw erspäht hatte, schlich er, ohne dass die beiden ihn bemerken mussten, in die Bar zurück. Dort gab er mir mit wenigen trockenen Worten Bescheid und entschuldigte sich dann in aller Form für seine Schnapsidee, die Bambi-Tränke um eine Futterkrippe zu erweitern. Und wie um mir seine Reifung vollends zu beweisen, schloss er mit dem noblen Satz, das Schicksal strafe ihn wahrhaft angemessen, wenn ihm da draußen, just in diesem Augenblick, ausgerechnet ein schmerbäuchiger Bierkutscher Hörner aufsetze.

Nun hat Huppsi, auch was uns beide angeht, sein Meisterstück abgeliefert. Durch seine Findigkeit ist unserem sommers wie winters stets gleich trist gewesenen Tagesanbruch zu einer späten Morgenröte verholfen. Huppsi hat das AMERICANO, AUSFAHRT NORD entdeckt. Die Ausfahrt Nord war – den Jüngeren muss dieser historische Fingerzeig gegeben werden! – einst die erste Autobahnraststätte, wenn man München Richtung Norden verließ. Während wir beide, geborgen und zeitverloren, Cocktail auf Cocktail über die Theke der Bambi-Tränke schoben, erwies sich diese Raststätte als zu nah an der Stadt gelegen. Die immer eiliger werdenden Reisenden, das luftige Hamburg, das freisinnige Bremen oder gar das trutzig wortkarge Ostfriesland im Visier, wollten noch nicht tanken und erst recht nicht essend oder trinkend verweilen. Und so wurde von einem Tag auf den anderen mit dem Benzinverkauf auch der gastronomische Betrieb aufgegeben.

Erst einer US-amerikanischen Fastfood-Kette, der es vor allem auf die gute Anfahrbarkeit ihrer Restaurants ankommt, gelang es, eine andere Kundschaft, eine, die gar nicht auf die Reise gehen will, sondern nur den häuslichen Kühlschrank flieht, mit ihren Hamburger-Variationen unter das weit ausschwingende Betondach der ehemaligen Tankstelle zu locken. Und auch uns hat dieser Konzern etwas zu bieten: In einer Ecke des Verköstigungsraums ist, dunkel gehalten und durch hohe Raumteiler geschickt separiert, eine Art Bar eingerichtet worden. Drei Automaten, rot, weiß und blau, wölben sich so aus einer schwarzen Wand, dass ihre Bauchigkeit an die Zapfsäulen vergangener Jahrzehnte erinnert. Dort sind, gegen Münzeinwurf,

Scheineingabe oder mit Karte, acht verschiedene Cocktails zu erhalten. Allesamt amerikanische Klassiker! Und gewiss hat diese Trinkstätte in jeder Dependance – von Seoul über Wladiwostok und München bis Seattle! – BAR AMERICANO zu heißen.

Huppsi und Herri, ich und er, wir drücken wohlweislich nur die Taste für den Cocktail, der dieser automatischen Bar ihren Namen gegeben hat. Wir genehmigen uns fünf, sechs, an begünstigten Tagen sogar sieben Americanos. Inzwischen sind wir sicher, dass die Maschinerie den Campari, den Wermut und das Sodawasser wirklich für jeden Drink aus separaten Großbehältern in den recht hübschen Plastik-Tubus laufen lässt. Mit dem Hochmut altgedienter Handwerker loben wir die minimalen Schwankungen des Geschmacks, die sich, da den mechanischen Bauteilen ein gewisses Spiel innewohnt, auch bei elektronisch gesteuerter Dosierung noch zwangsläufig ergeben.

Die ersten Drinks in den Händen, wenden wir uns der Spiegelwand mit dem weißen Abstellbord zu und drängeln in eine der immer etwas zu schmalen Lücken. Dort stehen wir in Schulterschluss – jeder in doppelter Tuchfühlung, mit dem vertrauten Kollegen und mit einem Wildfremden. Wir trinken nicht allzu schnell, aber doch zügig und haben unseren Cocktail in schöner Abstimmung stets nahezu gleichzeitig bezwungen. Dann geht einer zu den Automaten und holt Nachschub, während der andere den Platz an der Bar ohne Keeper frei hält.

Solange Männer noch Kollegen sind, also bis in alle uns beiden vorstellbaren Zeiten, wollen wir hier Americano schlürfen. Erlöst von fast jeder Eigenart und berufen zu nichts, lauschen wir dem jungen Volk, das von den gegenwärtigen Tanzstätten zusammengeströmt ist. Schweigend hören wir, was es sich in seinem akuten Münchnerisch zu sagen hat, und halten dabei unsere Nasen dicht über die Plastikbecher, um die bescheidenen Aromen zu schnüffeln. Bisweilen gilt es ein Grinsen zu unterdrücken, gelegentlich schmunzeln wir leise oder zwinkern uns unauffällig zu. Nie schauen wir uns um. Aber immer müssen wir uns irgendwann, verlegen und nicht ganz frei von männlicher Wehmut, eingestehen, dass man sich auch hier, dass man sich heute wie eh und je, mit den rechten, mit schönen, wahren und guten Worten zuzuprosten weiß.

ZWERGENANEKDOTE

Die folgende Geschichte ist so wahr, wie etwas aus der Welt des Wissens, wie etwas aus dem Reich der Toten für unsereins nur wahr sein kann. Zwar nicht derselbe Wandschirm, aber doch ein Wandschirm gleicher Bauart steht im Sanitäts- und Heilkundemuseum Wien. Die einschlägigen Klingelknöpfe kann man noch heute, nach über acht Jahrzehnten, bei Techniktrödlern nicht bloß in Österreich, sondern vielerorts in unserem glücklich neuerstandenen Mitteleuropa finden und für wenig Geld erwerben.

Hinter dem Wandschirm, hinter Wachstuch und weißgebeiztem Weidenholz, den grauhaarigen Schädel armtief unter dem Klingelknopf, liegt in der Nacht, in der die Anekdote spielt, ein über sechzig Jahre alter, ein damals bereits renommierter, in Bälde berühmter, ein heute, lang nach seinem Tode, weiterhin vielgepriesener, ein nun an diesem lauen Wiener Frühlingsabend frisch operierter Mann. Er röchelt leis. Er weiß: Bereits im Lauf der Nacht soll er, nach drei, vier Ruhestunden, in familiäre Pflege entlassen werden.

Dass man ihn provisorisch abgestellt hat, dass er in einer Rumpelkammer liegt, kümmert und kränkt ihn nicht. Er weiß, aus eigener Arbeit, wie es in Krankenhäusern zugeht und wie wenig dort bisweilen Privilegien gelten, wenn etwas schnell und praktisch geregelt werden muss. Sein Abgestelltsein ist schlicht den Umständen des ambulanten Eingriffs zuzuschreiben. Er selber hat im Voraus darauf bestanden, möglichst bald mit dem Automobil nach Hause überstellt zu werden.

Er röchelt, hustet und schluckt frisches Blut. Es ist das Blut der tief in seinen Mund geschnittenen Wunde. Ein ihm freundschaftlich verbundener Professor, ein Mann seines Vertrauens, ein Routinier der Allgemeinen Chirurgie, hat ihm eine den geliebten Zigarren geschuldete Geschwulst entfernt. Die reichte weiter ins Gewebe als zunächst angenommen. Und auch die Folgen seines Immer-tiefer-Schneidens hat der Meister der Skalpelle nicht ganz richtig eingeschätzt. Vom Blutverlust elend geschwächt, von Ohnmacht bedroht, begreift der Operierte, der Alleingelassene, allmählich den Ernst der Lage. Denn er ist selber Arzt, selber Professor.

Die Blutung droht, ihn umzubringen. In einem wahren Willensakt, in einer letzten Kraftanstrengung quält er den rechten Arm nach oben, fingert über die ölfarbenglatte Wand, ertastet den Klingelknopf, presst dessen Bakelit. Aber der Knopf ist tot. Die Blechzunge, die den Kontakt zwischen den Drähten schließen soll, ist tags zuvor beim Alarmruf eines anderen hier Abgestellten entzweigebrochen. Jenem uns unbekannten anderen wurde binnen einer Minute beigestanden; unserem stummen, großen Notfall schwappt indes der Lebenssaft mörderisch hoch im Rachen. Die Kehle, zu schwach zum Rufen, kommt eben noch mit Schlucken nach. Ersticken oder Verbluten. Vergeblich versucht der schwindelige Doktor, der längst in eine selbsterfundene Wissenschaft entlaufene einstige Mediziner, sich aufzurichten, dann, ebenso vergeblich, sich umzudrehen. Den zuständigen Muskeln fehlt es bereits an Kraft. Bloß seine Augen schwenken noch gehorsam über den dunklen Plafond und dann zum Paravent und sehen Jodi um die Wachstuchkante lugen.

Jodi sabbert. Jodi sabbert wie stets, der kleine Jodi sabbert – er kann nicht anders! – mehr als nur ein bisschen. Jodi kratzt sich, weil er das gern tut, an seinem großen, akkurat kahl geschorenen Kopf. Er lässt den Speichelfaden länger werden und guckt und horcht. Am Gaumen gluckst das Blut. Wer weiß, was Jodi denkt. Ach, allenfalls kann unsereiner heute wissen: Der kleinwüchsige, schmalbrüstige Jodi hat lang schon innigen Umgang mit der Herzenspraxis moderner Wissenschaft, mit ihrem Tun am Leibe. Sein ganzes bisheriges Leben, alle dreiunddreißig Jahre, ist er nicht aus dem Allgemeinen Krankenhaus zu Wien hinausgekommen. Die Ordensschwestern haben ihn als Säugling in ihre Obhut übernommen, nachdem ihm seine Mutter, eine ungemein grazile ungarische Hochseilballerina – kaum größer als die Kollegen aus dem Reich Liliput! –, mitten in der Mühsal des Gebärens und Geborenwerdens sang- und klanglos weggestorben war.

Der blutschluckende Professor, unser würgender Wiener Psycholog, erkennt selbstredend auf den ersten Blick, welchen Typus der Zwergenwüchsigkeit er vor Augen hat.

Er denkt an Imbezillität, er denkt «Kretin», er denkt in einer Art von Zwang an hoffnungslosen Schwachsinn und wortlos blödes Lallen und zeitgleich an den Fortschritt des Geistes, der hier, in dieser Rumpelkammer, als gelte es, einen albtraumhaft exquisiten Witz zu reißen, synchron mit ihm die Luft anhält.

Die Kammer ist Jodis Reich. Hier hat der feingliedrige, dickschädelige Jodi, seit er sich selber an- und ausziehen kann, inmitten eines Sammelsuriums aus abgestelltem Kram, hinter einem der Rollschirme sein Bettchen. Hier steht der Stuhl, über dessen Lehne Jodi Hemd und Hose breitet. Hier ruht im hübsch geschwungenen Gestell die Schüssel, mit deren Wasser er sich abends den Rotz vom Näschen und den Sabber von den stummen Lippen wäscht. Hier schlummert Jodi und träumt Jodis Träume, nachdem er – kindisch übereifrig, unermüdlich fleißig, Gang auf, Gang ab – beim Putzen, Räumen und Bettenbeziehen mitgeholfen hat.

Wer weiß, was unser Jodi denkt. Der alte Grauschopf denkt noch einmal in einem atemlosen Kreisschluss an die kaputte Klingel und an die hochspezielle Verhöhnung, die ihr Defekt-Sein nun für ihn und seine junge Lehre darstellt, als sich schon Jodis Linke in schweißverklebte Haare schiebt, als Jodis Rechte unter eine Achsel schlüpft, ein nasses Hemd fest fasst und alle zehn Jodi-Finger – der Speichel sprüht von Jodis Mund! – einen Kopf und einen Oberkörper in die Seitenlage ziehen. Erlöst würgt der Erkenner, der Deuter, der Begründer eines langlebigen Kults sein Blut über den Rand der Liege auf das Linoleum des

Abstellraums. Es platscht! Es platscht so herrlich laut, dass wir es alle platschen hören.

Und dann saust unser Jodi los. Er spurtet schnurstracks Hilfe holen. In einem schönen hohen Bogen fliegt dem Rennenden der Schaum vom Mund. Jodi eilt weg, den Gang hinunter, wird gleich eine seiner weißbehelmten Schwestern am Ärmel zupfen, wird sie, weil sie sein Wollen nicht kapiert, am steifgestärkten Ärmel in seine Kammer zerren und mit ihr in der klebrigen Lache vor dem nun glücklich sorglos ohnmächtig Gewordenen stehen.

Herr Doktor Sigmund Freud wurde gerettet, wurde in Folge noch mehrmals an Gaumen und Kiefer operiert und lebte, mit wechselnden Prothesen in Mund und Rachen und an zahllosen Zigarren saugend, weitere anderthalb Jahrzehnte für das Wachsen und Gedeihen seiner Werke. Solange deren Worte Wahrheit stiften, so lang wird unser kleiner Jodi rennen, werden die krummen Beinchen Jodis wackeln, trommelt das Leder seiner blank gewetzten Sohlen auf Stein, Parkett, Linoleum – nicht länger, aber doch genauso lang soll Jodis Speichelfaden, soll dessen blasige Spur durch alle Sätze dieser Zwergenanekdote perlen.

FUTUR ZWEI

BEIM LETZTEN MÄRCHEN

An Weihnachten regnete es ein wenig, so fein, als bliese ein großes Ausatmen die Tröpfchen aus den betonfarbenen Wolken. Joschka lupfte, aus der Tür des Hotels tretend, gleich die Mütze, um diesen Hauch auf dem kurzgeschorenen Schädel zu spüren. Und kaum dass er hinter dem Gästeparkplatz in den Wald einbog, stopfte er seine Kopfbedeckung endgültig in die Jackentasche. Dies war unvernünftig, da er zu Erkältungen neigte. Aber wozu war er noch jung. Am Schnupfen würde er auch dieses Mal nicht sterben. Und das bisschen Fieber vor dem Einschlafen fand er seit jeher schön.

Von allen, mit denen er seit seinem gestrigen Eintreffen gesprochen hatte, war Joschka pauschal, fast mechanisch auf die Vorzüge des Waldes hingewiesen worden. Erst vorhin hatte die Serviererin im Frühstücksraum, ein nettes hiesiges Mädchen, zu ihm gesagt, dieses Jahr wollten die Bäume wohl gar nicht schlafen gehen, noch zu Beginn der Feiertage hingen so viele Blätter an den Zweigen. Nicht nur schwarztote, auch rote und gelbe und gelbgoldene sogar!

Aber selbst sie, die Empfindsame und Gesprächige, hatte den Ort, auf den Joschka nun zustiefelte, mit keinem

Wort erwähnt. Offenbar galt der Park im Wald längst nicht mehr als Sehenswürdigkeit. Womöglich genierten sich die Einheimischen inzwischen sogar für ihn, zumindest für den Zustand, in den er geraten war. Und so verheimlichte man den Gästen, worauf diese bei ihren Wander- und Radtouren doch unweigerlich stoßen mussten.

Heute, an Heiligabend, wollte Joschka das fragliche Gelände auskundschaften. Morgen früh, am ersten Weihnachtsfeiertag, würde die Sache mit Herrn Kantner noch einmal telefonisch durchgesprochen werden. Und im Morgengrauen des zweiten Feiertags sollten Joschkas Männer anrücken, um alles, Stück für Stück, mit den Maschinen abzuräumen. Nun war zunächst der Anfahrtsweg zu prüfen. Die Unimogs kamen im Prinzip überall durch, mit ihren hohen Rädern und dem Vierradantrieb galten sie, trittsicher und zugstark, als die Esel unter den Lkws. Auf der Rückfahrt allerdings durften die schwerbeladenen Wagen kein bisschen Fracht verlieren. Nicht nur die große Lichtung sollte nach dem Abtransport der ominösen Brocken spurlos leer sein, quasi besenrein – so hatte es Herr Kantner, der sich die kurzfristig anberaumte Aktion einiges kosten ließ, in ihrem letzten Gespräch formuliert.

Joschka liebte die Pflanzen nicht. Als Kind hatte ihn seine naturbesessene Mutter fast jedes Wochenende in die Wälder um seine Heimatstadt verschleppt. Und das fanatische Hochkieksen ihrer Stimme, sobald hinter den letzten Einfamilienhäusern der dunkle Saum der Fichtenschonungen in Sicht kam, jagte ihm noch in der Erinnerung den Schauder unsäglicher Knabenverlorenheit über den Rücken. Vergnügen im vegetativen Elend hatten dem kleinen Josef damals nur die Ameisen bereitet. Nachdem die Alleinerziehende und ihr einziger Sohn weit ins schattige Grün hineingeradelt waren, hatte der, kaum dass auf einem sonnigen Fleckchen die Decke zum Picknicken ausgebreitet war, nach dem winzigen Getier Ausschau gehalten. Und wenn dann Krümel auf Krümel davongeschleppt wurde, genoss er es, die schwarzen oder roten Sechsbeiner um ihre Geschäftigkeit, um den mönchisch schlichten Sinn ihres Schuftens zu beneiden.

Jetzt, an Weihnachten, waren selbstverständlich nirgends Ameisen zu sehen. Aber auch ihre Winterruhe im Bau stellte sich Joschka recht anheimelnd vor. Er, der nach elfeinhalb Jahren Gymnasium und zwei hingeschmissenen Lehren doch noch als Abbruchunternehmer seinen Platz in der Welt gefunden hatte, kannte kaum etwas Schöneres, als mit seinen Männern bei unwirtlichem Wetter in einem Bauwagen zusammenzuhocken, dicht bei einem Gebäude, das es, zwei Pott Kaffee später, in einen flachen Haufen Schutt zu verwandeln galt.

Mit Herrn Kantner kooperierte er bereits das dritte Mal. Zuletzt hatte Joschkas Truppe einen großen Nachkriegsbungalow für ihn abgerissen. Bevor der Bulldozer die Leichtbaumauern umknicken durfte, waren er und sein Auftraggeber noch einmal alle Räume abgegangen. Joschka nahm es arg genau mit der letzten Kontrollrunde, seit er in einem Abbruchhaus eine verwilderte Schäferhündin mit verdächtig gerundetem Bauch entdeckt hatte. In Herrn Kantners Bungalow war indes nichts Lebendiges, kein der Rettung bedürftiges Wesen mehr zu finden gewesen. Aber als Joschka den Kopf in einen Einbauschrank steckte, verriet Kantner ihm urplötzlich, dass er zwischen diesen Wänden aufgewachsen sei. Im Jahr seiner Geburt hätten seine Eltern Richtfest gefeiert, obwohl dem Bungalow der hierzu eigentlich obligatorische Dachstuhl fehlte. Wie zum Beweis für die Existenz seiner Kindheit zückte Kantner ein Taschenmesser und schlitzte die feuchte Raufasertapete in weitem Bogen auf. Als er den Fetzen abzog, kam unter dem vergilbten Weiß ein leuchtendes Hellblau zum Vorschein, das Teddybär an Teddybär zeigte: breitbeinig sitzende Teddys, tollpatschig rennende Teddys und dazwischen stets ein dritter, der einen Purzelbaum schlug.

Kantners Vergangenheitsausrutscher hatte Joschka nur kurz peinlich berührt. Auch die eine oder andere Blöße betrachten zu müssen gehörte zum Geschäft. Und Herr Kantner, der dem Alter nach sein Vater hätte sein können, versprach ein Partner auf Dauer zu werden. Wenn ihr kleines Weihnachtsprojekt erfolgreich über die Bühne gegangen sei, wolle man auch langfristig fest zusammenarbeiten. Derart zukunftsträchtig hatte es erst heute Morgen aus Joschkas Mobiltelefon getönt.

Der Waldweg blieb bis an den Eingang des Parks komfortabel breit und wirkte nirgends so aufgeweicht, wie es nach dem Regenwetter der letzten Tage zu befürchten gewesen war. Erst das Tor, das sein Auftraggeber «das Rosentor» genannt hatte, gab Joschka zu denken. Die eisernen Blätter und Ranken, die plumpen Blüten und die dolchgroßen Dornen, alles schien massiv und nur oberflächlich oxidiert.

Der geschmiedete Bogen war zwar stattlich hoch, verengte sich aber zuletzt zu einem Spitz, durch den das Fahrerhaus der Unimogs nicht hindurchpassen würde. Rechts wie links schlossen sich kräftige Buchen an – zu dicht gereiht, als dass es möglich gewesen wäre, den Zaun neben dem Tor zu durchbrechen. Sie würden also dessen gusseiserne Eckpfeiler umflexen müssen, um in den Park hineinfahren und ihre Fracht anschließend hinauskutschieren zu können.

Kaum war Joschka um eine faulig schwarze Bude, wahrscheinlich das ehemalige Kassenhäuschen, gebogen, da lag ihm schon die zweite Widrigkeit vor Augen: Der Gehstreifen war mit mächtigen Natursteinplatten ausgelegt. Und fast hundert Meter weit, genau bis zur ersten Station des Rundwegs, hatte es die unregelmäßigen, durchweg wagenradgroßen Stücke völlig verworfen. Schräg, manchmal fast steil ragten die rot gemaserten, durch den Regen frisch glänzenden Platten in die Höhe. Ein Bild fiel ihm ein, das in seinem letzten Gymnasialklassenzimmer gehangen war, die Reproduktion eines berühmten Gemäldes. An ihren Deutschlehrer, der sie auf den Rang des Originals hingewiesen hatte, konnte sich Joschka gut erinnern, sogar an den grimmigen Ton seiner Erläuterungen, nicht aber an den Namen des Malers. Und weil ihm auch der Titel des Bildes entfallen war, wusste er jetzt leider nicht mehr, ob die zerklüftete Zackenlandschaft ein Stück Gebirge oder geborstenes Eis oder bloß die gigantomanische Vergrößerung schlichter Scherben darstellen sollte.

Unter den Wegplatten, die sich so spektakulär gehoben hatten, wuchsen dicke, im milden Wetter saftig grün gebliebene Moospolster. Fast sah es aus, als hätten diese samtigen Halbkugeln den Stein aus der Horizontalen gestemmt. Eine taugliche Erklärung war das natürlich nicht. Aber um ein Hindernis zu beseitigen, war nicht unbedingt eine Theorie seines Entstehens vonnöten, und wieder im Pragmatisch-Nützlichen landend, überlegte Joschka, ob sich nicht ein Teil dieses Materials auf seinen Lagerplatz abtransportieren ließe. Von dort könnte er es per Inserat weiterverkaufen, so wie er es mit Eichenbalken, mit hochwertigen Kacheln und einmal sogar mit sämtlichen Vollziegelsteinen einer uralten Scheune gemacht hatte.

Probleme sind gesellig. Oft treten sie von Anfang an paarweise auf, mitunter rotten sie sich zu richtigen Banden zusammen, am wohlsten jedoch fühlen sich die kleinen wie die großen Widrigkeiten des Daseins zu dritt. Das hatte Joschka bereits in seinem ersten Jahr als Unternehmer begriffen. Also wartete er, dem Rundweg folgend, geduldig ab, welchen Knüppel der Park ihm noch zwischen die Beine werfen würde. Nach der ersten Station war der Weg wieder in Ordnung und stets so breit, dass eine dreiköpfige Familie Hand in Hand von Skulptur zu Skulptur hätte flanieren können. Die Artefakte selbst schienen keine besonderen Schwierigkeiten zu verbergen. Alle waren ungefähr gleich groß und vermutlich auch ähnlich schwer, denn es handelte sich stets um denselben minderwertigen Leichtbeton. Zum Teil war das Material so ausgewaschen und vom Frost gesprengt, dass eine primitive Armierung frei lag. Gewiss würden die meisten der Ensembles zerbrechen und in Brocken um ihr kümmerliches Skelett baumeln, sobald die

Greifer der Unimogs sie vom Boden höben und Richtung Ladefläche schwenkten.

Die Figuren, die Menschen wie die Tiere, waren früher bunt lackiert gewesen. In Ellenbogenbeugen und Faltenwürfen, auf den Bäuchen von Wolf und Geißlein und an der Kehle eines gewaltigen Frosches hatten sich Farbreste gehalten. Aber meist lag der Beton der Skulpturen blank und hatte nur ein wenig grünen Flaum angesetzt. Mit Beton kannte Joschka sich aus. Materialkunde war das einzige Fach gewesen, das ihn an der Berufsschule interessiert hatte. Auf halbem Weg stieg er über eines der niederen Geländer, die einst die Kinder am Berühren der vertrauten Gestalten hatten hindern sollen, knickte einem dicken König mit der Hand mühelos einen Zacken aus der Krone, begutachtete die Bruchstelle und überzeugte sich so vollends davon, dass er es mit billigem, großporigem Nachkriegsmaterial zu tun hatte, ungefähr so alt wie die Teddybären auf Herrn Kantners Kinderzimmertapete.

Erst am letzten Märchen war es dann so weit. Und wie ihm die entscheidende Schwierigkeit vor Augen kam, zweifelte Joschka kurz und heftig an Herrn Kantners Seriosität, ja an dessen männlicher Ehrlichkeit. Leider kam gar nicht so selten vor, dass Abbruchfirmen von den Auftraggebern dazu missbraucht wurden, mehr als das zunächst Offensichtliche aus der Welt zu schaffen. Auch Kantners erster Auftrag, das Abräumen eines Gärtnereigeländes, war nicht ganz von Tücke frei gewesen. Denn erst als sich seine Männer um ihn versammelt hatten, um den genauen Ablauf zu besprechen, war Joschka klar geworden, dass er einen zu niedrigen Pauschalbetrag vereinbart hatte. Das Glas der alten Gewächshäuser galt als Sondermüll, keine Scherbe durfte auf dem Grundstück zurückbleiben. Ein Treibhaus nach dem anderen mussten sie per Hand zerlegen, zeitraubend behutsam trugen sie die großen Scheiben zu den Containern. Letztlich war es Joschkas Fehler gewesen. Nichts verpflichtete Kantner, seinen Geschäftspartner auf Widrigkeiten hinzuweisen, die in der logischen Natur der Sache lagen.

Nun aber, beim letzten Märchen, verhielt es sich anders. Auf Schwierigkeiten mit Beton und Eisen aller Härtegrade war Joschka gefasst. Für Bäume jedweder Größe gibt es die passende Kettensäge. Dobermann und Rottweiler lassen sich mit Reizspray oder einem Hochfrequenzheulgerät in die Flucht schlagen. Aber was ist die Müh mit Granit und Grünzeug, was ist die Angst vor gefletschten Reißzähnen gegen die Seelenfurcht, die einem Mann eine seiner Artgenossinnen einzuflößen vermag? War auch eine Technik erfunden, mit der man sich gegen die Frau wappnen konnte, die dort vorn – das lange helle Haar fiel ihr über die Schultern – auf dem felsenartigen Stumpf des allerletzten Märchens saß?

Es half nichts. Joschka musste hin. Und dem Lauf des Wegs folgend, rätselte er erst einmal, weshalb die Sitzende nur ein ärmelloses Kleid anhatte. Es regnete nicht mehr. Eventuell hatte sie, einer Laune oder einer plötzlichen Hitzewallung nachgebend, ihren Wintermantel abgelegt. In weitem Bogen näher kommend, konnte Joschka jedoch nirgends Mantel, Jacke oder Schal entdecken. Stattdessen musste er erkennen, welches Schuhwerk die Leichtbekleidete trug. Völlig bloße Füße hätten ihn kaum mehr verstört als diese dünnen Sohlen, diese Riemchen, diese zierlich hohen Absätze. Ja, vielleicht wäre Joschka sogar über gänzliche Nacktheit weniger erschrocken. Im Freundeskreis seiner Mutter war kein Mangel an Leuten gewesen, die auf gefrorene Seen hinausstapften, Löcher ins Eis hackten, um dann, auf dem Höhepunkt ihrer Lustpflicht, ins winterliche Wasser zu tauchen. Die Frau am letzten Märchen trug goldene Sandaletten zu einem knielangen hellblauen Kleid aus dünnem Stoff. Bis in die Mitte des Rückens reichte ihr Haar. Und Joschka, der sich mit Blei, Zinn und Zink, auch noch mit Kupfer und Messing, nicht aber im intimen Kreis der Edelmetalle auskannte, vermutete, während er mit einem lauten Räuspern hinter die Sitzende trat, dass man den matten Schimmer rechts und links ihres Scheitels in Friseurkreisen wohl Platin nannte.

«Herr Kantner schickt mich!», knurrte er in der Hoffnung, die Leichtgewandete, die Schöngekämmte wäre einem Hinweis auf die Eigentumsverhältnisse zugänglich. Und schon im selben Moment befiel ihn ein neuer Verdacht. Kantner hatte auf seine Frage, warum die Märchenfiguren ausgerechnet an den Weihnachtstagen verschwinden müssten, zunächst nur mit einer wegwerfenden Handbewegung reagiert, dann aber doch hinterhergeschoben, so etwas lasse sich am besten bei Nacht und Nebel erledigen. An Weihnachten sei die Nacht am längsten. Und das milde Wetter würde für den nötigen Nebel sorgen.

«Wie bitte?», hatte Joschka nachzuhaken gewagt. Wor

auf er von Kantner am Ärmel genommen worden war, nicht einmal zur Begrüßung gab ihm Kantner sonst die Hand, nun jedoch zog er ihn dicht heran, klopfte ihm mit der Faust gegen die Brust und bellte:

«Verstehen Sie denn nicht? Es muss bloß einer ankommen und diesen leprösen Schund auf den letzen Drücker zur Kunst erklären, und ich habe den Denkmalschutz oder eine Bürgerinitiative aus sentimentalen Weibern am Hals.»

Endlich wandte die Platinblonde den Kopf. Sie schien jung, vielleicht sogar noch minderjährig zu sein. Dass sich ihr Gesicht hübsch, fast ein wenig pausbäckig rundete, ließ dies befürchten. Dann drehte sie sich vollends um, sein Blick sank unweigerlich tiefer, und der sich prächtig wölbende Leib, der stramme, fast steile Bauch, war nicht mehr zu übersehen.

«Sie sind doch nicht etwa schwanger?», ächzte Joschka.

«Natürlich bin ich das. Hochschwanger sogar.»

Seufzend zog die junge Frau die Achseln zurück, spreizte die Knie ein wenig, und Joschka sah, bevor sie die Hände über dem Bauch faltete, wie sich der kleine pralle Ring ihres Nabels durch den Stoff drückte.

«Versuchen Sie bloß nicht, mir Angst damit zu machen!» Das hätte forsch, sogar barsch klingen müssen, kam jedoch eher zaghaft, fast kläglich über seine Lippen.

«Fürchten Sie sich nicht, Joschka. Fürchten Sie sich nicht. Sagen Sie mir nur, ob Sie übermorgen noch einen Platz für mich frei haben. Für uns. Im Führerhaus.»

«Im Führerhaus?», hörte Joschka sein seltsam hochtönendes, fast knabenhaftes Echo. Und das Wort «Führerhaus» kam ihm plötzlich höchst fragwürdig, ja sogar anstößig vor.

«Ja, im Führerhaus. Hoch oben in Ihrem Unimog. U-nimog, das bedeutet wahrscheinlich: einer, der alles Mögliche vermag!»

«Es bedeutet Universalmotorgerät», korrigierte Joschka automatisch, aus der Tiefe, aus der Untiefe seines praktischen Wissens.

«Ha! Unimog heißt also: das Gerät eines Mannes, der alles, was möglich ist, sogleich vermag!», rief die Blaugewandete und klatschte dazu rhythmisch in die Hände, als wäre es ein Spiel, ein altes, unerschöpfliche Freude spendendes Spiel, sich jedes Wort der Welt auf solche Weise zurechtzuverstehen.

Joschka tastete in beiden Jackentaschen nach seiner Mütze. Er fand sie nicht, er musste sie irgendwo, schon auf dem Waldweg oder hier im Park, verloren haben. Nun, das war seine geringste Sorge. In der Reisetasche, im Hotel, hatte er eine zweite. Und im Auto, im Kofferraum, lag sogar eine Kappe mit lammfellgefütterten Ohrenklappen. Hier, am letzten Märchen, würde er barhäuptig bleiben. Es gehörte sich wohl auch so. Wohlig schauderte es ihn an Kopf und Nacken. Zum ersten Mal bereute er, dass er das Haar, einem unseligen Usus folgend, militärisch kurz trug. Wilde Locken und ein Bart bis an die Brust stünden ihm jetzt besser zu Gesicht. Morgen wollte er krank sein. Und tags darauf erst recht. Dann sollte es laut Wettervorhersage endlich klar und eiskalt werden.

143

Sei's drum. Wozu war er noch jung. In aller Herrgotts-
frühe würden sie, unter dem letzten Stern, im fahlen Schein
des Planeten Jupiter, mit den Unimogs anrücken. Und
jeden seiner Männer, den eingebürgerten Libanesen wie
die beiden eingeborenen Türken, würde die lange Auto-
bahnfahrt unter blank schwarzem Himmel dann bereits in
die rechte Vorfreude versetzt haben. Die drei waren keine
Christen, aber dennoch gute Kerle. Blind konnte er sich auf
sie verlassen. Nicht «Chef», sondern «Meister Joschka»
nannten sie ihn voller Respekt, obwohl sie wussten, dass er
seine erste wie seine zweite Lehre, dass er die Ausbildung
zum Zimmermann schon vor der Gesellenprüfung abge-
brochen hatte.

Die Abenddämmerung drang in den Park. Hier beim
letzten Märchen war der Tag noch kürzer, als es im Kalen-
der stand. Joschka wurde von einem ersten, sehr heftigen,
einem glorreichen Fieberschub geschüttelt. Er musste nun
wirklich zurück ins Hotel. Er wollte mit Kantner telefonie-
ren, er wollte noch einen Zuschlag wegen der Wegplatten
und wegen des Tors herausholen. Die junge Frau jedoch,
ihr Haar, ihr Kleid, den linken wie den rechten goldenen
Schuh, das betonhart gespannte Bäuchlein und alles, alles,
was sich ahnen ließ, würde er – auch wenn ihm das Herz
davon überlief! – mit einer großen keuschen Lust ver-
schweigen.

TUNGU

Alles ist verloren. Die Welt der Tungu konnte nicht bewahrt werden. Der große Versuch, dieses letzte wahre Naturvolk gegen die Wirkungen unserer Zeit abzuschirmen, ist gescheitert. Die Macht unserer Fürsorge hat sich als gewalttätige Ohnmacht erwiesen.

Das Volk der Tungu lebt in einem abgeschlossenen Tal des Regenhochwalds. Dort zu verharren und alles Fremde zu fürchten bildete den kargen und doch hinreichenden Nährboden ihres Stammesempfindens. So, in scheuer und entschiedener Absonderung, erhielt sich die Tungu-Tanzkultur: das einzige rein körpersprachliche Kultsystem unseres Planeten.

Die Tungu kannten weder Bild noch Zeichen. Nicht die einfachste Körperbemalung war erfunden, kein noch so simples Ornament war ihnen geläufig. Haut, Rinde und die luftgetrocknete Tonerde vom Ufer des Flusses blieben ungeritzt. Alles, was ihm Lust und Not und Kreislauf des Lebens war, drückte der Stamm in seinen täglichen Tänzen aus. Im Wort TUNGU fielen die Bedeutungen von WIR und die Bedeutung von TANZ ohne für uns erkennbare Differenz ineinander. Anrührend schlicht und zugleich monumental trat unseren Augen und unserer Wissenschaft der Tanz der Tungu als die letzte ungebrochene Erzählung menschlicher Frühzeit entgegen.

Aber als wir, die verantwortlichen Beobachter der Weltorganisation Zum Schutz Bedrohter Völker, am Ende der Regenzeit, nach 36 Monaten Absenz, zur üblichen Bestandsaufnahme im Tal eintrafen, fanden wir zu unserem Entsetzen eine völlig veränderte Szenerie vor. Erstmals in ihrer Stammesgeschichte huldigten die Tungu dem Bildnis einer Gottheit. Es war in furchtbarer Eindeutigkeit, ja Plattheit nichts anderes als ein grinsender Totenschädel mit langem, steif abstehendem Schopf. Der Stamm fertigte kleine und große Exemplare dieses Gottkopfes aus Knochen, aus Holz, Lehm und Harz. Sogar die Schädel der Ahnen waren ausgegraben und mit Haaren und Pflanzenfasern beklebt worden, um dem neuen Gott zu gleichen und zu dienen.

Über drei Meter hoch ist die auf einem Holzgerüst aus über hundert bräunlichen Schädeln gefügte Plastik, die wir mitten auf dem einst freien Tanzplatz entdecken mussten. In dessen blank gestampftem Kreis war, bis auf wenige erschütternde Rudimente, die einstige Ausdrucksvielfalt erloschen. Die jähe Gewalt des neuen Kults schien den althergebrachten Tänzen jeden Sinn entrissen zu haben. Der Anblick des erbärmlichen Gehopses trieb uns Tränen in die Augen. Als wir eine frisch errichtete Tempel-Hütte besichtigen wollten, wurde uns der Zutritt verwehrt. Die Jäger des bislang friedfertigen Stammes scheuten sich nicht, ihre steinzeitlichen Waffen in wilden Drohgebärden gegen uns zu erheben.

Wir standen vor einem Rätsel. Aber dessen dunkelstem Winkel entsprang das Licht der Lösung. Unerklärlich schien uns vor allem die Herkunft der ornamentalen Kunst, die der Stamm mit seinem ersten Gott verband. Aus heiterem Himmel waren die Tungu zu fünf scheinbar abstrakten Zeichen gekommen, die sie auf große Blätter malten, in ihre Gefäße kratzten und sich gegenseitig mit Pflanzenfarben auf die Bäuche und in die Gesichter tätowierten. Etwas in uns sperrte sich gegen die schlagende Einfachheit der Erklärung. Wahrscheinlich war die Entschlüsselung dieser Chiffren zu simpel, um sogleich zu gelingen.

Die fünf Zeichen der Tungu sind nicht, wie wir zunächst in routinierter Befangenheit mutmaßten, aus ihrer natürlichen Umgebung abgeleitet. Weder Tier- noch Pflanzengestalt, weder die Krümmung des Flusses noch die Horizonte der beiden Bergkämme gaben ihnen ihren Verlauf. Strich und Bogen sind in ihrer jeweiligen Zusammenfügung nichts anderes als die recht getreue Nachahmung lateinischer Lettern. Fünf unserer Großbuchstaben bilden das neue kultische Grundkapital des Stammes: C, E, I, M und R! Als einzelne Lettern, in Paaren, in Dreier-, Vierer- und Fünfergrüppchen finden sie Verwendung, und obwohl wir den entscheidenden Erkenntnisschritt getan glaubten, dauerte es noch mehr als einen Tag, bis uns merkwürdig verzögert auffiel, dass eine Fünferkombination deutlich häufiger auftritt, als es die statistische Wahrscheinlichkeit erwarten ließ.

Wir wollten alles wissen. Wir forderten über unser Satellitentelefon Verstärkung an. In einer Nachtaktion stürmte eine internationale Spezialeinheit das neue Heiligtum des Dschungelvölkchens. Blendgranaten und Tränengas kamen zum Einsatz. Wir folgten, um unsere Arbeit zu tun. Das Innere der Hütte wurde fotografiert und gefilmt. Wir entnahmen Materialproben des Allerheiligsten, das in einem Schrein aus polierten Knochen aufbewahrt wurde. Im Pfeilhagel der Tungu stiegen unsere weißen Helikopter zurück in die sichere Schwärze des Himmels.

Nun wissen wir es. Auslöser des Totenkopfkultes ist ein Stück bedrucktes Papier gewesen: nichts weiter als das schräg abgerissene Cover eines Romanheftchens. Seine Illustration zeigt eine Schädelfratze mit flatternden Haaren. Darüber ist auf dem unvollständigen Fetzen noch das Wort CRIME zu lesen, der vordere Teil des Titels, den das Schundheft führt. Unsere Chemiker fanden an der aus dem Tungu-Tempel geraubten Papierprobe mumifizierte Spuren menschlichen Kots und besondere Harnkristalle, wie sie nur entstehen, wenn Urin in dünnster Luft schockgefroren wird.

Was für eine Niederlage! Welch eine Schmach, denn in Unschuld können wir unsere Hände wahrlich nicht waschen. Die Tungu-Tanzkultur ist an einem Geschenk des Himmels, am Ausstoß unserer sphärenzerreißenden Höhenflüge, zugrunde gegangen. Dennoch – in verlegener, noch halb verhohlener Erwartung – reiben wir uns inzwischen bereits wieder die klammen Finger. «Kommt Zeit, kommt Rat!», sagt ein altes, längst global gewordenes Sprichwort. Auch der Totpunkt rührt sich. Crime Tungu! Aus dem Dung dieser Vernichtung wird unserer Hegelust, wird unserem weltumspannenden Pflanzen und Pflegen ein bleicher Keimling, soll uns die Zukunft eines großen historischen Abenteuers entgegensprießen.

DIE DURCH DIE HÖLLE GEHEN

Jetzt bald bin ich, ist Marc berühmt. Marc fürchtet sich, ich fürchte mich. Aber die Angst wird mir im Augenblick vergehen, wenn man mich hochsummt in das Wirkliche. Mit dem Hydrauliklift wird Marc hinauf ins Fernsehen gefahren werden. Marc wird als dritter, als wichtigster Kandidat ins Licht der Liveshow schweben.

Hier unten, auf der Unterbühne, im Kümmerschein der Sicherheitsbeleuchtung, erwartet eine Handvoll Zuarbeiter die letzte Runde der Sendung. An einem Tischchen spielen ein Schnauzbart von der Feuerwehr und ein Sanitäter in Rotkreuzkluft Karten. Bei diesen Notfallhelfern ist Marc lange, vorhin noch, gesessen; aber dann haben mich die beiden zum Lift, zur Roten Couch geführt. Jetzt stehen in Marcs Nähe bloß noch zwei Techniker. Einer macht die Mechanik. Zweimal hat er die kleine Plattform mit der Couch, die jeder kennt, schon nach oben steigen lassen. Der andere, dem der Haltebügel des Kopfhörers die Glatze teilt, beobachtet zwei Monitore und wird in Bälde das Signal für meine, für Marcs Auffahrt geben.

Marc sieht den roten Latex zwischen den gespreizten Fingern meiner Hände. Die Kleine Assistentin hat mir den

Sicherheitsgurt über den Rumpf gespannt. Sobald es losgeht, wird sie hinter mir, hinter der Rückenlehne, auf ein dort angeschraubtes Brettchen steigen, auf eine Stufe, die ihre zierliche Gestalt derart deutlich erhöht, dass – sei der Kandidat auch noch so groß – ihr Haar mit seinen Teufelshörnchen als Erstes aus dem aufklaffenden Bühnenboden stößt.

Die Kleine Assistentin streichelt Marc übers Knie, raunt mir ins Ohr, sie wolle nur noch schnell aufs Klo. Natürlich weiß sie, wo hier, in dieser Unterwelt, die nächsten Toiletten sind, und sie hat einen Knopf im Ohr, aus dem ihr Andis Stimme, aus dem die Worte ihres Meisters tönen. Schon ist sie durch den schwarzen Vorhang auf der linken Seite weggeschlüpft. Rechts sind in eine Bretterwand zwei unterschiedlich hohe Türen eingelassen, vor mir roher Beton, bunt geädert von Kabeln und Rohren aller Stärken. Hinter Marcs Rücken geht es tief ins Dunkle, die Kellerhalle zieht sich hier unten so weit hin, wie oben die Zuschauerreihen reichen.

Es ist ein kluger Einfall, dass jeder Kandidat abgewandt vom Publikum, man sieht nur Schultern und Hinterkopf über der schöngeschwungenen Sofalehne, im Licht des Theatersaals erscheint. Den Vordergrund beherrscht zunächst, im schwarzen Minikleid und rot gehörnt, die Kleine Assistentin. Erst wenn die Aufzugsplattform sich mit dem Bühnenboden zu einer Ebene schließt, greift sie mit beiden Händen nach einem großen silbernen Hebel und legt ihn um. Die Schicksalsmelodie ertönt, langsam dreht sich die Couch, und das Gesicht, die ganze leibliche Front des Kandidaten schwenkt vor die Kameras, vor die Zuschauer im Saal, zu Meister Andi hin. So hat es Marc schon oft gesehen. Im Fernsehen. Und einmal aus der dritten Reihe.

Immer ist das Theater ausverkauft. Ein Teil der Karten geht auf Andis Geheiß an in der Nähe liegende Institutionen, an eine Altenwohnanlage, an ein kirchliches Schwesternschülerinnenheim und an die Reha-Klinik meiner Angestelltenkrankenkasse. Zusammen mit sechs Kumpeln aus der Gruppe Fingertraining kam Marc vor einem halben Jahr ins Publikum von Andis Schicksalsshow. Nebeneinander saßen sie fast ganz vorn in der Mitte. Jeder rieb sich die Hände, vor Aufregung, aber auch, weil bei allen Rekonvaleszenten die Durchblutung gegen Abend nachlässt. Und jetzt – so werden Wunder wahr! – sitzt Marc auf der berühmten Roten Couch, wird selbst vor tausend Leute hingefahren werden.

Marc hat sich Andis Sendung schon angesehen, als sie noch «Schicksal um Mitternacht» betitelt war und nur auf Kabel kam, im Stadtkanal BERLIN FOR YOU. Bis heute träumt Marc von der Kleinen Assistentin dieser Anfangszeit. Knapp einen und einen halben Meter war sie groß, darüber noch die schwarze Hochfrisur, aus der die Teufelshörnchen wuchsen. Marcs uralter Fernseher schmierte ihr feuriges Rot in ein Orange hinüber. Die erste war die kleinste. Aber auch später reichten die Kleinen Assistentinnen ihrem Meister höchstens bis an den Krawattenknoten.

Der rote Gummi-Schlips ist Andis Markenzeichen. Stets ist die Kleine Assistentin so klein, dass Andi sein spitzes Kinn auf die kropfige Gummikugel drücken muss, wenn er sie auf die Hörnchenspitzen küsst. Das macht er oft, bestimmt zehnmal in jeder Show. Er sagt dann etwas Zärtliches, knurrt manchmal sogar eine kleine Unanständigkeit und schielt, die Kamera nimmt es in Nahaufnahme, zu seiner zweiten, zur Großen Assistentin hin. Diese sieht man im Gegenschnitt dem Showmaster mit Augenbrauenheben, mit Stirnrunzeln, mit Naserümpfen, später mit Zähnefletschen und schließlich mit ihren starken Fäusten drohen.

Früher, als Andi nur für BERLIN FOR YOU und erst um Mitternacht auf Sendung ging, zeigte ihm seine muskulöse Große Assistentin sogar den Stinkefinger. Das ist schon eine Weile her, aber Marc hat den gereckten Mittelfinger und dessen langen blaulackierten, spitzgefeilten Nagel noch vor Augen. Auch Meister Andi war damals, nach Mitternacht und im begrenzten Kabelnetz der Hauptstadt, dreister. Bereits am nächsten Morgen zitierte eine Boulevard-Zeitung, die zur selben Firmenfamilie wie BERLIN FOR YOU gehört, die schlimmsten von Andis Schlüpfrigkeiten und fragte ihre Leser, ob dieser unerhörte Showmaster nicht bald mit seinem Rausschmiss rechnen müsse.

Nicole, meine Nicole, hat jedes Mal, wenn es, laut Zeitung, für Andi auf des Messers Schneide stand, beim Zuschauertelefon des Senders angerufen und sich für sein Verbleiben eingesetzt. Auch zwei ihrer Freundinnen, Kolleginnen aus dem Finanzamt, ließen sich regelmäßig zu einem Anruf oder einer E-Mail animieren. Gut möglich, dass die drei unserem Andi damals den Job gerettet haben. Marc spürt etwas in meiner rechten Hand. Die Spitze des rechten Mittelfingers hat zu jucken angefangen. Marc reibt sie auf dem Handteller der Linken.

Mein Spiegelbild sieht nun, nach der Genesung, viel älter aus, aber Marc ist noch jung. Professor Kamajuhdi hat gesagt, Marc solle sich nicht zu sehr darüber grämen. Schwere Versehrungen des Körpers fänden stets ihren Weg bis ins Gesicht. Irgendwo müsse, auch nach einer glücklichen Gesundung, ein Ausdruck des Durchlittenen bleiben. Und außerdem: Charakter stehe jedem Mann!

Professor Kamajuhdi hat einen gelblichen Teint und weiche, schlaffe Züge. Nicole meint, er sehe selbst wie eine Leiche aus. Das stimmt, aber Marc findet es ungehörig und ungerecht, dergleichen laut zu sagen. Professor Kamajuhdi muss Umgang mit Toten treiben, weil er sich von den Leichen holt, was die Lebendigen von ihm verlangen. Marc könnte jedem, der sich genauer hinzusehen traut, beweisen, wie wunderbar ein Kamajuhdi operiert. In einer Fernsehzeitschrift, die mir Nicole, als alles unerträglich schlimm schien, ins Zweibettzimmer brachte, war zu lesen, Kamajuhdi sei begnadet, und in den Staaten lecke man sich an den größten Kliniken die habgierigen Lippen bei der Vorstellung, den Mikrochirurgen aus der deutschen Hauptstadt abzuwerben. Wenn meine linke Hand die Fingerspitzen meiner Rechten in einer Faust zusammenpresst, lässt langsam der Juckschmerz im rechten Mittelfinger nach. Marc hat das selbst herausgefunden. Schon ist der schlimme Finger fast so still wie alle anderen. Marc schiebt die Hände unter die Schenkel und kann die Glätte, die Kälte des Latex mit den Daumenballen spüren.

Und beide Daumen spüren, wie arg mir meine Schenkel zittern.

Die große Thermoskanne vor der Brust, kommt der Rotkreuzler an die Rote Couch geschnauft. Marc lässt sich noch einmal einen Pappbecher halb voll mit Kaffee schenken. Der Sanitäter hat sich gemerkt, dass Marc sowohl Zucker als auch Kaffeeweißer nimmt, und beides mitgebracht. Dann setzt er sich zu mir, schweigt, atmet weiter schwer, zieht schließlich eine kleine Sprayflasche aus seiner Hosentasche und pumpt sich reichlich in den Rachen. Schon vorhin, am Tisch beim Kartenspielen, hat er das zweimal tun müssen. Der gute Mann scheint irgendetwas mit den Bronchien zu haben.

Allmählich kriegt er leichter Luft, und er erzählt mir, dass es hier auf der Unterbühne stets Arbeit für den Sanitäter gebe. Die Kandidaten seien in der Regel doch nervös. Zu kleineren Beschwerden komme es fast immer, am häufigsten zu Kreislaufstörungen, hitzigen Schweißausbrüchen, puterroten Köpfen, aber auch jäher Blutdruckabfall mit Knieschlottern und Zähneklappern sei nicht selten. Gelegentlich vergällten auch Magenkrämpfe, nervöses Herzstechen und starkes Händezittern den Showteilnehmern die Erwartung ihrer Auffahrt. In solchen Fällen sei der diensttuende Sanitäter mit Kaffee, mit Aspirin, auch mit Melissengeist und Baldrian zur Stelle. Dem einen oder anderen helfe schon eine simple Atemübung oder ein Dutzend Kniebeugen, um Geist und Körper wieder gleichklingen zu lassen. Marc sehe nur ein bisschen blass aus. Der Sanitäter klopft mir auf die Schulter und fragt mich, ob er wissen dürfe, wie denn der Schicksalsschlag beschaffen sei, der mich zum Kandidaten mache.

Unsere Stadt hat Andis Show von Anfang an geliebt. Auf Kabel hieß sie «Schicksal um Mitternacht». Jetzt über Satellit nennt sie sich weit besser «Die durch die Hölle gingen!». Damals wie heute hat Andi in keiner Folge zu erwähnen versäumt, dass die Idee zu seiner Show einer schweren Stunde seines Lebens entsprungen sei. Alles dürfe er nicht verraten. Aber so viel könne er uns offenbaren: In einem kleinen Ort im deutschen Osten sei er, arbeitslos und ohne Hoffnung, in arge Apathie versunken. Damals, auf dem Tiefpunkt der Verzweiflung, habe er urplötzlich in seinem Herzensgrund gefühlt, er müsse nichts anderes als ein Showmann sein. Ein Showmann, lehrt uns Andi, wolle, dass die Leute Spaß in ihrem Leben hätten. Spaß sei dem Showmann heilig, gerade weil er selbst die Bitternis der Schicksalsstunde kenne. Immer fällt dieser Satz in Großaufnahme, und wir sehen, wie unser Andi schlucken muss, damit ihm nicht die Tränen in den Augen drücken. Tapfer kämpft er den Ausbruch seiner Rührung mit einem heftigen Rucken seines Kehlkopfs nieder. Das Bild zoomt weit zurück. Man sieht die Rechte Andis zur Seite tasten und den bloßen, den starken nackten Arm der Großen Assistentin finden.

Die Große Assistentin trägt seit Anbeginn ein ärmel- und trägerloses Abendkleid aus blauem Lurex-Stretch. Es ist so knapp und eng, dass man an keiner Stelle übersehen kann, wie ungemein entwickelt und durchtrainiert ihr Körper ist. Stumm wartet Andi, das Kinn auf dem Krawattenknoten, bis sich ihr ernstes, ja strenges Gesicht ganz zu ihm wendet. Nur einen grimmigen Blick lang duldet sie Andis Daumen dann noch auf ihrer Bizepswölbung. Schon streift sie seine Finger ab und geht – alle sehen die goldenen Flügel unter ihren starken Schultern wippen! – nach hinten, um den jeweiligen Gast, den ersten, zweiten oder dritten Kandidaten, nach vorn zu holen. Andi jedoch breitet die Arme aus, und sein «Unsere Show muss weitergehen!» verschwimmt im von der Technik eingespielten Beifall, der so lang anschwillt, bis ihn der Live-Applaus noch überdonnert.

Marc fasst sich ein Herz, fragt den Rotkreuzler, wo denn die Kleine Assistentin bleibe, ob es schon vorgekommen sei, dass man einen Kandidaten nicht rechtzeitig ins Licht hinaufbekommen habe. Der Sanitäter schenkt mir noch ein bisschen Kaffee ein, nimmt meine freie linke Hand, fühlt mir den Puls und meint, die Kleine Assistentin sei ein wahrer Schatz und absolut verlässlich. Auch heute laufe alles punktgenau nach Plan, noch nie habe sich eine Auffahrt durch ein technisches Missgeschick oder eine Unachtsamkeit verzögert. Marc aber juckt der rechte Mittelfinger wieder stärker, fast bildet er sich ein, er könnte mit der Fingerkuppe durch die Pappe des Bechers spüren, wie heiß der Kaffee ist.

Was würde Kamajuhdi sagen, wenn Marc nicht in die Show hinaufgefahren käme? Professor Kamajuhdi sitzt schon oben in der ersten Reihe und wartet auf seinen Augenblick. Natürlich ist er als einer der «Wegbegleiter» eingeladen worden, er wird sogar mit Andi das Vorgespräch zum eigentlichen Schicksalstalk bestreiten. Wie alle Zuschauer liebt Marc dieses raffinierte Vorspiel, das gründlich umtastet, aber niemals verrät, weswegen, aus welch schicksalsschwerem Grund, der Kandidat in «Die durch die Hölle gingen!» berufen wurde.

Andi versteht es meisterlich, dem Wegbegleiter alles, nur nicht das Schrecklich-Eigentliche, zu entlocken. Nicht wenige seiner Gesprächsteilnehmer brechen unter dem Druck dieses Rückstaus in Tränen aus, manche schlagen sich an die Brust, raufen sich gar die Haare, weil sie bis ins Detail vom Schmerzensweg des Kandidaten sprechen sollen, ohne den Ursprung seines Leids nennen zu dürfen. Marc weiß, der große Kamajuhdi wird nicht weinen, im Gegenteil, falls überhaupt ein Wegbegleiter kaltblütig genug ist, als ein gleich starkes Gegenüber die Spannung des Vorgesprächs im Wechselspiel mit Andis Kunst bis an die Grenze des Überschlags emporzuschaukeln, dann wird dies heute Abend mein Professor sein.

Damals, als Marc sich anschickte, aus der Traumlosigkeit der Narkose aufzuwachen, als Marc meine vom Schweiß verklebten Lider aufzwang, sahen meine armen Augen als Erstes ihn. Die Schwestern wurden später nicht müde zu betonen, welch besondere Ehre es bedeutet habe, dass der Professor nach dem Exzess der Arbeit an meinem Bett geblieben sei, um meine Wiederkehr abzuwarten. Ganz dicht hielt Kamajuhdi sein Gesicht vor meines. Er duzte mich. Bei allen Patienten wechselt er, sobald sie Operierte sind, vom Sie zum Du. Und weil Professor Kamajuhdi auch nach drei Jahrzehnten Deutschland auf einem starken morgenländischen Akzent beharrt, klingt dieses Du vertraut und fremd zugleich. Er sagte mir, Marc solle sich ruhig fürchten. Aber nicht allzu sehr. Es sehe, zugegeben, furchterregend aus. Allen scheine der Schreck zunächst zu groß, um ein zweites Hinschauen zu wagen. In Wirklichkeit sei das Gesehene jedoch bereits dabei, in unsichtbarer Emsigkeit, auf neue Weise heil zu werden.

Endlich lässt sich die Kleine Assistentin wieder blicken. Sie steht am schwarzen Vorhang, im selben Spalt, durch den sie Richtung Klo verschwunden ist. Noch spricht sie durch den aufklaffenden Schlitz mit einem, der verborgen bleibt. Der Sanitäter nimmt mir den leeren Becher ab. Quarrend rutscht die Rotkreuzhose über den Sofarand. So weit, so gut. Allein der anstehende Auftritt mit Nicole macht mir doch Sorgen. Den ganzen gestrigen Nachmittag saßen wir, während der fünfstündigen Probe, zusammen auf einem Duplikat der Roten Couch. Schenkel an Schenkel, Ellenbogen gegen Ellenbogen. Auch heute Abend wird sich Nicole, wenn Andi sie aus den Kulissen ruft, zu mir aufs rote Latexsofa setzen und soll mit ihren Händen meine Hände halten. Gestern hat sie das gut geschafft. Die Große Assistentin, die uns durch die Probe führte, hat sie dafür gelobt. Und Andis Double, ein lächerlicher Geck, der ihm doch schaurig ähnlich sieht, tätschelte unsere Hände und meinte, wir sollten darauf achten, dass beide Verlobungsringe filmbar blieben.

Als damals meine Verbände endgültig abgenommen werden sollten, hatte Kamajuhdi Nicole dazubestellt. Sie saß an meinem Bett, sah den Professor die letzten Fäden ziehen. Marc konnte trotz Nicoles Make-up erkennen, dass sich Teile ihres Gesichts, genau wie es die Redewendung sagt, grünlich verfärbten. Auch würgte es Nicole sichtlich im Hals, aber sie musste sich nicht erbrechen. Sie half sogar der Krankenschwester, meine Hände zunächst in einer blauen, dann in einer roten Tinktur zu baden und schließlich die aufgeweichten Krusten mit hölzernen Spateln abzuschaben.

Es gibt mir doch zu denken, dass die Kleine Assistentin immer noch dort drüben am Vorhang stehen bleibt. Der Sanitäter war zu ihr hingegangen, und für eine Weile verschwanden die beiden sogar hinter dem schweren Stoff. Inzwischen drischt er wieder, als wäre nichts, Karten mit dem Feuerwehrler. Aber im Spalt des schweren schwarzen Vorhangs ist jetzt ein Anzugärmel, ein Männerarm, zu sehen. Dort steht einer, zu dem die Kleine Assistentin spricht, als wollte sie ihn so, kaum halb hervorgetreten, in einer Art Bereitschaft verharren lassen.

Marc hat den echten Andi hier auf der Unterbühne bereits live und leibhaftig sehen dürfen. Mit den beiden ersten Kandidaten saß er noch am Tisch, als der Meister mit dem Lift herunterkam. Er thronte auf der Roten Couch, in seinem Showkostüm, in seinem taubengrauen Frack mit den ganz langen Schwänzen, die dann, während er auf sie zuschritt, sacht über den Boden schleiften. Mich zog er vor den beiden anderen an seine Brust, der harte Knoten seiner Gummikrawatte drückte mir in die Achselgrube. Und während unsere Wangen aufeinanderlagen, hauchte er mir ins rechte Ohr: «Nur keine Angst! Alles ist gut und wird noch besser werden.»

Nicole war damals Zeugin meines Unfalls. Das Unglück geschah bei uns im Amt. An der rechten, der fensterlosen Wand des Dienstzimmers, das wir uns teilten, widerfuhr mir, was mich tauglich machen sollte für Andis Schicksalsshow. Der zweite Augenzeuge, ein älterer Transportarbeiter, dem die Versicherung – zum Glück vergeblich! – eine Teilschuld nachzuweisen suchte, stand ohne Sicht auf mich hinter dem hohen Aktenschrank, den er mit einer Sackkarre hereingefahren hatte. Er hörte nur mein kurzes, leises, mein, wie er später sagte, ganz unspektakuläres, fast beiläufiges Stöhnen.

Erst die Verhandlung vor dem Arbeitsgericht wird endgültig klären, ob Marc als Angestellter verpflichtet, berechtigt oder nicht befugt gewesen ist, beim Aufstellen des Aktenschrankes Hand anzulegen. Es war ein großer zweitüriger Kasten aus graulackiertem Stahl mit Schubladen und Schienen für die Hängeregister. Die Rückwand bestand aus einer durchgehenden Platte, und deren Blech war durch ein Fabrikationsversehen unten nicht stumpf geschliffen und umgekantet worden. Marc griff mit meinen beiden Händen unter diese Schneide und hob sie an, mit Schwung, exakt im selben Moment, als dem Transportarbeiter der Schrank von der zu schnell gekippten Karre rutschte.

Nicole und Marc, Marc und Nicole arbeiteten schon das fünfte Jahr in der Abteilung FREIBERUFLER/SONSTIGE zusammen. Wir saßen uns seit einem Jahr an zwei zusammengeschobenen Tischen gegenüber, wir wollten uns am Wochenende im Rahmen einer kleinen Feier vor Freunden aus dem Amt und aus dem Volleyballverein verloben. Als Marc aus eigener Kraft, mit Kopf- und Schulterdruck, im Schock, noch ohne Schmerzen, den Aktenschrank über die Vorderkante kippen und auf seine Türen krachen ließ, sah Nicole als Erste die Finger liegen. Sechs meiner Finger krümmten sich, fast ohne Blut, auf dem Linoleum. Die beiden Zeigefinger waren noch bei mir. Sie baumelten an Haut- und Sehnenfetzen. Sie schienen merkwürdig fehl am Platz, anders als die Stümpfe, die trotz ihrer Neuheit besser zu den unversehrt gebliebenen Daumen passten.

Professor Kamajuhdi hat später die Geistesgegenwart Nicoles als unabdingbare Voraussetzung seines Erfolgs bezeichnet. Ohne Verzug war Nicole aus unserem Dienstzimmer gerannt, sie spurtete den Gang hinunter, bis hin zum Damenklo, wo sich im Vorraum ein Personalkühlschrank befindet. Sie kam mit einer Plastikbox voll Eiswürfel zurück, sammelte meine Finger ein und zerrte mich, Marc spürte nichts, nicht den geringsten Schmerz, an meinem Ärmel zum Aufzug. Erst unten, auf dem Weg durchs Erdgeschoss, wurde mir glühend heiß in den verlorenen Gliedern. Marc hob die Rechte vors Gesicht, sah sich die schwach blutenden Stummel an, dachte noch an das Wort Phantomschmerz und fiel auf Höhe der Pförtnerloge ohne einen Laut in die Finsternis meiner Ohnmacht.

Ich fühle mit dem Handteller der Linken, wie kühl die Finger meiner Rechten sind. Professor Kamajuhdi sagt, das sei normal. Die einstige Durchblutung und Durchwärmung stellte sich, wenn überhaupt, erst gegen Ende des ersten Jahres ein. Bei mir liegt die gelungene Neuverbindung der

Hauptgefäße gerade mal sechs Monate zurück. Seit einem Vierteljahr ist Marc zu Hause. Nicole kommt jeden Abend direkt vom Amt zu mir in meine Wohnung, sie kocht etwas und sieht dann mit mir fern. Aber sie weigert sich, mit meinen rekomplettierten Händen unter eine Bettdecke zu schlüpfen.

In einem Vierteljahr wird auch die Nachsorge im Wesentlichen abgeschlossen sein. Dann kann und will Marc wieder ins Finanzamt gehen. Die Zwischenzeit jedoch, die letzten zwölf Wochen seiner Krankenfreiheit, will Marc im weißen Licht der Videolampen stehen. Die dritten Kandidaten, die Schicksalshöhepunkte von «Die durch die Hölle gingen!», erhalten einen Folgevertrag und werben in den Wochen nach der Sendung in Funk und Fernsehen und live in den großen Kaufhäusern der Hauptstadt. Danach besteht sogar noch eine gute Chance, bei Andis neuem Weihnachtsquiz «Schicksal, Erlösung, Seligkeit» in eins der Spielteams aufgenommen zu werden.

Marc untersucht die Finger meiner Rechten und sieht, die Narbenränder sind, seit er auf der Roten Couch sitzt, wulstartig aufgequollen und bläulich unterlaufen. Marc kennt das, und Professor Kamajuhdi sagt, dergleichen sei nicht weiter schlimm und könne mir durch Kreislaufschwankungen bis an mein Lebensende immer wieder mal geschehen. In jedem Fall würden Schwellung wie Blaufärbung über Nacht im Liegen und im Schlaf wieder vergehen. Als es das erste Mal passierte, noch in der Klinik und schon bald nach der Verbandsabnahme, schwollen die angenähten Finger wurstdick an und wurden blauschwarz von der Narbe bis zur Spitze – alle, nur nicht der rechte Mittelfinger.

Der Mittelfinger meiner rechten Hand blieb schon damals bis auf einen schmalen blauen Ring über der Narbe normalfarben und schlank. Auch jetzt ist er korrekt durchblutet und sendet, wie nur er es kann, ein stoßartiges Schmerzsignal. Mein Kamajuhdi sagt, Marc solle den Schmerz in diesem Finger lieben lernen, denn die restlichen sieben seien leider Gottes taub geblieben und würden nie mehr Druck oder Kälte erkennen, genauso wenig, wie sie einen Schmerz empfinden könnten.

Marc nennt den Hellschmerzenden und die tumben anderen im Spaß, in einem Spaß, der mir allein gehört, «Schneewittchen und die sieben toten Zwerge». Marc findet diesen Namen immer aufs Neue komisch. Vor allem, wenn er daran denkt, wie mir Schneewittchen als der besondere Finger aufgefallen ist. Damals, als Nicole und die Krankenschwester Marcs Hände gebadet, sauber geschabt und schließlich mit einem Föhn getrocknet hatten, entdeckte Marc, dass sich der Mittelfinger der rechten Hand von den anderen unterschied. Er war fast wächsern bleich und deutlich schlanker. Und er hatte als einziger in der Tortur der Neuverbindung den Nagel nicht verloren. Es war und ist ein starker, ungewöhnlich hochgewölbter Fingernagel. Nie vorher hatte Marc einen so dicken und unverwechselbar geformten Nagel an einer Hand gesehen. Dieser Mittelfingernagel hätte, wenn Marc ihn länger wachsen ließe, fast etwas Tierhaftes, was gar nicht mehr zu seiner noblen Blässe passen würde. Damals, nach der Verbandsabnahme, beschnitt die Krankenschwester die Klaue sofort mit einer Nagelzange, aber auch die arme Nicole hatte schon alles, was es an Schneewittchen zu verstehen gab, restlos verstanden und war darüber noch ein wenig grüner um den Mund geworden.

Jetzt bald ist Marc berühmt. Marc wird hinauf ins Fernsehen gefahren werden. Die Rote Couch trägt Marc ins weiße Licht. Im Glanz der Show wird Nicole die Hände auf Schneewittchen und die toten Zwerge legen. Die Große und die Kleine Assistentin stehen dann, geflügelt und gehörnt, hinter der Couch, und Andi wird den Schicksalstalk eröffnen. Und wenn trotz allem etwas schwankt und in haltlosen Jammer umzukippen droht, dann wird es Kamajuhdi retten. Wie gut der einen großen Elendsjammer zu beruhigen weiß, hatte Marc am Ende seiner Klinikzeit mit anhören dürfen. Marc lag in einem Zweibettzimmer. Sein Zimmergenosse war ein stummer Türke, ein älterer Mann mit einer dicken Halsbandage. Marc war zugegen, als dessen Verband von Kamajuhdi abgenommen wurde. Zunächst konnte er nicht ans Bett des Türken sehen, zwei Assistenzärzte und eine Schwester standen wie eine Mauer. Aber als die Krankenschwester den Spiegel vom Tisch herholen musste, klaffte ein Sichtspalt auf, und Marc erblickte den aufrecht im Bett sitzenden Türken und dessen schrecklich versehrten, von Kamajuhdi rekomplettierten Adamsapfel. Dann durfte es der Türke selbst betrachten. Marc war die Sicht erneut versperrt, die weißen Kittel hielten dicht, aber Marc hörte einen Laut des bislang völlig still gewesenen Mitpatienten. Der Türke heulte, zunächst ganz leis, dann langsam lauter werdend, einen hohen klaren Ton. Die Reinheit dieses Schreis war so frappant, dass Marc, obwohl er Kamajuhdis Künste kannte, ein technisches Gerät zu hören glaubte und sich beteuern musste, allein Natur, säuberlich wiederhergestellt, erprobe in diesem Tönen ihren Zusammenklang.

Marcs Beine zittern wieder stärker. Der Latex der Couch erwidert das Beben der Schenkel mit einem schwachen, aber hässlichen Geräusch. Vergeblich drücken die Hände beide Knie zusammen. Warum steht der Rotkreuzler und jetzt sogar der Schnauzbart von der Feuerwehr am Spalt des schwarzen Vorhangs bei der Kleinen Assistentin? Warum bleibt jener Mann hinter dem Vorhang bis auf den Ärmel, an dem er von der Kleinen Assistentin festgehalten wird, Marcs Blick verborgen? Jetzt zeigt die Kleine Assistentin mit dem Zeigefinger ihrer freien Hand zu Marc herüber. Die beiden Notfallhelfer nähern sich mit festen Schritten. Auf halbem Weg sprüht sich der asthmatische Sanitäter noch schnell in den weit aufgerissenen Mund. Wie stark gebaut der Feuerwehrler ist! Die angespannten Nackenmuskeln sprengen ihm fast den Kragen der Uniform. Es wäre sinnlos, Widerstand zu leisten.

Schon ist Marc losgeschnallt. Die beiden halten ihn an den Ellenbogen und führen ihn zurück zum Tisch. Marc dreht den Kopf und sieht die Kleine Assistentin mit dem Reservekandidaten kommen. Natürlich ist es der halsversehrte Türke. Im Ausschnitt seines Hemdes leuchtet eine goldene Binde, die seinen glücklich komplettierten Kehlkopf deckt. Schon sitzt er auf der Roten Couch, die Kleine

Assistentin hat ihren Platz hinter der Lehne eingenommen. Marc wird auf einen Stuhl gedrückt. Alles scheint jetzt geschehen. Schon haben ihn die Hände der beiden Notfallhelfer wieder freigegeben. Marc lehnt sich an, Marc ist von aller Angst verlassen. Was bleibt ihm noch zu sagen, geschweige denn zu tun. So hebt er denn den rechten Arm und spannt die Sehnen seiner rechten Hand und reckt Schneewittchen hoch als abgespreizten Stinkefinger, Marc wimmert ein langes, langes «W!», gefolgt von einem hochgestimmten «Ii!», das noch das Summen des Hydraulikliftes übertönt, das anhält, bis der Bühnenboden aufgeht, und erst wenn dessen Klappen wieder ineinanderschnappen, wird alles mit dem am Gaumen rollenden dritten Laut zu einem kleinen stolzen Wort zerkrächzen.

SERIAL

NEUN: Gott sieht den Ermittler. Am Ende des Flurs, im letzten Dienstzimmer, im einzigen fensterlosen Raum des Stockwerks, in einer mit ausrangiertem elektronischen Gerät vollgestopften Kammer schreibt der Ermittler am Monitor. Mit tränenden Augen blinzelt er ins Licht eines hoffnungslos veralteten Bildschirms. Dessen Flimmern, die unsaubere Grellheit, die Strahlungsstärke des längst als gesundheitsgefährdend ausgemusterten Apparats nutzt der Ermittler, um seinen Text voranzutreiben. Er schreibt am dritten Monatsbericht der Sonderkommission, die er von Anbeginn allein verantwortlich leitet. Er hat sich jede Störung verbeten. Jetzt aber zieht er die Tür einen Spalt auf, schielt in den morgenhellen Gang und schreit nach frischem Kaffee.

Der Ermittler führt vierzehn Männer, und auch am Unbelebten wird ausnahmsweise nicht gespart. Die allerneuesten mobilen Individualrechner stehen seiner Truppe zur Verfügung. Aber er, der Chef, krümmt sich nun über die klobigste, über die speckigste Tastatur, die er in dieser Rumpelkammer finden konnte, und nicht zum ersten Mal sinkt seine Stirn an das bauchig gerundete Glas des altertümlichen Bildschirms. Die ganze Nacht hat er vergeblich versucht, sich kurz und bündig zu fassen. Noch gibt er nicht auf, noch ist er nicht endgültig müde, noch vermag er die Arbeit der letzten vier Wochen wie eine lange, von tausendundeinem Detail zerdehnte Erzählung zu überblicken. Schierer Stumpfsinn wäre es, das anlaufende Ermittlungsmaterial in seiner Gesamtheit schriftlich niederzulegen. Die Kollegen sprechen die Ergebnisse ihrer Recherchen auf bandlose Diktiergeräte, die morgendliche Gruppenbesprechung wird auf Video aufgezeichnet. Nur die Wochen- und Monatsberichte gehen als Ausdruck zu den Akten.

Sein Kaffee kommt. Er spürt den Blick des jungen Kollegen, des blauäugigen Benjamins seiner Truppe, im Nacken. Dort klebt, schräg zum rechten Ohr hin, ein großes, silbrig beschichtetes Pflaster. Es wölbt sich, spannt stärker denn je. Aber noch darf er nicht Hand an das Darunter legen. Der Ermittler fährt den Text zurück, hinauf in den vorletzten Absatz. Erneut komprimiert er das Geschriebene, treibt die Verdichtung ihrer kümmerlichen Ergebnisse bis an, bis über die Grenzen, die das Verständnis setzt. Noch hat er Zeit, noch bleiben ihm zwei volle Stunden, um den Monatsreport zu vollenden und ihn zweifach, elektronisch und ausgedruckt, so wie es Vorschrift ist, so wie es ihm bislang stets pünktlich gelungen ist, auf den Dienstweg zu bringen.

ACHT: Gott betrachtet den Vermittler. Fauchend fährt die Doppeltür des städtischen Busses auseinander, um den Vermittler ins Freie zu entlassen. Mit weitem Schritt springt er hinaus in die Welt des prächtigen Viertels und schaut lange, ohne ein Wimpernzucken, hinauf in den morgenblauen Himmel. Er wird tätig, also lacht ihm der Morgen. Als makellose Kuppel spannt sich der neue Tag über das Feld seiner Arbeit. Hier leben alle, die als Nächster und als Übernächster in Frage kommen. Die Fülle der potenziellen Klienten macht den Vermittler bisweilen glückselig schwindeln. Dann fasst er das silberne Köfferchen fester und zwingt sich zu einem bescheidenen Tippeln.

Zweimal biegt er ab, aus stillen in noch stillere Straßen, folgt dem Verlauf einer blickdicht gewachsenen, herrschaftlich hohen, perfekt beschnittenen Hecke. Alles ist so, wie es sein soll, im prächtigen Viertel. Mit schwingendem Koffer passiert der Vermittler die tiefgrüne Wand. Am Einschnitt der Einfahrt kann er die Tiefe des Grundstücks einsehen. Formvollendet fügt sich ein Flachbau in ein Ensemble seltener alter Bäume. Hier lässt sich's leben. Hier rückt das Stückwerk der Tage, der Kleinkram des hastig Gemachten, zum weltrunden Bild zusammen. Seelenruhig steht der Vermittler am weißgestrichenen, kniehohen Gatter. Nur sein Köfferchen pendelt und pocht an die Latten. Sein Beruf macht ihn frei. Und seine Klienten erwerben durch seine Vermittlung gradlinig das, wonach sie in ihren Geschäften irrend und umwegig streben.

SIEBEN: Gott sieht den Ermittler. Dessen Fingertippsen lässt Wörter und halbe Sätze verschwinden. Der Text rückt hopsend noch enger zusammen. Der Ermittler weiß, was verlangt wird. Maximal zehn Standardseiten kann der Referent für Innere Sicherheit gebrauchen. Das arme Kerlchen hat nur die morgendliche Autofahrt ins Amt, um dem Senator neben anderen Angelegenheiten auch den neuesten Bericht der Sonderkommission auszugsweise vorzustellen. Stets sitzt er vorn neben dem Fahrer. Kaum rollt der Wagen, lockert er den Sicherheitsgurt, zwängt den Oberkörper zwischen die Lehnen der Vordersitze und beginnt so, in der Hüfte verdreht und nach hinten gekrümmt, mit seinem Vortrag. Jedem muss einleuchten, dass es nicht anders geht. Der Senator braucht den freien Platz im Fond als Ablage für die Akten, die er überfliegt, während der Referent sein Ohr beansprucht.

Die rechte Hand des Ermittlers löscht, die linke fingert über den Nacken bis auf die Kuppe des Pflasters. Die Beule juckt, sie scheint in einem eigenen Rhythmus lebendig. Er murmelt den Namen des Referenten, verspottet in Gedanken dessen rosenwangige Jugend. Keiner ertrüge es, in der Haut eines anderen zu stecken, und muss die Vorstellung, dass es so ist, doch täglich, gespiegelt in vielerlei Glas, aufs Neue ertragen.

SECHS: Gott betrachtet den Vermittler. Der nimmt sich Zeit, den Ort der anstehenden Dienstleistung ins Auge zu fassen. Wieder hat er gefunden, ohne zu suchen. Die riesige Tanne, deren größte Schwinge sich über die Garage des Bungalows breitet, ist ein Fremdling in europäischen Breiten. Aber wer wollte bezweifeln, dass dieser schöne Solitär einer nordamerikanischen Spezies hier auf der höchsten Kuppe des geschwungenen Rasens durch sein Dasein allein gerechtfertigt aufragt. So findet das Große wie das Kleine eine Heimstatt im prächtigen Viertel. Eine Handbreit neben seinem Schuh setzt der Vermittler sein Köfferchen ab. Zierlich ist es, die Blankheit seiner Schalen macht es für jeden, dem es auffällt, zum Schmuckstück. Aber einzig der Vermittler kennt sein exorbitantes Gewicht. Mit einem Papiertaschentuch trocknet er die Innenfläche der Traghand. Ein Drehen der Achsel lockert die Schultermuskeln. Wer die Vermittlung liebt, pflegt seine Glieder als Teile des wirkenden Mechanismus. Derselbe Stolz und ein und dieselbe Demut polieren den Koffer mit einem weichen Tüchlein und stärken die Muskeln im strengen Reglement der Gymnastik.

FÜNF: Gott sieht den Ermittler. Der Ermittler lauscht hinaus auf den Flur. Er hört die Schritte, das Schlurfen des ältesten seiner Männer. Vor der Tür der Kammer räuspert sich der Kollege lang und vergeblich, ein heftiges Husten bricht los und erstirbt erst, als die Tür der Toilette ins Schloss gefallen ist. In der Morgenbesprechung wird er diesem Veteranen, dem letzten Raucher im Team, die Liste mit den Adressen der Prospektverteiler übergeben. Alle, die während des letzten Vierteljahrs mit Werbezetteln und Anzeigenblättchen im prächtigen Viertel unterwegs gewesen sind, sollen vernommen werden. Natürlich ist nicht das

Geringste hiervon zu erwarten. Schon die Befragung der Briefträger, die doch in früheren Tagen als neugierig, als plauschbereit und klatschsüchtig galten, war ein Schlag ins Wasser. Wie mit Scheuklappen hetzen die Zusteller heutzutage von Einfahrt zu Einfahrt. Kein zurückgezogener Vorhang, kein aufklaffender Morgenrock könnte sie zu einem Seitenblick verlocken. Sie wissen nichts. Jeder von seinem Köter umhergezogene Pensionär, jede auf ihrem Elektrorollstuhl durchs prächtige Viertel schnurrende Witwe könnte den Ermittlern weit mehr an unnützem Tratsch und blankem Unsinn berichten.

VIER: Gott betrachtet den Vermittler. Der Vermittler wippt in die Knie, um sein Köfferchen hochzunehmen. Spielerisch schwenkt er es einmal über die Kuppen der Zaunlatten, bevor es an seinem Schenkel ausschwingt. Er genießt die gute Gewohnheit. Schwer war der Anfang, unsicher, stolpernd, fast torkelnd sein Gang, als er vor einem Vierteljahr losgezogen war, um sich den ersten Klienten zu erwerben. All die früheren Streifzüge, die er, ruhe- und arbeitslos, durch das prächtige Viertel unternommen hatte, waren umsonst gewesen. Nun erst, die Hand am Koffer, ging ihm das rechte Auge auf, als folgte er Station für Station dem Verlauf eines Lehrpfads. Das Tempo des Verstehens, die Wucht des Geschauten ließ ihn ein letztes Mal wanken. Wie gut, dass er sich häuslich nach bestem Gewissen vorbereitet hatte. Der zurückliegende Winter, der erste grimmig kalte seit langem, hatte ihm in klarer Nacht die geeigneten Übungsobjekte zugespielt: Aus einem Bauschutt-Container ragten die Extremitäten zweier Schaufensterpuppen. Sehr alte, noch grundsolide Modelle, deren Zellophanschädel mit Gips ausgegossen waren. An ihnen exerzierte er den Ablauf der Vermittlung. Er übte und übte, bis die beiden zu keinem Training mehr taugten.

DREI: Gott sieht den Ermittler. Reglos sitzt der Ermittler da und gafft auf das Zifferblatt seiner Armbanduhr. Die Morgenbesprechung naht. Danach bleibt ihm noch eine knappe Stunde, um den Bericht abzuschließen. Um elf muss er hinüber ins Labor. Die Sondervorführung ist für elf Uhr fünfzehn anberaumt. Der Chef will die Einleitung sprechen, und der Referent des Senators, vielleicht sogar der Senator selbst, wird anwesend sein. Die Sache wurde auf oberster Ebene eingefädelt. Für ganze drei Stunden Fortbildung ist der Spezialist, der vortragen wird, aus Minneapolis eingeflogen worden. Und bereits heute Nacht werden der Ami und seine Materialkisten wieder über dem Atlantik schweben.

Zwei Videofilme sind vorausgeschickt worden, um die Sonderkommission zeitsparend auf das Wesentliche einzustimmen. Alles, was dort zu sehen war, wird nachher leibhaftig aufgebaut sein: ein Dummy aus der experimentellen Unfallforschung mit echten Zähnen in den Kiefern und mehrere mit Kunstfleisch und Silikon optimierte Schweineschädel. Vermutlich setzt der amerikanische Kollege just in diesem Augenblick seine hochkomplexe, halbautomatische Zentrifugalbeschleunigungsschlagmaschine zusammen.

In einem der Schulungsvideos ist allein dieser Simulationsapparat bei der Arbeit zu sehen – ohne den dazugehörigen Ton, ohne das Krachen des Aufschlags. Stattdessen erläutern zwei Sprecher in didaktischer Wechselrede Fragestellung und Erkenntnisertrag der jeweiligen Versuchsanordnung. Computergenerierte Musik untermalt, was unkommentierte Wiederholung in Slow Motion, was reine Darbietung bleibt. Der Ermittler versteht die Amis. Wer wäre heutzutage noch in der Lage, sie misszuverstehen. Vom großen Bruder lernen heißt von der Einfalt lernen. Fünfmal hat es in den letzten zwei Jahren in den USA vergleichbare Serien gegeben. Das weiß der Ermittler und hält doch halsstarrig fest an winzigen Differenzen. Nicht anders die vierzehn Kollegen. Stur wie ein einziger Schädel beharrt die Sonderkommission auf der Eigenart ihrer heimischen Reihe.

ZWEI: Gott betrachtet den Vermittler. Der Vermittler setzt sein Köfferchen auf den Pfosten der Einfahrt, um ein letztes Mal die Hand auszuschütteln. Nicht nur schwer, auch äußerst stabil ist sein Werkzeug. Stahl und Aluminium, mit Titan gehärtet, die Platten der Schalen nach dem Vorbild eines in der Raumfahrt erprobten Moduls auf ein wabenartiges Gitter genietet. Den Innenraum des Koffers verringerte ursprünglich ein Bett aus Spezialschaumstoff, das stoßempfindliche elektronische Geräte bergen sollte.

Der Vermittler hat diese Polsterung entfernt und die vergrößerte Höhlung mit Bleischrot der feinsten im Handel erhältlichen Körnung gefüllt. Jetzt schwingt er ein Bein über das putzig niedrige Gatter. Die kiesbestreute Zufahrt zieht einen elfenbeinbleichen Bogen hinter den Bungalow. Dorthin lenkt der Vermittler seinen Schritt. Immer hat er ohne die Quälerei umständlicher Planung, stets hat er, kosmisch gelenkt, zu seinen Klienten gefunden. War eine Tür verschlossen, stand ihm die nächste erwartungsfroh offen. Zehnmal trat er in diesem Frühling – gemessenen Schritts und nie zu dicht – hinter den fälligen Kunden.

EINS: Gott sieht den Ermittler. Der Ermittler verflucht sein Ungeschick. Den Kaffee, den Inhalt des fast vollen Bechers, hat er in die Tastatur gegossen. Ohne sein Zutun schreibt der Bericht sich fort. Auf dem Bildschirm erscheinen schnell und stetig immer die gleichen Ziffern. Eins und null und eins alternieren in blöder Folge. Es ist, als kämpften die Zahlen um etwas, vielleicht um den Ruhm größtmöglicher Reinheit. Jetzt erringt die Eins, Zeile auf Zeile allein beherrschend, offensichtlich den Sieg. Ihre Striche flackern in einer Art Veitstanz, aber dann taucht die Null aus dem Nichts auf und zwingt ihren Bruder in das alte, alles umfassende Zwangsverhältnis. Der Ermittler erspart sich den Versuch, seinen Text zu retten. Stattdessen betastet er beidhändig das Pflaster im Nacken.

Genau eine Woche ist es her, dass er auf Wunsch des Chefs den anderen Abteilungsleitern eine lange Sequenz mit Bildern der Opfer vorführte, um letzte Zweifel am Seriencharakter des Geschehens zu zerstreuen. Die Makroaufnahmen der Wunden waren am Rechner verbessert worden. Auch wenn sie die Tatwaffe nicht kannten, es war nachweislich dieselbe. In analogem Bahnverlauf hatte der gleiche Gegenstand zehnmal, von einem Rechtshänder mit typischem Drall zentrifugal beschleunigt, auf seinen Zielpunkt gefunden. Hinter dem Ohr pult der Ermittler den Rand des Pflasters hoch und reißt es mit einem Ruck herunter. Jetzt endlich spürt er es Haut auf Haut. Heiß und reif liegt das Furunkel unter seinen Fingerkuppen.

NULL: Gott betrachtet den Vermittler mit Wohlgefallen. Und an der Rückseite des Hauses findet dieser den elften Klienten. Ein Mann mittleren Alters steht unter dem hochgeklappten Garagentor. Jetzt beugt er sich weit über das Heck seiner anthrazitfarbenen Limousine. Zwei Plastikwaschkörbe voll mit Aktenordnern hat er schon ausgeladen. Vorsichtig bugsiert er einen Tischkopierer älterer Bauart auf die Kofferraumkante, hält seufzend inne, schwankt ein wenig, als würde ihm schwindlig oder weich in den Knien, als wüsste er nicht mehr wohin. Mühselig und beladen sieht er aus: Ein Zipfel des weißen Hemdes hängt ihm aus der Hose, auch die Frisur ist in Unordnung geraten, zerwühlt steht ihm das Haar am Ende des Scheitels in die Höhe. Zwei Fingerbreit tiefer, auf dem platten Hinterkopf, ist es schon licht, bleich schimmert die Kopfhaut durch die wirren Strähnen. Und herangetreten – aus großer Nähe

177

und doch nicht zu nah – sieht der Vermittler den Perlmutt-
glanz der Schuppen auf Nacken und Kragen.

NEUN: Mit göttlicher Langmut betrachte ich den Ermittler. Vom dunkel gewordenen, vom nur noch elektrostatisch
knisternden Bildschirm löst er den Blick und schaut auf zu
seinem jüngsten Kollegen. Er muss ihn nicht fragen, weswegen er hereingekommen ist, er liest ihm die Botschaft
aus dem Gesicht. Aufspringend wirft er den Stuhl zu Boden, versteht endlich, warum ihm sein Report nicht gelingen wollte. Er kürzte umsonst. Denn es war kein Zuviel, es
war ein Zuwenig, vor dem er wie im Krampf verharrte. Das
Stocken der Serie nahm ihnen den Atem. Alle acht Tage,
insgesamt zehnmal, hatte es bisher draußen im prächtigen
Viertel verlässlich zugeschlagen. Dann blieb der belebende
Fortgang aus, als wäre einer guten mechanischen Uhr die
Unruh gebrochen. Lachend wirft er den Arm um die Schulter des Jünglings, patscht ihm, der sich verhohlen kaum weniger freut als sein Chef, übermütig auf den kurzbehaarten
Schädel. Was kümmert es nun, dass in der Heftigkeit des
Hochschnellens, als er den Kopf in unbändiger Freude in
den Nacken warf, unter dem Druck des Kragens das Ge-
schwür geplatzt ist – und dessen Inhalt, all der Eiter, hinter
dem rechten Ohr und verdünnt von hellem Blut, abrinnt in
die Tiefe des Hemdes.

WAS DER PEPITA-MANN WEISS

Kein Künstler kann es wissen. Kein Künstler kann absehen, worauf er sich einlässt, wenn er ein Angebot unserer Agentur nach skrupulösem Zögern schließlich doch nicht wie unsere früheren Offerten ignoriert oder ausschlägt, sondern den Auftrittsvertrag erstmals gegengezeichnet an uns zurücksendet. Gewiss gibt oft das Honorar den Ausschlag. Wir zahlen unverschämt gut. Zudem sorgen wir für einen beachtlichen Vor- und Nachhall, nicht nur unter der Echo-Kuppel der jeweiligen Branche, sondern auch in den medialen Sphären, wo man sich ansonsten bloß in fragwürdigen, nicht selten üblen, ja schändlichen Ausnahmefällen um die Kunst und ihre Protagonisten schert.

Schnell naht der Termin, schon ist der Tag gekommen. Der Künstler packt seinen Kunstkram. Unser Schriftsteller brauchte nur seinen aktuellen Roman in die Reisetasche zu werfen. Er kam mit dem eigenen Wagen. Es dämmerte vor den Fenstern der Lobby, als er die Hand unserer Kontaktbeauftragten drückte, die im Hotel erschienen war, um ihn abzuholen. Und während die lächerlich überdimensionierte, goldfarben gerahmte Drehtür die beiden in die anbrechende Novembernacht hinausbeförderte, entfuhr dem

Autor prompt der obligatorische Entlastungsspruch. In der Regel ist es etwas Fatalistisches, oft eine launige Zweideutigkeit. Unser Schriftsteller raunzte, dass er beim nun bevorstehenden Auftritt nicht seinen Kopf, sondern allenfalls den angegilbten Kragen, seinen Ruf im Kulturbetrieb, zu riskieren gedenke.

Der Erfolg unserer Veranstaltungsserie lässt die Kritik an ihr meist kleinkariert wirken; dennoch provoziert ihr Glamour immer aufs Neue Neid und Nörgelei. Merkwürdigerweise hat bisher noch jeder Mäkler just den Fehler, der unsere Reihe bereits auf den ersten Blick verunziert, kommentarlos übergangen: Unser Veranstaltungsname ist zu lang. Zurzeit versucht erneut ein Graphiker, ihn in ein schlagendes Logo umzusetzen. Damit wäre schon viel gewonnen. Aber die fast drei Dutzend Buchstaben, die sieben Wortzwischenräume und das wohl unverzichtbare Komma stellen jede bildnerische Kreativität auf eine harte Probe. Trotzdem muss eine Lösung möglich sein. Immerhin besteht der Titel unserer Reihe, was im Deutschen einen Glücksfall darstellt, ausschließlich aus einsilbigen Wörtern. Er variiert ein Sprichwort, übernimmt dessen Schlagkraft und den Reim, der es bündig schließt.

Als unser Schriftsteller nach kurzer Taxifahrt die Endhaltestelle FAHRZEUGBAU WISMUTH erreichte, war es vollends feuchtkalte Nacht geworden. Unter dem Regenschirm unserer Kontaktbeauftragten ging es über die Straße an das Schienenrondell hinüber. Dort, auf den Waschbetonplatten des Straßenbahnwendepunkts Südost, hatte unser Eventwart alles wie geplant anlaufen lassen.

Schmiedeeiserne Becken luden unsere Gäste dazu ein, sich Hände und Gesicht am Glühen urig großer Kohlebrocken zu wärmen. Die abertausend Knitter der Goldfolie, mit der die Wartehäuschen ausgekleidet waren, funkelten im Licht der Feuer. Ein halbes Dutzend in rote Leder-Overalls gesteckte Liliputaner reichten Glühwein, den sie über Schläuche aus hohen Messingzylindern auf ihren Rücken in die Pappbecher zapften. Man schlürfte das Gebräu, fror dennoch und genoss die Exklusivität des gemeinsamen Schlotterns. Alle waren elegant, also zu leicht angezogen, alle hatten denselben sensationell hohen Einheitseintrittspreis entrichtet.

Zwischen zwei Platanen, die im Oval der Schienen zu stattlicher Höhe herangewachsen waren, spannte sich unser Banner. Orangefarbene Glühbirnen schrieben auf ein Netz aus Drahtseilen den Titel unserer Eventreihe. Der Himmel dahinter war nicht völlig schwarz und würde es auch in den verbleibenden beiden Stunden der Veranstaltung nicht werden. Der Selbstbeleuchtungszwang der Stadt und der Feinstaub, den ihre Fahrzeuge auspusten, lassen eine solche Optimierung leider nicht zu. Aber auch das Bleigrau des zur Verfügung stehenden Firmaments gab einen akzeptablen Background ab. Sichtlich beeindruckt, formte unser Schriftsteller mit lautlos bewegten Lippen den Satz nach, den er schwarz auf weiß, auf dem Papier unseres Vertrags, gewiss noch ohne den geringsten Anflug von Erschütterung, abgelesen hatte: WAS ICH NICHT WEISS, DAS MACHT MICH HEISS!

Es gibt keinen Grund zu verhelen, dass wir unsere

Kandidaten aus der zweiten, ja nicht selten aus der dritten Reihe der künstlerischen Prominenz rekrutieren. Als es ein einziges Mal gelang, einen veritablen Star zu engagieren, wurde die Veranstaltung prompt eine Enttäuschung. Er stand zu fest im Speck seiner Geltung. Wir hatten es geahnt und bekamen es gleichwohl als ein Moment jäher Ernüchterung zu spüren. Wie anders, wie erfrischend die Gier, die Bedeutungsnot der Zweitklassigen. Wie ergötzlich der Furor der Strampelnden. Wie anrührend der Schweiß auf der Stirn derer, die aufstrebend sinken.

Wie jeder ernsthaft Schaffende gehörte unser Schriftsteller gerade mal zur C-Prominenz. Im Frühling war er allerdings bundesweit dadurch aufgefallen, dass er die wenigen verbliebenen, die allerletzten Veteranen des letzten Weltkriegs in einem Interview ohne erkennbares Kalkül und auch ohne argumentative Not «unsere süßen greisen Helden» genannt hatte. Daraufhin durfte er sich ein schönes Weilchen sogar in einer kleinen Serie von Talkshows gegen die einschlägigen Vorwürfe verteidigen. Nun, ein halbes Jahr später, schlängelte er sich, freundlich nickend, durch die Wartenden. Den angebotenen Glühwein lehnte er dankend ab, aber zu einem Espresso an der winzigen Bar, die unsere Eventtechniker im einstigen Zeitungskiosk des Straßenbahnrondells eingerichtet hatten, sagte er dann doch nicht nein.

Der Schriftsteller war und ist glatte fünfzig, klein, rundlich, stämmig, fast drall. In Bewegung wirkt er sonderbar puppenhaft, als gelänge es der Rührigkeit seiner Beine und Arme nicht, auf die lotrechtstarre Brust und den

Kopf überzuspringen. Diese innerleibliche Diskrepanz gibt seinem Auftreten etwas steif Honoriges, verleiht ihm jedoch zugleich einen Anflug von Komik. Ja, in günstigen Momenten verbinden sich die Gravität des Rumpfes und die Zappeligkeit der Glieder zu einer eigentümlichen Grazie. Vor allem denen, die weniger seine etwas pomadigen Romane, sondern mehr seine eleganten, unerhört kenntnisreichen Essays schätzen, scheint er deshalb der ideale Festredner zu sein. Und auch wir finden es – gerade unter Berücksichtigung des Vorgefallenen! – jammerschade, dass er diesbezügliche Einladungen aus irgendeinem dunkel bleibenden Prinzip stets abgelehnt hat und wohl weiterhin ablehnen wird.

Während unser Autor noch an seinem dickwandigen Tässchen nippte, wartete das ominöse Vehikel, summend und sirrend, vibrierend und klirrend, auf seinen Auftritt. Die Endhaltestelle verfügt über einen Gleisanschluss zum ehemaligen Wartungsdepot Südost. Dessen Hallen sind längst abgerissen, aber der Schienenstrang ist noch so weit erhalten, dass wir unser Gefährt, kaum fünfhundert Meter entfernt, von einer hinreichend hohen Häuserzeile verdeckt, bereitstellen konnten. Die Zunge des Schriftstellers leckte einen letzten Rest Espresso aus der Porzellankuhle. Unser Eventmanager flüsterte in sein Handy. Das Ereignis des Abends rollte an. Der wahre Star fuhr vor!

Mit zweierlei Wissen kann glänzen, wer sich mit Herz und Verstand der Welt der urbanen Schienenfahrzeuge verschrieben hat. Der Experte, der uns in diesem Fall mehr als nur beratend zur Seite stand, nennt sich selbst einen Liebhaber, aber wir begriffen schnell, dass seine zeitgeschichtlichen Kenntnisse das amateurhaft Erworbene weit übersteigen und seinem technologischen Durchblick in nichts nachstehen. Zuletzt war er als leitender Ingenieur beim führenden deutschen Unternehmen für Luftfahrt- und Weltraumtechnik tätig. Sein Faible für die Tram, wie er die Straßenbahn zärtlich nennt, reicht bis in seine Schulzeit zurück. Er habe sich der Gründung einer eigenen Familie enthalten, um über Jahrzehnte hinweg rücksichtslos recherchieren und exzessiv sammeln zu können. Die Überraschung unseres Abends war und bleibt das Prachtstück seiner Kollektion. Ein kleines Vermögen hatte es ihn gekostet, das rare Exemplar aus dem fernen Hongkong in das Land seiner Herstellung heimzuholen, und ein ebenso hübsches Sümmchen hat dann die Restaurierung verschlungen. Just, als das glänzende Gefährt um die Kurve bog, wurden die Kohlebecken gelöscht. Und hinein in das Zischen des Dampfes ertönte das unvergleichlich hoffnungshelle, das utopisch klare Bimmeln der schönsten Doppelstock-Straßenbahn des vergangenen Jahrhunderts.

Zwangsläufig ergeben sich Momente, in denen sich sogar diese Eventscharlatane, diese Gauner des Augenblicks, für Künstler halten dürfen. Als man die Gäste des Abends aus Sicherheitsgründen von den Kohlebecken zurücktreten hieß, als die in rotes Rindsleder verpackten Kleinwüchsigen ihren offensichtlich nahezu alkoholfreien Glühwein auf

die glühenden Brocken spritzten, zischte es verheißungsvoll böse auf. Die meisten, auch ich, rechneten nun mit
irgendeinem pseudomagischen Budenzauber, mit hexen-
haft verkleideten Weibern auf Stelzen, mit kreideweiß ge-
schminkten Jongleuren, bestenfalls mit Henkern, die ihre
Hackebeilchen vor schwarzen Kapuzen und schweißigen
Muskelbrüsten pendeln lassen würden. Stattdessen schlug
das Verflossen-Moderne zu. Sogar mir, dem Sprachkünstler,
blieb die Spucke weg. Die Tram war eine Wucht. Ich hatte
schlicht nicht gewusst, dass je ein solcher Hochmut auf
Schienen unterwegs gewesen war. Trotz des metallischen
Kreischens schien ihr Nahen mehr ein Schweben denn
ein Rollen. Ich war entzückt. In ihren eng beieinanderstehenden Glubschaugen glomm ein Licht, das das gute alte
Nomen «Elektrizität» noch einmal in den Ehrenstand des
Fremdworts erhob. Die Front des unerhört hohen, noch
dazu wulstartig vorragenden Oberdecks rundete sich wie
die schmerzhaft gespannte Stirn eines Wasserkopfs. Mons-
trös laut, auf eine gespenstische Weise übermechanisch,
gellte das historische Gebimmel der in Anschauung er-
starrten Eventschickeria entgegen, die gleich – für einen
tollen Augenblick war mir dies entfallen! – meiner Lesung
lauschen sollte.

WAS ICH NICHT WEISS, DAS MACHT MICH
HEISS ist ein erstklassiger Veranstaltungsname. Gerade
in der scheinbar umständlichen Länge liegt seine Kraft.
Vergeblich hatte ich ein Jahr zuvor nach einem vergleich-
bar lockenden Titel für meinen sechsten Roman gesucht.
Schließlich lief es auf das eher flaue DIE EINGEWEIH-

TEN hinaus. Aus diesem bis dato leider nur mäßig erfolgreich gewesenen Buch soll ich lesen. Ein Minimum von immerhin sechzig Minuten ist vereinbart. Und zum ersten Mal habe ich einen Vertrag unterzeichnet, in dem mir bei Nichteinhaltung der in ihm formulierten Konditionen eine schmerzhaft hohe Konventionalstrafe droht. Es ist so weit. Die junge Frau, die sich mir im Hotel, ohne dabei mit der Wimper zu zucken, als Kontaktbeauftragte vorgestellt hat, nimmt mich am Ellenbogen. Die unsäglichen Lederzwerge bilden ein Spalier, recken sich auf die Zehen und heben ihre Glühweinspritzen. Geduckt unter deren tropfende Düsen, schreiten wir auf den Mitteleingang der Tram zu. Die Wartenden sind – ich muss eine kurze Absence erlitten haben – bereits allesamt eingestiegen. Aus dem Innern des Fahrzeugs winkt der Eventmanager. Er steht neben einer glänzenden Stange. Den Fuß auf das Trittbrett des Einstiegs setzend, erfasse ich die Konstruktion: Die Stange durchläuft beide Geschosse der Straßenbahn. Anscheinend ist sie ursprünglich dazu gedacht gewesen, den Fahrgästen des Oberdecks im Notfall ein schnelles Hinabrutschen zu ermöglichen. Für heute Abend, für die Nacht von WAS ICH NICHT WEISS, DAS MACHT MICH HEISS, hat man an das verchromte Rohr einen kleinen lehnenlosen Sitz geschraubt. Dessen Schale liegt so hoch, dass der Eventmanager die Schläfe an ihre Kante lehnen kann. Wie aus dem Nichts fällt auf der anderen Seite der Stange eine Strickleiter nach unten. Die Kontaktbeauftragte flüstert mir ins Ohr, was ich auch ohne ihre Erläuterung begriffen und sogleich bis ins Detail zu Ende phantasiert habe. Mit

Hilfe der Leiter soll ich dort Platz nehmen. So wird gerade noch mein Haupt in die zweite Ebene hineinragen. Nichts als den bloßen Kopf eines Schriftstellers sollen die oben Weilenden lesen sehen, während man unten zusätzlich zum Gehörten in den Genuss des gehockten Rumpfs und der zappelnden Glieder kommen darf.

Ach, gleich jedermann neige ich dazu, Gewalt und Gnade der früheren Winter zu unterschätzen! Lange bildete ich mir ein, mich zu entsinnen. Aber erst jetzt, wo die Not groß ist, überkommt mich die wahre Erinnerung. Nun, da der Eventwart munter drauflos schwadroniert und in einer Serie rhetorischer Kurzschlüsse meinen Roman mit der Historie und den baulichen Besonderheiten dieser Doppelstocktram verkoppelt, erinnere ich mich endlich angemessen an die Kälte, an die Finsternis und an das fast übersinnlich kristalline Knirschen meiner Knabenstiefel auf dem festgestampften Weiß. Ich bin auf dem Weg zur Bushaltestelle. Es ist das erste Jahr, in dem ich, der frischgebackene Gymnasiast, der erste Oberschüler, den meine Familie hervorgebracht hat, mit dem Omnibus vom Stadtrand ins Zentrum, an meine neue Schule fahren muss. Den Herbst hindurch war der fünfzehn Minuten später kommende Bus früh genug. Aber diese Nacht hat es so heftig geschneit, dass meine Mutter mich eine Viertelstunde eher losschickte. Es schneit weiter wie verrückt. An der Haltestelle bin ich das einzige Kind, die anderen Wartenden sind allesamt auf dem Weg in die Arbeit. Der schwere, dreiachsige Gelenkbus wurmt heran. Nichtsahnend steige ich hinter einem Mann ein, der ein unwinterlich elegantes, schwarz-weiß kariertes Hütchen trägt, und bleibe drinnen im Gedränge direkt neben ihm stehen.

Wir rollen an. Der Schneematschhaufen, der die Haltebucht begrenzt, lässt den Bus kurz rutschen. Ich taumele gegen die Brust des Hütchen-Manns. Ich bekomme, mit der Rechten nach Halt suchend, in einem ebenso dummen wie verständlichen Zupacken, seinen Schal zu fassen. Ich habe sogar, bevor ich wieder loslasse, reflexhaft auspendelnd, kurz daran gezogen. Und weil es meine allererste Fahrt in diesem Bus und daher unsere erste Begegnung ist, muss ich glauben, dass der Redestrom, der über mir losbricht, von meinem Schalzupfen in Gang gesetzt worden ist. Während mir die hitzige Schamesröte nicht aus dem elfjährigen Gesicht weichen will, ergießt sich in den mit Menschenleibern gestopften, nach nasser Wolle und nassem Leder duftenden Bus der Sermon des Mannes, den man wegen seines Hütchens, wegen des ebenso gemusterten Schals und wohl auch wegen der Krawatte, in deren Gewebe sich die Karos noch ein wenig feiner wiederholen, den Pepita-Mann nennt.

Der Winter wurde streng. Und so durfte ich den Pepita-Mann auf dem Weg, den wir bis zur drittnächsten Station gemeinsam hatten, immer aufs Neue, laut und ohne dass er je einen bestimmten Mitfahrer meinte, vor sich hin reden hören. Stets sprach er lupenreines Hochdeutsch, stets sprach er wie gedruckt. Er wusste unüberhörbar viel, er wusste von Dingen, die seine Mitfahrer weder aus der Zeitung noch aus dem Radio und auch nicht aus dem damals noch hypnotisch glaubwürdigen Fernsehen kannten. Der

Pepita-Mann schien jene Bücher gelesen zu haben, die sie garantiert nie lesen würden. Und ihnen, den Mitfahrenden, den Werktätigen, die ihm gewiss weder in puncto Bildung noch in Sachen Formulierkunst das Wasser reichen konnten, war ausnahmslos, ohne Einverständnis heischende Blicke, klar, dass sich beim Pepita-Mann irgendwann, wahrscheinlich im Krieg, mehr als nur eine Schraube, dass sich ein Rad, eins von den wichtigen Rädern, fatal gelockert hatte. Auch ich war nun eingeweiht. Nur während meiner ersten Mitfahrt hatte ich noch nicht in die billige Geborgenheit dieser Übereinkunft schlüpfen können. Eingekeilt zwischen die Bescheidwissenden, hatte ich damals, ein einziges Mal, gedacht, der Pepita-Mann spreche für mich. Ich glaubte fest, mein kurzes Zerren an seinem Schal habe mir die über meinem Scheitel abschnurrende, unerhört ausführliche, in ihrer Zielsetzung undurchschaubare, aber hochkonzentrierte Belehrung eingebracht. Gerade das gleichmütige Vor-sich-hin-Schweigen der anderen Fahrgäste schien mir der sichere Beleg dafür, dass das Gesagte an meine Wenigkeit, an mein Frisch-zugestiegen-Sein appellierte. Ich wagte nicht, den Blick zu heben. Ich horchte mit heißen Ohren. Nie zuvor hatte ich jemanden so sachkundig monologisieren gehört, und vermutlich hat auch in den Folgejahrzehnten keiner mehr vergleichbar weltgewandt zu mir herabgesprochen.

Nun denn! Ich greife nach den Stricken der Leiter, setze den Fuß auf ihr erstes Brettchen. Ich erklimme die nötige Höhe und schwinge mich in die Sitzschale, die fehlende Lehne vermisse ich nicht. Ich werfe DIE EINGEWEIH-

TEN mit einer etwas überheblichen, mir aber angemessen erscheinenden Handbewegung nach unten. Ich recke den Kopf ins Obergeschoss, meine Rechte packt die ominöse Stange, meine Linke spreizt effektvoll die Finger. Wir sind bereit. Noch weiß ich nicht, was ich in der kommenden Stunde im Detail zu berichten haben werde, aber schon wächst mir der nötige Mut für ein geahntes Ganzes zu. Gerade weil mich diese lächerliche Agentur schwarz auf weiß in Händen hat, sollen sich ihre anwesenden Kreaturen nicht in der Gewissheit wiegen dürfen, mich an die Kandare des Kennens gelegt zu haben. Ich erhebe die Stimme, um vertragsbrüchig zu werden. Und allen Fahrgästen, all diesen gleich mir vom Event Übertölpelten, all meinen lieben Geleisgenossen erzähle ich – über dem grollenden Rollen der historischen Räder, unter dem knisternden Funkenflug der Stromabnehmer, also aus dem Stegreif unserer Zeit – von dem, was einst der Pepita-Mann für mich wusste.

WIR KOMMEN UND HOLEN DICH HEIM

EINS! Wer von uns weiß schon, was im Gemüt amerikanischer Kerle wirklich vor sich geht? Ich hatte keinen Schimmer, wie unser transatlantischer Kunde einzuschätzen war. Deshalb schaltete ich, als er am Hotel zu mir ins Auto stieg, das Radio ein und ließ den brandenburgischen Classic-Rock-Sender laufen, um erst einmal zu sehen, auf welche Lieder der Mann, für den wir einen anderen Mann gesucht und gefunden hatten, reagieren würde. Zwei Stunden Fahrt lagen vor uns.

Bereits auf der Stadtautobahn bat er mich, ihn Quentin zu nennen. Und während sich die Sonne mit Eselsgeduld durch den Vormittagsdunst kämpfte, hörten wir im großen nagelneuen Außendienst-Japaner meiner Firma nach und nach dreiunddreißig dreiminütige Oldies zusammen an.

Ich verstehe nicht viel von Musik; aber ich glaube an Zahlen. Hätte Quentin gleich beim ersten Song mit dem linken Knie gewippt oder bei Lied Nummer fünf mitzubrummeln begonnen, es hätte mir irgendetwas bedeutet, vielleicht sogar verraten. Aber mein Ami saß da wie in Gips gegossen. Dabei mussten es doch die Hits seiner Jugend-

und Jünglingszeit sein, deren Bässe aus den wirklich erst-
klassigen Tür- und Fondlautsprechern pochten.

Immerhin stellte er, sobald Werbung lief, Fragen, die
sich auf mein Dossier bezogen. Und ich wiederholte, was
ich herausgefunden und in meinem besten Englisch auf-
geschrieben hatte, was nach Prüfung durch unseren USA-
Sachbearbeiter an die amerikanische Pazifikküste gemailt
worden war: Der von uns Aufgespürte, der nun in irgendeinem offenbar hochkarätigen kalifornischen Haftpflicht-
versicherungsfall als Zeuge befragt werden sollte, lebte seit
zwei Jahrzehnten unter falschem Namen in Deutschland.
Anfang Frühling hatte er zusammen mit drei anderen älteren Drogen-Freaks barackenähnliche Bauten am Rande
eines ehemaligen Militärflughafens angemietet. Binnen
weniger Monate war dann einer nach dem anderen aus
dem Landleben zurück nach Berlin geflüchtet. Der Ami
jedoch hatte es auf dem gottverlassenen Gelände ausgehal-
ten und hauste nun schon ein Weilchen allein mit Hund
und Pferd.

«What kind of dog?», fragte Quentin, als wir auf die
Zufahrtsstraße bogen, und drehte mir plötzlich das Radio
ab. Statt Rockmusik hörten wir nun die Betonplatten, über
die wir rollten. Sie schienen sich, weil irgendeine Bosheit
des Niedergangs es so wollte, streng regelmäßig gehoben
zu haben. Exakt jedes fünfte Fahrbahnstück verpasste uns
einen Stoß. Und dazwischen, auf der jeweils dritten Kante,
lag stets ein schwächerer, aber deutlich spürbarer Akzent.
Das letzte Stück bis zu den Wellblechbaracken schlichen
wir im ersten Gang, und nun, da der unheimlich leise

japanische Motor gar nicht mehr zu hören war, penetrierte das rhythmische Rumpeln der Pneus erst recht das Ohr.

Der Hund lag schlafend vor der Eingangstür. Er wurde in meinem Bericht erwähnt, Quentin hätte also eigentlich wissen müssen, dass es ein steinalter, tauber und nahezu blinder Pudel war. Ich mag Hunde. Mit Hunden kenne ich mich aus. Über das Pferd hingegen hatte ich nur anmerken können, dass es graubraun war, auffällig großohrig und ein Hengst. Wir stiegen aus, ließen die Autotüren offen stehen. Erst spät spürte der Hund die Schwingungen unserer Schritte. Ich hielt ihm den Handrücken vor die Nase, und er begrüßte mich mit einem rasselnden Aufschnaufen. In der zurückliegenden Woche hatte ich mich dreimal ans Haus geschlichen, um ihn heimlich anzufüttern. Jetzt hatte ich einen letzten Happen für ihn dabei.

TWO! Natürlich war der Hund schwarz. Mein alter Freund Justin liebt pechschwarze Köter. Andererseits hätte es mich auch nicht überrascht, wenn der gute, böse Justin hier im Exil zuletzt noch auf einen blonden Schäferhund verfallen wäre. Justin hat immer einen starken Hang zum Deutschen gehabt. In seinen Liedtexten wimmelt es von Namen, die er sich aus Grimms Märchen, aus germanischen Heldensagen oder aus seinen dicken *World War II*-Bildbänden zusammengeklaut hat. Und er genoss es, wenn wir ihn mit Adolf und Eva, mit Siegfried und Hagen, mit Schneewittchen und ihren sieben Zwergen, wenn wir ihn, unseren

Bandleader und Songwriter, mit seinem Faible für alles Teutonische neckten.

Als ich und mein deutscher Helfershelfer dem müde voraustapsenden Pudel um ein scheunenartiges Gebäude gefolgt waren, sah ich auf dem staubigen, mit Draht eingezäunten Hof ein sehr großes, außergewöhnlich schön gewachsenes Maultier – dann erst Justin. Mein einstiger Gitarren-, mein lang entbehrter Waffenbruder war unglaublich fett geworden. Er wandte uns, breitbeinig auf einer primitiven Bank hockend, den Rücken zu und mühte sich, barfuß in den zweiten seiner Reitstiefel zu kommen. Sie waren halbhoch und schwarz, die Fersennaht mit silbernen Nieten verziert, fast das gleiche Schuhwerk, das er früher bei unseren Auftritten getragen hatte.

Er bemerkte unser Kommen nicht, weil sein alter Walkman, der ihm an einem Lederband auf den Bauch hing, irrsinnig laut aufgedreht war. Er hörte unsere Live-LP JAPAN ON FIRE. Und weil ein sinniger deutscher Zufall es so wollte, lief ausgerechnet die erste Zugabe unseres Tokyo-Konzerts. Aus Justins Ohrstöpseln quäkte mein Solo, jenes Gitarrensolo, das ich damals bei unserem ersten japanischen Konzert gegen seine Anweisung dann doch angestimmt hatte. Die japanischen Fans, ihre unglaubliche Begeisterung hatte mich dazu verführt. Und ich zog dieses Solo – während mich kreischende Tokyoter Schulmädchen mit einschlägigen Wurfgeschossen eindeckten – gewaltig in die Länge, um Justin, dessen wuchtige Rhythmusgitarre meine quecksilbrigen Läufe grundieren musste, vollends zur Weißglut zu reizen.

Jetzt, nach mehr als zwanzig Jahren, juckte es mich noch einmal mächtig in den Fingern. Meine Hände gehorchten mir und begannen nicht damit, Luftgitarre zu spielen. Mein Fuß indes, mein rechter Fuß machte plötzlich den alten Bühnen-Ausfallschritt zur Seite – nicht richtig weit, nicht halb in den Spagat wie früher, als Justin und ich uns mit solchen Schritten entgegensprangen, um die Gitarrenhälse dröhnend aneinanderzuschmettern, aber doch weit genug, um dem Pudel auf die Pfote zu treten. Und der hüpfte, dreibeinig und so schrecklich schrill fiepsend, wie es nur taube Tiere können, vor die Stiefelspitzen seines Herrchens.

DREI! «Ihr kommt, um mich abzuholen!», rief der von meiner Firma Gesuchte und Gefundene auf Englisch, in seinem garstig heiseren Amerikanisch, als er, halb gestiefelt, halb barfuß, herumgefahren war und mich und seinen Landsmann entdeckte. Und dazu lachte er so schaurig, als gelte es, die Kehle von einem langen Schweigen zu reinigen. Ich verstehe nichts von Musik. Aber ich leide an einer innigen Restschwäche für schwerfällig lostorkelnde Rockmusik. Und so stieß mir tief ins Gemüt, wie wunderbar grimmig dieses «You're coming to take me away! Hahaa!» aus dem großen, fetten Trunkenbold röhrte. Dann breitete er in einer rührenden Geste die Arme aus, knickte in die Knie und senkte die Lider, als wollte er sich seinem Schicksal ergeben.

Er täuschte uns, zumindest mich. Mir war das Schwungholen, das in seinen Bewegungen gelegen hatte, entgangen. Auch hätte ich ihm, dessen müde Tollpatschigkeit ich in den zurückliegenden Tagen ausgiebig mit dem Feldstecher beobachtet hatte, nie diese gorillahaft geschmeidige Drehung und den Sprung zugetraut, mit dem er sich auf den ungesattelten Rücken seines Reittiers warf. Das Messer jedoch, das jäh aufblitzende, doppelschneidige Stilett in der Hand meines amerikanischen Begleiters, in der bleichen Faust dieses angeblichen Haftpflichtversicherungsagenten, sah und verstand ich mit ein und demselben Blick.

FOUR! Zwei Weltkriege haben diese Deutschen gegen uns verloren. Sie waren zusammen mit den Japanern die schlimmsten, die besten Feinde, die wir je hatten. Eigentlich hätten auch zwei deutsche Städte die Bombe verdient gehabt. Aber als ich mit gezückter Klinge auf Justin losstürmen wollte, bedachte ich nicht, dass erst eine deutsche Firma es geschafft hatte, sein Versteck zu finden. Wie konnte ich nur so dumm sein, den Berliner Schnüffler für harmlos zu halten? Absichtlich hatte er unschuldig falsch mitgepfiffen, als dieses PEACE TRAIN, das Gesäusel eines degenerierten wimpernklimpernden Briten, im Autoradio lief. Justin, der gerne Biographien berühmter Feldherren und großer Komponisten las, hat mich einmal darauf aufmerksam gemacht, dass hier in Deutschland einst die endgültig schönsten Melodien und fast zur gleichen Zeit die wichtigsten kriegstheoretischen Werke geschrieben worden seien.

BLITZKRIEG MULE ist kein wirklich guter Song. Aber die Fans liebten ihn, lieben vielleicht bis heute den sich stockend wiederholenden, einprägsam plumpen Riff, aus dem BLITZKRIEG MULE im Wesentlichen besteht. Und überall auf der Welt schrie unser Publikum den giftigen, den wirklich nazi-bösen Refrain begeistert mit. Wir spielten BLITZKRIEG MULE rund um den Globus stets als erste Zugabe. Wir spielten es viermal in Japan. Und als mir Justin auf dem Open Air in Nagasaki, während des Solos, das ich mir gerade zum vierten Mal gegen sein Verbot angemaßt hatte, auf offener Bühne, vorbei am schmalen Korpus meiner Gitarre, sein Messer bis zum Heft in die Leber rammte, dachten diese wunderbaren japanischen Fans, die letzten, die uns zusammen spielen sahen, unser Gerangel, unser gewaltig krachendes Hinstürzen, das Gezappel unserer Stiefel, das Blut an unseren Hacken, alles gehöre zur Show.

Nun lag ich auf dem Bauch, das Knie des Deutschen zwischen den Schulterblättern. Er hatte meine ungestüme Vorwärtsbewegung ausgenutzt, um mich mit einem raffinierten, wahrscheinlich japanischen Fußschwung umzuwerfen. Er verdrehte mir die Finger, Daumen und Mittelfinger meiner Spielhand so gemein, dass ich keine Bewegung wagte. Durch mich drohte Justin also keine Gefahr mehr. Aber Gott mag wissen, was plötzlich in den Pudel fuhr. Ein blitzartiges Fletschen seiner Zahnstummel galt uns, dann begann er, unentwegt heulend, im Zickzack um das Maultier herumzuspringen, auf dessen nacktem Rücken Justin klemmte.

Rückblickend habe ich den Verdacht, der Hengst und der Hund machten gemeinsame Sache. Ein unbeschnittenes Muli ist überall auf der Welt mit Vorsicht zu genießen. Vielleicht werden diese Tiere zwangsläufig bösartig, weil sie irgendwann ahnen, dass sie unfruchtbar sind. Justin hielt sich zunächst nicht schlecht. Das Maultier wandte stur dieselbe simple Vier-Schritte-Technik an, um ihn abzuwerfen: großes Aufbäumen, Schwung holen, kleiner Bocksprung, Seitenschritt. Aber Justin verstand es mühelos, das Fett seiner Jahre in diesem Rhythmus zu verlagern. Das Rodeo hätte noch zwei, drei Minuten, hätte noch eine kleine Ewigkeit weitergehen können. Doch dann schnellte der Pudel in die Höhe und schnappte nach Justins nackter Ferse.

Es soll eine Musik geben, die schön wie Fliegen ist, zumindest so schön wie ein schwereloses Schweben. Irgendwann, irgendwo – wahrscheinlich in Deutschland, im alten Deutschland! – hat einer so etwas komponiert. Wir haben dergleichen nie gespielt, also kann ich praktisch nichts dazu sagen. Das Höchste, was ich und Justin in dieser Hinsicht erreichten, war das gemeinsame Halten jaulender Töne – drei, vier, manchmal fünf Takte lang. Auch Pudel können zweistimmig heulen. So habe ich es hundertfünfzig Meilen vor Berlin hören müssen. Es war wahrlich kein Wohlklang. Es war eine Tortur. Es war, als parodierte uns dieses deutsche Vieh. Ich biss in den Sand, als die Zähne des Hundes die Ferse des Reiters fassten. Und dann durfte ich Justins träge Masse – recht lang und fast frei und in beachtlich hohem Bogen! – vor fremdem Himmel fliegen sehen.

ALTWERCK ASPIRATOR

Als die fragliche Nacht sich novemberlich früh und vom Braunkohlerauch schwefelig durchsäuert über die große zweigeteilte Stadt senkte, verharrte mein Held, verharrte mein Besitzer noch im Stande geistiger Unschuld. Thomas, der die Welt damals jünglingssanft mit Füßen trat, der ihre Böden und Bodenbeläge heute mit gröber gewordenem Tritt beschreitet, war damals zu seiner Unbedarftheit auf eine liebreizende Art ungelenk. Nach mir wussten dies die Haushaltsgeräte am besten. Alles, was Thomas in seiner Westberliner Wohnung mit Schalter, Griff und Gehäuse entgegenkam, was sich in Form und Funktion als Maschine zu erkennen gab, verhexte ihm seine rechte Hand sogleich in eine zweite linke. Und was in Thomas' Fingern, oder diesen entgleitend, kaputtging, bekam eine lange Weile Gelegenheit, auf sein Heilwerden zu hoffen.

So betete unser Handstaubsauger, von einem Wackelkontakt lahmgelegt, an jenem Novemberabend bereits die siebte Woche darum, dass man ihm endlich mit einem Schraubenzieher auf den Leib rücken möge. Thomas hatte das Apparatchen als Kaufhaus-Markenartikel erworben, in Wahrheit war es kaum getarntes Exportgut des damals noch großtuenden, insgeheim längst schon siechen zweiten deutschen Staates. Politik kümmert mich nicht. Dennoch tat mir der flachbrüstige Devisenbringer leid, schon weil er auf den Namen *Progress Primat* hören musste und vor seinem Verstummen stets erbärmlich angestrengt geheult hatte. Aber obschon ich für Thomas mancherlei vermag, seinen Geräten kann ich – das liegt in meiner Natur – kein bisschen helfen.

Wir hörten es an der Tür klingeln und staunten, welch barscher Ton der gutmütigen Glocke da aufgezwungen wurde. Tags zuvor hatte Thomas einen Handzettel aus dem Briefkasten gefischt: Ein Staubsaugervertreter forderte dazu auf, ihn die Leistungskraft des von ihm propagierten Modells demonstrieren zu lassen. An einem beliebigen Objekt. Gerne auch abends.

Thomas hatte sich die beiden zurückliegenden Monate mit Besen, Kehrschaufel und Wischtuch beholfen und so in Küche, Bad und Flur und auf den weißgestrichenen Dielen seines Schlafzimmers weiterhin für jene Reinlich-keit-auf-den-ersten-Blick gesorgt, die jedem Haushalt, vor allem dem eines jungen Mannes, gut ansteht. Doch es gab da noch einen fünften Raum. Und dort, im Wohn- und Arbeitszimmer, lag, den großen quadratischen Fußboden fast ganz bedeckend, ein Etwas, das ohne Saugmöglichkeit allmählich zum häuslichen Sorgenkind wurde: vierzig Kilo Schurwolle, schamlos verschämt in ihrer immer ärger ver-staubenden Pracht und Fülle.

«Sagen Sie jetzt bloß nicht, dass ich zu spät dran bin. Für professionelle Sauberkeit ist es nie zu spät, mein Lieber, so wie es für die Wahrheit nie und nimmer zu spät sein darf.» Mit diesen Worten blockte der Erwartete den Versuch, ihn zu begrüßen, und manövrierte sein Gerät und einen großen, flachen Koffer über die Schwelle. Schon bei ihrem Telefonat war Thomas aufgefallen, wie übertrieben der Vertreter das «R» am Rollen hielt. Und jetzt, wo er ihn dazu grimassieren sah, schien ihm dies kein Akzent oder Dialektmerkmal mehr, sondern eher ein berufsbedingter Tick ähnlich der Überartikulation eines Clowns, der die wenigen Wörter, die sein Auftritt verlangt, effektvoll verkünstelt.

«Ha, keine überflüssigen Erklärungen! Da habe ich schon alles vor Augen. Sagen Sie nichts, mein Lieber! Hören Sie erst, was ich Ihnen – was ich jedem! – in gebotener Kürze darlegen muss. Glauben Sie mir, ich bin der Letzte, der seine geschätzten Mitmenschen langweilen möchte.»

Die ganze Wohnung gehorchte und hielt still. Auch ich stellte mich tot. Selbst Thomas schwieg. Aber ich wusste natürlich, was meinem zum Zuhören verdonnerten Eigentümer im Denken kreiste. Gern hätte er diesem kleinen, kahlköpfigen Herrn, der auch am Ende seines Staubsauger-Promotionstags vor Energie nur so strotzte, jetzt gesagt, dass der Wollteppich, den sie gemeinsam betrachteten, ein Erbstück darstelle. Und darüber hinaus hätte er seinem Besucher auf dessen Nachfrage bereitwillig mitgeteilt, dieser Teppich sei nahezu alles, was ihm seine Eltern an altvorderen Gegenständen hinterlassen hätten. Denn ansonsten besaß Thomas bloß einen defekten Kolbenfüller, den sein Vater durch Krieg und lange Gefangenschaft in die frischgebackene Bundesrepublik hineingerettet hatte.

Teppiche, die den Sprung in eine weitere oder gar in eine dritte Generation schaffen, stammen in der Regel aus der mütterlichen Linie der Familien. Als es gegen Kriegsende in den östlichen deutschen Provinzen für die Zivilisten auf Leben und Tod ging, hatten mit Thomas' Großeltern mütterlicherseits ein paar Kleinmöbel und drei aufgerollte Wollteppiche das halbe, in seinen letzten Zügen liegende Reich Richtung Westen durchmessen. Und immer wieder war dem kleinen, dem ein gutes, friedliches Jahrzehnt später geborenen Thomas erzählt worden, wie das größte Exemplar, als die Russen die Fliehenden einholten, half, das Mädchenglück seiner Mutter zu retten.

«Erzählen Sie mir bloß nichts, junger Mann!», gebot der Vertreter. Er vermied es, Thomas dabei anzusehen, wandte den Kopf zur Seite und rieb sich mit Daumen und Zeigefinger die Nase, als habe er Thomas' Bedürfnis, ein wenig aus der Familienhistorie zu berichten, wie einen unangenehmen Geruch bemerkt. Dann sank er, für sein Alter erstaunlich geschmeidig, in die Knie und entriegelte mit einem Doppelschnappen den Koffer.

«Wissen Sie, was das ist? Sagen Sie bitte nichts. Sie wissen es nämlich nicht wirklich. Aber keine Angst, mein Lieber. Ich will Ihnen Ihre geringen Kenntnisse nicht vorhalten. Sie sind ja noch jung. Nicht mehr ganz jung, zugegebenermaßen. Leider! Leider! Aber zum Lernen ist es nie zu spät. Schauen Sie mich an. Was meinen Sie, wie alt ich bin?»

An den Füßen meines Besitzers, an der Art, wie sich seine nur bestrumpften Zehen nun in die von vielen Schritten verdichtete Wolle bogen, ließ sich das Ausmaß seiner Verlegenheit erkennen. Im Nu lag ein frischer Anflug von Röte auf seinen hohen Wangenknochen. Aber jetzt würde ihm das niedliche Rotwerden nichts nützen. Hilflos starrte er auf die von einem wirren Haarkranz gesäumte Glatze und versuchte, von den Pigmentflecken der Schädelmitte, dem weißen Flaum des Nackens und, als sich der Vertreter wieder erhoben hatte, von den Fältchen um die ruhelos ruckenden Augen auf dessen Alter zu schließen.

«Geben Sie es auf, mein Lieber!», triumphierte sein Gegenüber. «Sie erraten es nicht! Ich könnte Ihr Vater und Ihr Großvater sein. In einer Person! Falls Sie verstehen, was ich meine. Aber auch das kapieren Sie leider Gottes nicht. Dergleichen kann man in Ihrem törichten Übergangsalter auch schlecht verstehen. Fangen wir also mit dem Einfachen an, mit dem, was jedes Milchmädchen begreift.»

Brav sank Thomas in die Hocke, um aus der Nähe zu begutachten, was ihm nun erläutert wurde: fünf Vorsätze, die angeblich jedem Schmutz den Garaus machen konnten. Thomas bemühte sich, eine verständige Miene zu ziehen. Gleichzeitig war ihm unbehaglich zumute. Der Vertreter hielt nämlich, während er ungemein anschaulich erklärte, seine Schulter mit der rechten Hand gepackt. Dann ging er erneut in die Knie, und seine kräftigen Finger legten sich um das Handgelenk von Thomas, den sogleich die unangenehme Vorstellung überkam, ihm würde nun der Puls gefühlt, und aus dessen Schlag, aus Frequenz und Impulsstärke, könnte der Staubsaugerfachmann folgern, wie es um die Aufmerksamkeit und das Begreifen seines Kunden stünde.

«Aber warum machen Sie denn nicht endlich richtig Licht!», rief der Vertreter, griff sich einen der Saugvorsätze und sprang in den Stand. «Sie halten es wohl für gemütlich, wie wir beide hier im Halbdustern auf Ihrem Corpus Delicti hocken.»

Thomas stolperte zur Tür, um den Deckenstrahler einzuschalten. Zuvor hatte allein der Schein seiner Schreibtischlampe den Raum erhellt. Ja, wir mögen es so. Ich mag das Halbdunkel, und Thomas liebt es, abends und nachts in einer Lichtinsel zu arbeiten. Eben noch hatte er den morgigen Unterricht vorbereitet. Zwölf junge Spätaussiedler, elf rührend grobschlächtige Kerle und eine einzige kaum weniger bäuerliche Maid, saßen in seinem Grundkurs hinter den zu einem klaustrophobisch engen Hufeisen angeordneten Sprachschultischen. Thomas war kein schlechter Lehrer. Aber jeden Tag hoffte er inständig, dass die Witze, die seine Zöglinge auf Russisch rissen, ihm für immer und ewig, also bis zum Kursende, gnädig unverständlich bleiben würden.

«Das nennen Sie also Arbeit!» Der Vertreter stand über das aufgeschlagene Deutschbuch gebeugt und schüttelte heftig den kugeligen Kopf. «Das sind erbärmliche Kindereien. Damit verplempern Sie Ihr Talent, mein Guter. Wagen Sie nicht, mir zu widersprechen. Ich weiß, dass Sie begabt sind. Ich habe Auge und Ohr dafür. Sie lieben die deutsche Sprache. Aber wie alle Grünschnäbel bilden

Sie sich viel zu viel auf Ihr Quäntchen Talent ein. Das war schon immer so in Deutschland. Schreiben Sie Gedichte? Verleugnen Sie Ihre läppischen Verse nicht! Glauben Sie mir, Sprachbegabung gibt es hierzulande seit Goethes Tagen wie Dreck auf dem Acker. Einzig, was einer aus seinem Talent macht, entscheidet! Ja, schauen Sie mich ruhig an. Da haben Sie das das beste Beispiel in persona. Aber glotzen Sie nicht so boräisch blöd, mein Lieber. Wir sind nicht Hölderlin, Sie sind nicht Hölderlin. Zum Glück. Zum Glück. Zu Ihrem Glück. Und stecken Sie endlich den Stecker in die Dose ...»

So saugten die beiden. Die beiden saugten und saugklopften und saugbürsteten mich, was der Apparat in jener berühmt gewordenen Novembernacht an Saugkraft nur hergab. Nie hätte ich den Mottenmaden, die mich friedlich bewohnen, solch hellen Aufruhr zugetraut. Sie hatten allen Grund zur Verzweiflung. Ohne Ausnahme wurden die genügsamen, die behäbigen und doch fressfleißigen Würmchen aus meinem Haar gerissen und einem ungewissen Schicksal entgegengewirbelt. Hätten sie dabei geklagt, gejammert, gesungen, ihr vielstimmiger Chor hätte jedes fühlende Herz gerührt. Aber den Larven der Hausmotte ist weder Wort noch Gesang gegeben.

Stumm blieben auch die beiden Männer. Thomas und sein Besucher beugten sich über meine Wolle, sie traktierten mein Gewebe so lange, bis ihnen das Kreuz-und-quer der Fäden vor den Augen tanzte, ja, bis sie Muster sahen, die sogar mir wie neu hineingewebt erschienen. Sie wechselten sich ab. Sie drückten sich das Rohr in die Hand. Kein Sauggang schien der letzte. Aber dann, urplötzlich und seltsam simultan, überfiel den alten Vertreter und seinen jungen Adepten eine große Erschöpfung. Thomas tastete mit zitternder Hand nach der roten Taste auf dem Hartschalenbuckel des Geräts. Dessen dunkles Heulen erstarb. Gebückt las Thomas den Namen der Maschine: Altwerck Aspirator.

Er rappelte sich hoch. Er taumelte in sein Schlafzimmer hinüber und weiter zum Balkon. Er riss den Türflügel auf, trat hinaus und lehnte sich über die Brüstung. Er atmete die winterlich kalte, partikelsatte Luft und sah aus dem vierten Stock seines Westberliner Mietshauses auf den Sandstreifen hinüber, der sich als milchig bestrahltes Band zwischen den beiden Mauern der Grenzbefestigung erstreckte.

«Noch schützt uns der Todesstreifen, mein Lieber ...», flüsterte es da schon in seinem Rücken. «Aber es kann sich nur noch um Stunden handeln. Leider Gottes bin ich mit einem untrüglichen Instinkt für dergleichen geschlagen. Beneiden Sie mich nicht! Es ist eine schreckliche Gabe, solche Umschwünge vorherzuspüren. Es muss einer dem Tod ins Auge gesehen haben, um zu fühlen, wann eine solche Mauer fällt.»

«Sie meinen das metaphorisch!», ächzte Thomas in einer Aufwallung von Widerstand.

«Heiliger Strohsack! Womöglich halten Sie sogar mich für eine Metapher? Sehen Sie mich an, ich bin aus Fleisch und Blut wie Sie. Ich weiß genau, was Sie insgeheim über mich denken. Sie denken, ich spreche komisch. Sie denken, ich bin kein richtiger Deutscher. Sie denken, von so einem Clown lasse ich mir doch keinen überteuerten Staubsauger andrehen. Und wissen Sie was? Sie haben recht. Mein pseudoslawischer Akzent ist in der Tat grässlich. Er ist schauderhaft, weil ich ihn seit Jahr und Tag absichtlich übertreibe, weil ich Jahr für Jahr in berufsbedingter Not ein wenig mehr mit ihm kokettieren muss. Ich weiß, wohin das führt. Ich schwöre Ihnen, ich selbst wäre der Letzte, der das Ende nicht kommen sähe. Nur deshalb stehe ich hier, hier mit Ihnen auf diesem grotesk winzigen Balkon, hoch über einer schon so gut wie gefallenen deutschen Mauer.»

Erneut spürte Thomas ein Zugreifen, spürte es mit nüchternem Entsetzen. Von hinten fasste ihm der Staubsaugervertreter ans rechte Knie und presste Meniskus, Schleimbeutel und Bänderapparat zusammen. Ein onkelhaftes Angrabschen, wohlmeinend, ja gönnerhaft, und doch ähnlich zweckhaft und zielgerichtet wie die Handgriffe einer militärärztlichen Untersuchung.

«Thomas, mein Lieber!», hörte er es nah an seinem Nacken flüstern, mit brüchig dünner Stimme, fast einem Greisen-Organ. Das Rollen und Knallen der signifikanten Konsonanten war verflogen, als hätte es die Rede seines Besuchers endlich geschafft, ihr Kostüm abzustreifen.

«Thomas, sträub dich nicht länger. Du weißt längst, was ich von dir erwartete. Heute Nacht geht der Osten auf. Der ganze Osten! Nicht nur unsere sächselnden Schwestern und Brüder werden sich ihre Kuhaugen reiben. In Polen und hintei Polen wird man den Blick wieder westwärts richten. Ich bin zu alt, um dem mit frohem Mut und offenem Herzen entgegenzuziehen. Du bist mein Mann. Dir ist gleich mir die Kraft des klaren Worts gegeben. Lass den dummen Unterricht. Steh ein für eine handfeste Sache. Sag ja zu Altwerck. Sing unser Lied! Morgen stelle ich die erste Kolonne für Ostberlin zusammen. Du sollst, du wirst ihr Führer sein.»

So wie ich dalag, geklopft und gebürstet und leer geschlürft bis auf die unterste Faser, ging auch mir die Versuchung, das grandiose Angebot des Altwerck-Recken als ein Schaudern, als ein elektrostatisches Knistern durch die Wolle. Und wohlig erschrocken, wusste ich nicht, ob mein Thomas nun Manns genug war, zu widerstehen. Der aber löste die Finger des Staubsaugervertreters von seinem Bein und führte ihn ins Wohnzimmer zurück. Die Schuhe des alten Propagandisten sanken tief in mein wunderbar gelockertes, von neuem luftig voluminöses Gewebe. Durch die Gummisohlen, durch das Rindsleder der orthopädischen Einlagen spürte ich die bodenlose Müdigkeit der alten Spreizfüße, den Blutstau in den Krampfadern der vom Treppensteigen verhärteten Waden.

«Seien Sie noch ein wenig mein Gast. Auch wenn ich im Gegensatz zu Ihnen leider nicht zum Vertreter tauge», meinte Thomas so charmant, wie es ihm trotz seiner Schüchternheit gelegentlich gelang, und drückte den Alten in den Schreibtischstuhl. «Trinken wir ein oder zwei Bier und knabbern wir eine Kleinigkeit zusammen!»

Glasig, fast leblos wurde der Blick des Alten, als Thomas

in die Küche verschwand. Dann aber richtete er noch einmal seinen rechten Zeigefinger auf mich.

«Du schamloser Quertreiber!», krächzte er leise, und sein polnischer Akzent schien mir ärger als je zuvor. «Du elend selbstsüchtiger Woll-Lüstling! Bis auf den heutigen Tag hat dich noch keiner so gebürstet, wie du es eigentlich verdienst. Lessing nicht! Goethe nicht! Nicht einmal Heinrich Heine ist es gelungen!»

Schaurig hilflos trampelten seine Hacken in meinen Flor, und ich ahnte, wie weh ihm die Knie dabei tun mochten. Er verstummte, als Thomas mit einem Tablett zurückkam und es auf seinem Unterrichtskram abstellte. Schweigend tranken und knabberten die beiden. Ihre Finger tauchten einträchtig in die Schälchen. Es waren nur Nüsse verschiedener Art. Die Kiefer des Alten malmten ohne Unterlass. Aber sein Hunger war wohl nicht zu stillen.

Thomas dachte an seine Mutter, dachte daran, wie gern sie ihm ausgemalt hatte, dass sie, in meine Wolle gewickelt, drei Tage und drei Nächte vor den marodierenden Eroberern der Stadt verborgen gehalten worden sei. Aber Thomas erzählte es nicht. Es ziemt sich nicht, dergleichen bei Nüssen und Bier zu berichten. Die Kupferwicklungen im Elektromotor des Altwerck Aspirators erkalteten knackend. Und draußen in Nebel und Brikettdunst fiel die Berliner Mauer, sackte hernieder wie ein Korsett, dessen längst mürbe Schnürung endgültig den nimmermüden Maden der gemeinen deutschen Hausmotte zum Opfer gefallen war.

EUROPA ERLEUCHTET

An einem sonnigen Oktobernachmittag, am Vorabend eines alten, unverständlich gewordenen Festes, trafen wir, der Meister und ich, mit dem Zug erneut in Prag ein. Wir fliegen beide nicht gern. Und als uns die Unterführung, tschechisch traurig, vom Bahnsteig Richtung Taxistand schleuste, lugte ich durch das Guckloch, das ein Londoner Schneider vor vielen Jahren in den weiten Umhang meines Herrn geschneidert hatte. Eine Glastür spiegelte uns. Mächtig bierbäuchig sieht Gottschling, der Hagere und Hochgewachsenene, aus, wenn er mich so, verborgen unter englischem Tweed, am Leib trägt. Die gewaltige falsche Wampe verunstaltet ihn. Aber das ist immer noch besser, als unnötiges Aufsehen zu erregen.

Die heutigen Menschen, die Völker dieser Übergangsepoche, sehen in dem, was mein Herr mit hohem Ernst betreibt, nichts als ein Spektakel, das dem Kitzel und der Belustigung dient. Schuld haben die amerikanischen Lichtspiele. Solange das kalifornische Bildimperium währt, werden von unserem Metier nur bunte Zerrbilder bekannt sein. Bitter nötig ist es wie eh und je. Ich weiß dies – auch wenn mir bisweilen zumute ist, als hätte es uns beide, den großen Hugo Gottschling und mich, samt unserem Handwerk in eine völlig unverständige Parallelzeit verschlagen.

Ich wage nicht zu behaupten, dass ich bereits auf dem Bahnhof nach einem Vorzeichen Ausschau hielt. Allerdings stach mir noch in der Unterführung etwas Einschlägiges ins Auge. An einer neuen Verkaufsbude wurde neben dem üblichen Touristentand nun auch eine Vielzahl alberner Gummimasken angeboten. Man hatte versäumt, die dünnen Larven mit Papier auszustopfen, und so war meist erst auf den zweiten Blick zu erkennen, wessen Züge da erschlafft herabhingen: das markige Grinsen des aktuellen amerikanischen Präsidenten, das Mondgesicht eines einstigen deutschen Kanzlers oder die mädchenhafte Hübschheit eines englischen Fußballwunders. Unseren Feind aber, unseren durch alle Zeiten sich gleich gebliebenen Gegner, erkannte ich sofort, einfach an dem, was ihm da, mehr schlecht als recht in Latex nachgebildet, aus dem Oberkiefer über die Unterlippe ragte. Ich konnte ein kampflustiges Grunzen nicht unterdrücken, und in einem ebenso unbeherrschbaren Reflex begannen meine elfenbeinharten Beißer aufeinanderzuklappern.

Wie stets bezogen wir bei Vu Wonglova Quartier. Ihr Etablissement liegt fast direkt am Altstädter Ring, dem historischen Herzen der Stadt, und nicht wenige der vielen tausend Touristen, die dort täglich die Runde machen, muss das Schild an der buttergelben Barockfassade verwundern. Thai-World! Fernöstliche Massagen werden im ersten und zweiten Stockwerk des alten Prager Bürgerhauses angeboten. Und obschon eine Informationstafel

am Eingang eigentlich keinen Zweifel an der physiothera-
peutischen Seriosität der angebotenen Dienstleistungen
lässt, kommen nicht selten Einheimische wie Ausländer
mit männlich eindeutigen Absichten in die erste Etage gestiegen.

Für meinen Herrn und mich hat die Organisation seit
Jahr und Tag ein hübsches Zimmerchen unter dem Dach
reserviert. Der Meister verstaute Umhang und Trage-
geschirr im Schrank, nahm den schwarzen Anzug aus dem
Koffer, um ihn aufzuhängen. Dann wusch er sich Hände
und Füße und gurgelte lange mit Odol, seinem geliebten
deutschen Mundwasser. Für mich ließ er ein Glas mit Wasser volllaufen und gab den üblichen Schuss Mango-Sirup
hinzu. Zuletzt schaltete er den Fernseher ein, warf die Le-
derschlaufe am Ende meiner Kette über den Bettpfosten
und drückte mir, bevor er in den Salon hinunterging, die
Fernbedienung in die Pfote.

Vu Wonglova, die vier waschechte Thailänderinnen
und eine Halbchinesin als Masseusen beschäftigt, legt
bei Hugo Gottschling stets selbst Hand an. Während ihre
Daumen die richtigen Reflexzonen pressen, flüstert sie
dem Meister in ihrem eleganten Tschechisch und in nicht
weniger schönem Deutsch zu, was er erfahren soll. Gottschling sagt, keine der exotischen Angestellten könne es
mit den Massagekünsten der Chefin aufnehmen. Im Spiel
der Hände von Vu Wonglova stecke die allergrößte Aus-
druckskraft. Es müsse sich um eine in die Fingerspitzen ge-
wanderte Sprachbegabung handeln. Wäre Frau Wonglova
nicht Fußtherapeutin geworden, hätte sie gewiss ausgefal-

lene Sprachen studiert, und alles Mögliche, das hellbiedere Norwegisch wie das sinister melancholische Rumänisch, müsste ihr gleich gewinnend über die feingeschwungenen Lippen fließen.

«Madame Wonglova» wird mein Herr sie mir gegenüber auch in Zukunft nennen. Manchmal sprach er sie auch so an und verstand es dann, das französische «Madame» mit einem raffinierten Päuschen gegen ein geheimnisvoll gongendes «Wonglova» abzusetzen. Aber dies ist kaum mehr als ein Spiel mit Klängen. Abgesehen von einem Lidstrich, der ihren Augen einen Hauch Fernost verlieh, hat nie etwas an unserer Gastgeberin asiatisch ausgesehen. In Gesicht wie Gestalt verkörpert sie weiterhin, wohin es sie auch noch verschlagen mag, jene hellhäutige und zartgliedrige mährische Jungfrau, von der die Volksweisen ihrer Heimat singen.

Der Meister und ich waren aus Sachsen zurück nach Prag gekommen. In Leipzig hatten wir, von Vollmond zu Vollmond, vier Wochen darauf verwandt, in einem behutsamen Suchgang, in einer sich eng ziehenden Spirale, die Heimstätte eines Feindes ausfindig zu machen. Schließlich stand fest, wo wir ihn ausheben mussten. Die Jugendstilvilla der ehemaligen dänischen Handelsmission ist vielleicht die letzte bedeutende Leipziger Kriegsruine, von Panzergranaten pittoresk durchlöchert, idyllisch zwischen einem kleinen Park und einem verwahrlosten Friedhof gelegen. Und als wir – unser Trabant hing herbstlich reif am Himmel – durch eine morsche Kellertür in das Gebäude einbrachen, waren wir guten Mutes, fündig zu werden.

Schon am Fuß der Kellertreppe hatte ich den Geruch des Gegners aufgenommen, und im Erdgeschoss verdichtete sich der Duft weiter, sodass auch Gottschling ihn erschnüffeln konnte. Unsere Nasen führten uns nach oben bis an das eigentliche Versteck. Im zweiten Stock hatte es durch ein kaputtes Fenster viel Laub hereingeweht. Die Eichen- und Buchenblätter vom letzten Herbst ließen sich noch gut erkennen. Die Windfracht der Vorjahre war zu einem feinen Humus zerfallen. Schräg an der Wand lehnte eine marmorne Schreibtischplatte. Unter diesem Dach aus Stein hatte sich unser Feind aus den flachgedrückten Leibern mumifizierter Katzen eine schlichte, anrührend kommode Liegestatt bereitet. Ich geiferte vor Aufregung. Aber der Meister schüttelte nur stumm den Kopf. Ein kurzes Schnuppern an dem zu kleinen Kegeln aufgehäuften Mäusekot und ein forschender Blick in die staubschweren Spinnennetze hatten ihm bereits verraten, dass dieser Schlupfwinkel, dass dieses Depot des Bösen schon lang verlassen war.

In Prag indes sollte es Neues geben. Noch kurz vor unserer Rückreise hatte uns in unserer Leipziger Pension ein Anruf aus der Neuen Welt erreicht. Ich durfte meinen Lauscher, Schläfe an Schläfe mit dem Meister, vor das winzige Mobiltelefon halten und mithören. Hugo Gottschlings altmodisch näselndes Englisch wechselte mit dem saloppen Idiom eines blutjungen Bostoner Kollegen. Das Greenhorn in Übersee hatte in der Tat etwas zu bieten: Der Feind sei in Prag. Wir hielten den Atem an, als der Ami ins Detail ging. Ja, es gibt ihn, den göttlichen Wink! Es gibt den Hinweis, dessen Stichhaltigkeit und Frische unsereinem sogleich über junge Enttäuschung wie über alten Gram hinweghelfen.

Als der Meister nach der Massage wieder zu mir in die Mansarde kam, schaltete er den Fernseher aus, schlüpfte aus den Schuhen und legte sich aufs Bett. Ich hockte mich vor seine nach thailändischen Kräutern duftenden Socken und hörte mir an, was er im Weiteren erfahren hatte. Der transatlantische Verdacht habe sich vielversprechend verdichtet. Von Madame Wonglova sei uns in der gewohnt gründlichen Weise vorgearbeitet worden. Dieses Mal konnten wir uns die vorsichtige Annäherung, das Ritual des Anschleichens, sparen. Ich hopste vor Gier auf der Stelle. Der Meister ermahnte mich zur Geduld. Schon heute Abend wolle er das verdächtige Gebäude unter die Lupe nehmen.

Unser Tun im Dienst der Organisation zwingt uns meist, wie Vagabunden zu leben. Wenn wir nach einem gelungenen Einsatz, sobald alles zufriedenstellend vollstreckt ist, für wenige Tage nach Prag kommen und der Meister bei einer Flasche rotem Absinth Entspannung sucht, fasst er mir gern in den Nacken, beutelt mich scherzhaft und nennt mich sein kleines altes Zigeunerchen. Obwohl wir berufsbedingt keine Heimat haben und wohl bis zuletzt nirgends dauerhaft Ruhe finden dürfen, bleiben wir beide dieser Stadt wie keiner verbunden. Denn hier, wo Europas Gemüt seit tausend Jahren zu lächeln versteht, fanden wir zueinander. Unter einem Prager Dach wurden mein Herr und ich – es ist wohl tausend Monde her – ein Paar.

Der Lucerna-Filmpalast führte uns zusammen, als seine Verführungskraft ihren Höhepunkt erreichte. Gerade war die Innenbeleuchtung von Gaslicht auf Kohlefadenbirnen umgestellt worden, aber noch hatte der Tonfilm nicht seine zwiespältige Herrschaft angetreten. Im Lucerna, im großen Vorführsaal des prächtigsten Kinos der damaligen Alten Welt, sprang ich dem Meister zum ersten Mal auf den Schoß. Und einen schwankenden Schicksalsmoment lang war, unter dem zuckenden Schweif des Projektionsstrahls, unentschieden, ob Hugo Gottschlings Verblüffung in ein Wegscheuchen oder in ein Streicheln münden würde.

Damals war ich nichts als der Domestik des alten Borislav Bodor, der während der Vorstellung das Pianoforte und bei Bedarf auch das Harmonium spielte. Bodor genoss im Prag der Zwischenkriegszeit den Ruf eines Filmbegleiters, dem kein Akkord zu schlüpfrig, kein Effekt zu deftig war. Aber auch das Schlichte und Zarte lag, sofern eine Stummfilmszene es verlangte, bei Bodor in guten Händen. Vor der Vorstellung und während der Pausen, in denen die Filmrollen gewechselt wurden, hüpfte ich durch die Reihen und verkaufte aus einem kleinen Bauchladen gesalzene Pistazien und karamellisierte Mandeln.

Süßer als Zucker, bitterer als Mandelkern schmeckt meinem Gedächtnis bis heute der Augenblick, als ich die Gestalt des Meisters erspähte. Er saß allein in der Mitte der letzten Reihe und schrieb in ein schwarzes Büchlein, ab und zu schob er sich mit dem Bleistift auch das gewellte Haar aus der Stirn. Für einen Filmkritiker, für einen der vielen freien Feuilletonisten der damals zahlreichen Prager Tageszeitungen, hätte man den hübschen jungen Mann halten können. Ich jedoch, zum Belustigungstier, zum Lakaien eines Filmbeklimperers herabgesunken, erkannte in dem Fremden das zukünftige Genie: den, der aufglänzen wird, sobald er sich einem selbstgewählten Zwang unterwirft. Und ich konnte nicht anders, als diese Verheißung sofort recht äffisch wild zu lieben.

Es dämmert, und draußen weht ein überraschend laues Lüftchen. Vermutlich erleben wir den letzten Abend dieses Jahres, der nicht unangenehm kalt, sondern verführerisch mild ist. Vu Wonglova hat uns zum Ort der anstehenden Tat begleitet. Die Sache scheint ihr mehr noch als sonst eine Herzensangelegenheit zu sein, vielleicht, weil sich der Feind erstmals so unverschämt nah eingenistet hat, kaum zehn Minuten Fußweg vom ihrem Salon entfernt. Wir verharren auf der gegenüberliegenden Straßenseite, um uns eine ungefähre Vorstellung von der Architektur des Verstecks zu machen.

Wie eine graue, brunftig angeschwollene Kröte duckt sich der Bau zwischen erheblich ältere Gebäude. Auch die tschechoslowakische Republik wollte, bevor sie von den wirklich großen Mächten gedemütigt und geknechtet wurde, ein paar Jahre lang großtun, und dieses Streben hat hier in Prag in einer Reihe von plump protzenden Zweckbauten, in Ämtern, Krankenhäusern und Kasernen, seinen Ausdruck gefunden. Frau Wonglova erzählt uns, es handle sich um ein ehemaliges Fernmeldeamt. Die Fassade ist hervorragend restauriert, der Granit wurde porentief von den Ablagerungen sieben schmutziger Jahrzehnte gereinigt. Der neue Verwendungszweck ist mit Neonbuchstaben über das Portal geschrieben: CASINO BOHEMIA! Man hat Röhren in einem hellen, fast wässrigen Rot gewählt, das gut mit dem Grau des Steins zusammengeht. Ich schlüpfe wieder unter den Umhang meines Herrn. Madame Wonglova will uns noch in das Gebäude hineinführen.

Weil wir kommen, um unsere Arbeit zu tun, kann heute Abend kein Spielbetrieb stattfinden. Der Pförtner ist informiert und begrüßt Vu Wonglova mit Namen. Zwei ungetüme Sicherheitsdienstler begaffen stumm und ungebührlich lang den Schrieb des Casino-Managements, den ihnen der Meister gereicht hat. Schließlich gibt einer unser Eintreffen per Handy an seinen Chef durch, und dann wird eine der hohen, samtgepolsterten Türen, die aus dem Vestibül in die Parterrespielhalle führen, einen Spalt für uns aufgehalten. Vu Wonglova schlüpft voraus, mein Herr zwängt sich mit mir, dem vor seinem Leib Verborgenen, durch die knapp bemessene Lücke. Drinnen sind wir zu dritt allein. Der Saal ist blendend hell. Tausendundein rubinroter Kristallklunker formen einen gewaltigen Deckenlüster, einen riesigen Tropfen, der alles Licht ansaugt, um es vielfältig gebrochen auf uns herabzuschleudern.

Auch die Spielmaschinen, die einarmigen Banditen an den Wänden, stehen unter Strom. Die halbmechanischen Automaten bewegen ihre Scheiben und Walzen, sie klingeln und glocken und stoßen leise Lockrufe aus. Die Tondesigner der Gewinnspielindustrie haben große Sorgfalt darauf verwandt, diese Geräusche zwischen Tierlaut und mechanischem Lärm changieren zu lassen.

Der Meister lässt mich aus dem Umhang, führt mich aber noch an langer Kette. Ich stoße schnüffelnd in verschiedene Richtungen vor, umkreise Gottschling, der mitten im Raum, im bunten Geflacker, im Gurren und Fiepsen der amerikanischen Glücksgeräte verharrt und so auch die Balustrade im Auge behalten kann. Dort oben geht es zu den kleineren Roulette- und Kartenspielräumen – wir aber haben guten Grund, den Feind hier unten zu vermuten.

Wieder und wieder ist Madame Wonglova gezwungen, über meine Kette zu hüpfen. Sie tut es mit lässiger Grazie, obwohl das enge, lange Kleid und die eleganten, halbhohen Schuhe ihr dabei einiges an Körperbeherrschung abverlangen. Man könnte glauben, sie habe sich für einen wirklichen Casino-Besuch hergerichtet. Zum ersten Mal sehe ich sie Schmuck tragen: eine Halskette aus rotbraunem Bernstein und dazugehörige Ohrstecker. Ihre schöne, allenfalls ein wenig zu große Handtasche pendelt bei jedem Hochspringen weit nach vorn, als enthielte sie etwas Schweres. Mich wundert, dass mein Herr Vus Anwesenheit duldet. Draußen wird es inzwischen dunkel sein, der Feind ist gewiss schon im Aufwachen befangen, und er muss spüren, wie nah wir ihm sind. Obwohl es in all unseren Arbeitsjahrzehnten keine siebenmal geschehen ist: Wir können nicht ausschließen, dass er unserem Anschlag auf die Ewigkeit seines Lebens mit einer Verzweiflungsattacke zuvorkommt.

Das Licht erlischt. Wir kennen diese Tricks! Sofort bin

ich bei Fuß, und der Meister klickt den Karabinerhaken der Kette auf. Ich trage mein Kampfhalsband. Für mich, seinen treuen Adlatus, hat mein Herr es einst eigenhändig aus dem Einband eines uralten böhmischen Messbuchs geschnitten. Der edle Wälzer fiel uns in die Hände, als wir – der Zweite Weltkrieg rollte durch Europa – für vier Monate auf einem zerbombten Güterbahnhof bei Budapest Quartier nehmen mussten. Dort standen Waggons voll mit Gemälden, Möbeln und anderen Antiquitäten. Raubgut aus aller Herren Länder. Wir sahen uns gründlich um, fanden den erlesenen Schmöker, und Hugo Gottschling hatte Lust und Muße, etwas für mich zu basteln. Das Kalbsleder des Buchrückens ließ sich durch gründliche Fettung wieder geschmeidig machen, eine Schnalle aus geweihtem Silber schloss es um meinen Hals. Natürlich kann dieses kirchliche Brimborium keinen unserer Feinde ernstlich schrecken, aber die bloße Form, die katholische wie die historische, stärkt uns beide, die stets aufs Neue fiebrignervösen Angreifer.

Der heutige Gegner ahnt genauso wenig wie seine Vorgänger, dass die Finsternis mein liebstes Revier ist. Ich bin ein Makabei! Ich bin ein fast weißes Männchen mit hellblauen Augen. Die legendären kambodschanischen Khmer-Könige haben unsere Vorfahren, große wilde Hundsaffen, einst über arabische und chinesische Kaufleute in ihr Reich importiert. Die weißen Makabei wurden ausschließlich zur Jagd auf Vögel eingesetzt, vor allem auf Papageien, die bei den Khmer wegen ihres Vermögens, die menschliche Stimme nachzuahmen, besondere Verehrung genossen.

Klug, scheu und wehrhaft sind diese Vögel, aber sobald sie schlafen, lassen sie sich von einem gut abgerichteten Nachtpavian wie Obst aus den Dschungelwipfeln pflücken.

Ein einziger der einarmigen Banditen ist trotz des Stromausfalls nicht ganz erloschen. Ein zartes Glimmen umspielt den unteren Rand seines Anzeigefeldes. Die Symbolwalzen zittern, als flösse ihnen noch ein Quäntchen elektrischer Energie zu. Mit flatterndem Umhang nimmt der Meister Anlauf. Ein Fußstoß, der jedem Kickboxer zur Ehre gereichen würde, lässt den Spielautomaten erbeben. Ein zweiter, dann ein dritter gezielter Tritt aus dem Stand, und das untere Blech der Verkleidung fliegt klappernd beiseite. Eine Duftwoge schlägt uns entgegen. Auch einen Normalsterblichen, auch Madame Vu Wonglova, muss dieses überreiche Aroma ahnungsvoll bestürzen. Die Zeit, in der alle Gerüche verfliegen, ist selbst das stärkste Gewürz. Da unten im hohlen Fußteil des wuchtig breiten Apparats hält er sich verborgen! Und ohne jeden Zweifel handelt es sich um ein besonders altes, um ein hochehrwürdiges Exemplar der verhassten Spezies.

Von jenen US-amerikanischen Opfern, die uns auf seine Spur führten, war nicht bemerkt worden, dass sich das Wesen an ihrem überzuckerten Blut gelabt hatte. Die Reisegruppe, Ehepaare im Rentenalter, befanden sich auf Europa-Tour. Mittags war man von Wien kommend in Prag eingetroffen. Am Nachmittag ging es gemeinsam über die Karlsbrücke, die meisten schafften sogar den Aufstieg zum Hradschin. Nach dem Abendessen wollten sich einige mit einem Spielchen für die Mühsal des Schauens belohnen.

Hier unten, im Erdgeschoss des Casino Bohemia, hier bei den einarmigen Banditen, gelten keine Bekleidungsvorschriften. Auch ohne Krawatte, ja selbst in Shorts und Turnschuhen darf man auf den Drehhockern Platz nehmen und die Automaten mit Münzen füttern. Wahrscheinlich mussten die langen Fingernägel des Feindes, sichelförmig gekrümmt und bis in die Spitzen bläulich durchnervt, nicht einmal ein Jeanshosenbein lüften. Den nadelspitzen Eckzähnen war allenfalls eine Frotté-Socke im Wege. Willfährig nackt, rosa und kaum behaart, bot sich das feist gewordene Fleisch der Neuen Welt unserem greisen Wiedergänger zu Biss und Trank.

Die nordamerikanischen Touristen gönnten der Goldenen Stadt nur einen guten halben Tag. Zwei Nächte später begann dem einen oder anderen die Wade zu jucken. Die schmerzende Stelle schien eine Entzündung rund um zwei Insektenstiche zu sein. Man verdächtigte das Hotel in Petersburg. Den Russen wurde sogleich allerlei Ungeziefer zugetraut. Zu Hause in den USA stellten die Ärzte dann eine Infektion mit einem seltenen Schleimpilz fest, einem Schimmel, der nur in erdfeuchtem Dunkel, in sauerstoffarmer und ammoniakhaltiger Atmosphäre gedeiht. Man verschrieb die einschlägigen Breitbandantimykotika. Aber bei einem Patienten in Boston wollten die Beschwerden nicht abklingen. Der behandelnde Dermatologe machte sich kundig und bestellte ein sündteures Naturheilmittel, das speziell gegen diesen Gruftpilz hilft. Es wird von einer Versandapotheke in Genf aus geschützten Hochgebirgskräutern hergestellt und direkt an Fachärzte verschickt.

Unsere Organisation, Der Heilige Bund der Jäger, ist über jede Lieferung informiert.

Er kommt! Da kommt er und zeigt sich! Unser Gegner schiebt sich auf den Ellenbogen in winzigen Rucken aus dem Bauch der Spielmaschine. Gekrümmt, die Knie auf der Brust, muss er in seinem blechernen Sarg gelegen haben. Ich bin der Einzige, der sein Hervorkriechen so deutlich sehen kann, wie es dessen rührender Langsamkeit angemessen ist. Die Augen des Meisters sind im Gang der Jahrzehnte nicht schärfer, sondern milder, also ein wenig trüb geworden. Hugo Gottschling weigert sich dennoch, eines der Nachtsichtgeräte zu benutzen, die bei den jüngeren Kollegen längst selbstverständlich in Gebrauch sind. Auch wenn mein Herr nur schemenhaft erkennen mag, was ich bläulich phosphoreszieren sehe, ich freue mich daran, wie entschlossen er, den Pflock aus weihrauchgebeiztem Kirschbaumholz mit dem stumpfen Ende gegen die Brust gedrückt, in die rechte Richtung starrt. Madame Wonglova schaut zu mir herüber, sie wirkt gefasst, nur ihre Finger nesteln am Verschluss ihrer Handtasche. Es ist Zeit: Aus voller Kehle kreische ich dem Feind meinen Kampfschrei entgegen.

Er antwortet! Er spricht! Er hat das Haupt hierzu ein wenig angehoben, sein lippenloser Mund formt, zur Schnute gespitzt, zweifellos Wörter, auch wenn uns nur ein Fauchgeräusch erreicht. Sein Schädel ist ledrig kahl; allein an den Schläfen wächst ihm noch spinnwebfeines Haar, das eine lilafarbene Aura umspielt. Mit einem einzigen Sprung säße ich ihm im Genick. Es wäre leichtes Spiel, das Gebein solch alter Exemplare ist brüchig wie morsches Holz. Aber es wäre unritterlich, ihn zu erledigen, bevor er zu Ende gesprochen hat. Zumindest dem Meister, dem noblen Gottschling, würde es missfallen, wenn ich affenhaft kurzen Prozess mit dem Hervorgekrochenen machte.

Er meint mich! Mir gilt sein heiseres Flüstern! Und schon bin ich ihm so nah, dass mir kein Wörtchen mehr entgeht. Mich, den Subalternen, hat er mit Namen gerufen. «Method! Method!», ächzte es aus seinem Schlund. «Method! Bruder in Christo, magst du mich denn nicht erkennen?»

Nein. Tausendmal nein! Was gäbe es für mich, das helläugige Gegenwartstier, an diesem Urgreis, diesem pergamentenen Knochensack, denn wiederzuerkennen? Er ist mir Exemplar unter Exemplaren. Method hin, Method her! Der hier bleibt, welchen Namen er auch lispeln mag, Bestandteil unserer professionellen Serie. Besonders sind sie alle, tötenswert ist ein jeder. Nicht eine einzige der riesigen, von Mäuseflaum überwucherten Warzen auf seiner Glatze kommt mir vertraut vor. Und auch sein fadenscheiniges Gewand, das nur noch das Rhizom des Schimmels zusammenhält, sagt mir nichts. Wer könnte wissen, wer möchte schon wissen, nach welcher Mode oder zu welchem Zweck es einst geschneidert wurde.

«Method! Bruder Method! Dieselbe Mutter hat uns geboren und uns das Sprechen gelehrt. Erhör mich doch wenigstens, wenn deine Augen mich nicht mehr erkennen wollen!»

Ach, Gott verflucht! Was helfen mir Trotz und Tumbheit,

wo er doch den Namen, den keiner mit mir verknüpfen dürfte, so trefflich intoniert. Was ich da höre und verstehe, ist mein Heimatidiom. Aus dem spitzen Mäulchen des Erzfeindes erklingt das prachtvolle Byzantinisch, das ich so lang entbehren musste. Und jenen Method, den er heiser anhaucht, Method, den Frommen, den Hochgebildeten, den gelehrten Glaubenskämpfer, jenen Method, der ich war, ich glaube ihn plötzlich noch einmal unter meinem asiatischen Pelz zu spüren. Es ist ein schauderhaft wohliges, ein wahrlich nostalgisches Jucken, das mir dieser Silbensang zu induzieren vermag.

Zuletzt habe ich dergleichen, vor fast zweihundert Jahren, den Lippen eines sterbenden osmanischen Offiziers abgelauscht. Der wackere Türke, ein nobles Gewächs jener Hohen Pforte, die damals ihr Europa endgültig verlor, hatte versucht, seine arg dezimierte Einheit Richtung Bosporus zu retten. Sie hatten kein Gran Schießpulver mehr, und ein Reitertrupp aus griechischen Freischärlern und westeuropäischen Abenteurern, angeführt von einem hinkenden Engländer, war den Fliehenden, den verhassten Besatzern, dicht auf den Fersen. In einer Klosterruine suchten die versprengten Türken Schutz für die Nacht. Keiner sollte das Gemäuer wieder verlassen. Im Dunkeln wurde ihr Versteck umstellt, und im Morgengrauen fielen sie den Kugeln und Säbeln der hellenischen Freiheitskämpfer zum Opfer.

Aber zuvor schon gehörte mir ihr Offizier. Er konnte nicht ahnen, dass die Ruine mein Hospiz, das Labor meines langwierigen, noch immer nicht vollendeten Gestaltwandels war. Ich wartete auf frisches Blut. Ich biss den völlig Erschöpften tief in den Hals, verfehlte aber die Luftröhre, und so klagte er, seinen Leibsaft verströmend, in derjenigen Sprache, die er instinktiv als die meine erriet. Vielerlei Griechisch hat die Welt gehört, und nicht wenig davon ist mir im Lauf der Jahrhunderte wohlklingend zu Ohren gekommen. Aber der hohe Ton der Würdenträger von Byzanz scheint mir, der ich ewig befangen bleibe, der Gipfel griechischen Sprechens gewesen zu sein. Damals, als jener fremde, für mich namenlose Türke nach einem letzten Flüstern unter meinen Lippen verstummte, war ich unerträglich gerührt und deshalb unendlich froh, bereits weitgehend zum Tier geworden zu sein.

Hier im nächtlichen Prag, in der Nacht auf Allerheiligen, schlagen die Glocken den Menschen die Zeit. Und Kyrill, Brüderchen Kyrill, ist auf und davon. Er ist der erste Feind, dem es gelang, dem Meister und mir zu entkommen, obwohl er in seinem Versteck gestellt worden war. Mein Herr, der Grund hätte, mich für mein Zögern zu schelten, macht mir keinen Vorwurf. Vielleicht ist er schlicht noch zu matt. Seine Wunden haben sich geschlossen, aber die Lache, die auf den weißen Bodenkacheln des Casino Bohemia zurückgeblieben ist, wird alle, die sie sehen, sofort an eine tödliche Verletzung denken lassen. Ich hatte keine Muße, den kostbaren Saft aufzulecken. Hastig sammelte ich ein paar Fetzen von Kyrills brüchiger Bekleidung aus dem Bauch des Spielautomaten. Es war noch Kyrills, es war noch unser altes byzantinisches Messgewand! Und ohne zu zögern,

stopfte ich das stinkende Gewebe zuerst in die Einschuss-
wunde und dann in das Loch, das die Kugel austretend in
den Rücken meines Herrn gerissen hatte.

Die Blutung stockte sofort. Der Meister setzte sich auf,
sammelte mit geschlossenen Augen Kraft, dann kniete er
sich hin und nahm mich an die Kette. Er schaffte es in den
Stand, und ich lenkte den Wankenden nach draußen. Im
Vestibül lagen der Pförtner und die Sicherheitsmänner,
von Kopfschüssen niedergestreckt. Madame Vu Wonglova
versteht es, mit der Pistole umzugehen. Sie stammt aus der
Nähe der schmucken Stadt Brünn, wo die Herstellung von
Waffen eine lange Tradition hat. Wir müssen es wohl als
ein Zeichen unverbrüchlichen Respekts verstehen, dass
sie, kaltblütig zielend, dem großen Hugo Gottschling nur
durch die rechte Schulter geschossen hat.

Ach, schon als halbwüchsiger Bengel, schon im heimatlichen Saloniki, ist mein Bruder ein Liebling der Frauen
gewesen. Als wir im Auftrag des Kaisers zu Konstantinopel
auszogen, um den wilden Stämmen des Balkans in ihren
schaurig-kruden Halbsprachen zu Gottes Wort zu verhelfen, war Kyrill gewiss der anmutigste Priester im Licht
des jungen Europa. Und da das Füllhorn der Natur, so es
einmal tief genug geneigt ist, mit dem Ausgießen nicht
innehalten kann, war er nicht nur mit gewinnenden Gesichtszügen, sondern auch mit einem strahlenden Tenor
gesegnet. Oft genug, wenn tückische Tatarenbogen gegen
uns gespannt, wenn grobgeschmiedete Germanenschwer-
ter oder die nagelgespickten slawischen Kriegskeulen erhoben wurden, um uns damit totzuschlagen, hat Kyrill,

indem er einen Messgesang anstimmte, sein und mein Leben gerettet.

Die furchtbaren Bulgaren waren, als wir ihnen die Heilige Schrift samt den Buchstaben, diese aufzuschreiben brachten, allenfalls berühmt für das Heulen, mit dem sie ihre kleinen, struppigen Pferde in die Schlacht trieben. Dass sie bis heute die ganze Welt mit ihren bulgarischen Weisen zum Schluchzen bringen können, haben sie allein Kyrills geduldigem Vorsingen zu verdanken. Kyrill wusste, dass der Schleichweg ins Herz eines Volkes durch das Ohr der Weiber führt. Keiner war imstande, den Mädchen, den Frauen, den Greisinnen süßer von Jesus zu säuseln. In manch sündig-missgünstigem Moment dachte ich mir, mein Bruder könnte mit ähnlichem Erfolg auch das Lied des Höllenfürsten zum Erklingen bringen. Und seit heute bin ich sicher: Schon damals hätte den liebeshungrigen Heidinnen die Verherrlichung Satans genauso fein wie das Wort Gottes gemundet.

Neid – zum Glück nicht der meine – war es dann auch, der Kyrill zum Verhängnis wurde. Der Heilige Vater in Rom, ein geiler lateinischer Frosch, hatte Kyrill mit der Schulung des päpstlichen Knabenchors beauftragt. Wen wunderte es, dass die Jungen ihren neuen Lehrmeister liebten? Und noch weniger war es ein Mirakel, dass der hinterhältige Oberhirte den Anblick unschuldiger Liebe nicht ertrug. Das Gift, das man Kyrill in den Messwein gemischt hatte, führte zu einem schrecklichen Todeskampf, einem nicht enden wollenden Ersticken. Und als mir mein Bruder im Morgengrauen nach einem letzten

Aufbäumen und einem allerletzten scheußlich pfeifenden Aushauchen reglos in den Armen lag, war ich entschlossen, sein Schicksal zu teilen. Dem treuesten unserer Diener diktierte ich den Brief, der den unheiligen Vater beim Kaiser in Byzanz verklagte. Der Gott des Augenblicks gab mir die passenden Worte ein. Danach sollte es nie mehr zu einem Einvernehmen zwischen Rom und Konstantinopel kommen.

Den seltsam warm und schlaff bleibenden Körper des Vergifteten trug ich im Morgengrauen in die Ruine eines heidnischen Tempels und ließ ihn dort in einen finsteren Schacht hinabgleiten. Ich vermutete in seiner Tiefe eine Katakombe, den unzugänglich gewordenen Schauplatz erloschener Kulte. Kyrill war den im Niedergang begriffenen Gottheiten stets mit Respekt begegnet. Oft genug hatte er ihre Namen im richtigen Moment und im rechten Tonfall angestimmt. Gerade indem er den alten Göttern mit einem improvisierten Lied zu einem würdigen Abschied verhalf, war es ihm mehr als einmal geglückt, die noch trotzenden Altgläubigen ans Ufer der Offenbarung zu ziehen.

Ich, Method, wanderte ziellos durch das von schamlos dummem Leben durchpulste Rom. Es war ein strahlend heller Märztag, und irgendwann bemerkte ich, dass ich die Augen mehr als nötig zukniff. Method, der das Licht Italiens geliebt hatte, sehnte sich plötzlich nach Schatten und Dämmer. Ich trug den Rest des vergifteten Messweins bei mir, und als es endlich wieder dunkelte, kroch ich in eines der vielfach geschändeten Grabmäler an der Via Appia und schlürfte das Fläschchen leer. Method wollte das Schicksal seines Bruders Kyrill teilen. Ich weiß nicht, wie viele Stunden ich dort lag. Ohne dass mir die Zeit lang wurde, ohne dass ich Hunger, Durst oder Atemnot verspürte, betrachtete ich ein Wandgemälde: ein grinsender Satyr, gekrümmt über den bleichen Rücken einer Nymphe. Von germanischen Plünderern der Grabstätte waren eckige Chiffren, mehr Zauberzeichen denn Buchstaben, in das Bild geritzt worden.

Hatten wir beide die Tücke des Papstes unterschätzt? Gönnte uns diese Kröte nicht einmal den Tod des Leibes? Oder war in uns beiden schon längst etwas herangereift, was sich nun auf sinnige Weise mit der mörderischen Tinktur verband? Womöglich waren es unser Hochmut, unser Stolz auf Wort und Schrift und unser ungebrochener Belehrungswille, die mit dem Gift zu einem neuen Halblebenssaft vergoren. Nur dieses Blut bleibt Blut. Mein Meister und alle anderen Jäger sind dem besonderen Saft innig verbunden. Wenn sie den geweihten Pfahl in die Brust eines Feindes stoßen, tritt eine sirupdicke Leibflüssigkeit aus. Meist ist es kaum genug, um das Gewand des endlich Sterbenden zu durchtränken. Sobald dessen Augen ihren letzten Blick verströmt haben, nachdem das obligatorische Gebet in Hebräisch, Altgriechisch, notfalls auch in Latein oder auf Amerikanisch gesprochen wurde, ist es dem Jäger erlaubt, den aus der Wunde gezogenen Pfahl ein einziges Mal abzulecken. Dieser mit Bedacht knapp bemessenen Dosis verdankt Hugo Gottschling, dass ihm sein Haar noch immer so dunkel, dicht und seidig über Ohr und Kragen wallt wie damals, als ein namenloser Affe im Lucerna-Palast, im

Licht der Stummfilmprojektion, zum ersten Mal an diesem Schopf zu schnuppern wagte.

Madame Vu Wonglova hatte den gewaltigen alttschechischen Armee-Revolver, von dessen Schuss mein Meister gegen die Spielautomaten geschleudert worden war, auch auf mich gerichtet. Ich ballte mich zum Sprung, ich hätte meine fingerlangen Reißzähne, selbst wenn mich ihre Kugel in der Luft getroffen hätte, tief in ihren schmalen, herrlich weißen mährischen Hals geschlagen. Aber Kyrills Hand legte sich begütigend auf meinen Pavianschweif, und seine Stimme verhinderte mit einem «Halt, verehrte Vu, verschon mir das Äffchen! Es liebt so grundlos klug wie du!», dass die Meisterschützin gegen mich durchzog.

Lange, lange, vielleicht tausend Monde wird es dauern, bis ich vergessen haben werde, wie anmutig Madame Wonglova in die Knie sank, als sich der schöne Kyrill endlich – mit schabendem Brokat, mit auf den Bodenfliesen klappernden Fingernägeln – bis vor die Spitzen ihrer Schuhe geschoben hatte. Nun war es kein Geheimnis mehr, für wen sie sich hübsch gemacht hatte. Mühelos hob sie ihn hoch, wie eine große, wie eine mit Federn und Haar gestopfte Puppe lag Kyrill in ihren Armen. Und sein Kopf, dessen blau leuchtendes Profil mir in der Gnade des Augenblicks noch einmal unverwechselbar brüderlich erschien, bettete sich an ihre linke Brust.

Draußen umfing eine kalte und mondlose Nacht das fliehende Paar. Myriaden Prager Motten und Falter stoben aus den Winkeln und Ritzen der Stadt, um jedem denkbaren Verfolger die Sicht zu stören. Prags gesamte Mäuse-

und Rattenbrut, putzig klein und ekelhaft groß, strömte aus Gullys und Kellerluken, um sich möglichen Jägern in den Weg zu werfen. Ja, es ist besser, nichts als ein gehorsames Tier zu sein. Denn überall auf dieser Welt, auch in Asien, wird der Heilige Bund nun nach Bruder Kyrill und Schwester Vu forschen.

Ich, der entlarvte Affe, ziehe, ins Geschirr, in Kette und Halsband gestemmt, meinen verwundeten Herrn nach Hause. Dort öffnet der Meister den Kühlschrank und entnimmt ihm die Flasche mit rotem Absinth, als gelte es, eine erfolgreiche Jagd zu feiern. Auch mir, dessen Namen er nun kennt, schenkt er erstmals das Glas halb voll. Und als meine zitternde Pfote mit ihm anstößt, spüre ich seinen Blick. Mein gelb bewehrtes Maul, mein wie immer etwas rotziges Schnäuzchen, meine arg eng beieinanderstehenden Pavianaugen – der große Hugo Gottschling betrachtet mein Antlitz erneut so ernst und so freundlich, wie er meine Tierheit einst im Lucerna angeschaut hat. Verlegen senke ich die Lider und beuge mich dem Trinkspruch: «Gott schütze Böhmen wie Mähren!»

DIE ZUKUNFT

Die neuen Helme sind die bislang besten; du spürst fast kein Gewicht. Der Nacken bleibt voll beweglich, und du kannst so tief nicken, dass du über die schwarzen Halbkugeln der Knieschützer hinweg die Schäfte deiner Stiefel siehst. Das optimal versiegelte Visier beschlägt nicht einmal, wenn du in eine Tiefgarage vordringst, die Sickerwasser und vorsintflutlich isolierte Heizungsrohre in eine homogene Nebelwelt verwandelt haben. Allein dein linker Handschuh wischt unwillkürlich doch über das klare Glas, weil du es von den früheren Modellen noch gewohnt bist.

Parkdecks, Foyers, Lobbys, Kantinen und Säle aller Art sind uns am liebsten, weil sie sich, falls man regelgerecht hineingeht, gut überschauen lassen. Allerdings ist kein Überblick perfekt. Neulich, in einem aufgegebenen Kino, kam mitten in den starren dunkelroten Wellen der Bestuhlung eine Schäferhündin hoch und fletschte die Zähne. Drei käsig nackte, blinde Welpen hatte sie auf dem Samt eines herabgebrochenen Sitzes liegen. In schönster Seelenruhe ging unser Einsatzleiter, während wir durch die Reihen kämmten, so nahe daran vorüber, dass ihm das

Muttertier, über die Lehnen schnappend, vier Kerbchen in das Ellenbogenpolster biss.

Genau genommen sind auch die größeren Tiere Sekundäre Habitanten, und nicht selten lohnt es sich, auf sie zu achten. Einmal, in einem leerstehenden Bürogebäude aus der Boom-Zeit, folgten wir einem auffällig gut genährten Kätzchen bis ins oberste Stockwerk. Der blank geleckte Futterteller, zu dem es uns voll Zutrauen und Erwartung führte, stand dann am Eingang einer illegalen Näherei. Sonne durchflutete die kaum verschmutzten Fenster. Die Profi-Nähmaschinen waren auf den Tischen festgeschraubt, T-Shirts einer weltweit gern gefälschten Marke lagen säuberlich aufgestapelt in Transportkartons. Allein das glitschige Grün des Schimmels, der in einem Kaffeebecher herangewachsen war, verriet uns, dass der letzte Produktionstag schon ein Stück weit im Vergangenen lag.

Faustregel ist: Der Sekundäre Habitant nutzt die Restressourcen der primären Nutzung. Dabei geht es ihm notgedrungen um die Sicherung basaler Lebensgüter: Trockenheit, Wärme, Frischluft, Trinkwasser und Licht. Organisierte Gruppen, Banden oder Sippen, kümmern sich zudem um die sanitären Gegebenheiten und um die Fluchtwege, die im Fall einer Aushebung beschritten werden können. Furcht macht erfinderisch, nicht selten sogar fleißig. Erst neulich sind wir auf einen Aufzugsschacht gestoßen, in dem gleich zwei penibel geknüpfte Strickleitern ein halbes Dutzend Stockwerke überbrückten.

Gestern ließen wir uns wie so oft von unserem Geruchssinn helfen. Die neuen Helme können zwar bei Bedarf mit einem Griff gasdicht verschlossen werden; der Mikrofaserfilter ist in den Kinnschutz integriert. Allerdings reinigt er die eingesogene Luft derart perfekt, dass man die Feuerstellen nicht mehr erschnuppern kann. Nicht nur im Winter, sondern das ganze Jahr hindurch ist Rauch der wichtigste Hinweis darauf, dass ein unter unserem Schutz stehender Leerbau von Sekundärer Habitation betroffen ist. Die einstige Gesamtschule, die wir uns auf den Wink eines lizenzierten Altmetallsammlers vorgenommen hatten, besteht aus sieben flachen Teilgebäuden, alle noch ohne Brandbeschädigung. Der wirklich ultraleise Elektrobus hatte uns mitten im Gelände abgesetzt. Der Plan, der jedem auf dem transparenten Display im linken oberen Visiereck eingeblendet wurde, erwies sich als verlässlich. Zwei Drittel der einstigen Unterrichtsräume waren bereits abgegangen, als uns der Duft von brennendem Holz in die Nasenlöcher stieg.

Ich glaube nicht, dass man uns kommen hörte. Die Sohlen unserer Stiefel sind aus einem Weichschaum, mit dem sich auf allen Böden nahezu lautlos schleichen lässt. Die Mikros in den Helmen reagieren auf ein gehauchtes Flüstern. Dennoch wurden wir irgendwie bemerkt. Sie kamen uns aus einer auffliegenden Doppeltür entgegen. Wir sprangen mit gesenkten Waffen an die rechte Wand, um sie kollisionsfrei durch den günstig breiten Schulflur abfließen zu lassen. Die Filmauswertung zeigte später, dass es genau zwei Dutzend gewesen waren. Bis auf vier Knaben ausschließlich junge Frauen. Allen saß der typische schwarze Nylonrucksack stramm auf den Schultern, nur einem der

Buben schlenkerte sein Fluchtgepäck noch in der Hand. Das Mädchen, das sie führte, rief ein turksprachiges Kommando, dessen Wortlaut nicht restlos erschlossen werden konnte.

Früher, in meiner ersten Einsatzzeit, war es noch üblich, sich den letzten, den wohl obligatorischen Nachzügler zu schnappen. Inzwischen beschränkt man sich darauf, das Videomaterial mit den morphologischen Datenbeständen abzugleichen. Die Völker und Stämme Zentralasiens sind angeblich so gestaltkonstant, dass sich schon vom Schnitt der aufgerissenen Augen, von der Höhe der Wangenknochen und dem Schwung der Lippen sicher auf die Herkunft der Ausgetriebenen schließen lässt. Vielleicht ist das nichts weiter als ein frommes Märchen. Auf jeden Fall wird die Statistik auf diese Weise bereits am Folgetag der Aushebung auf den allerneuesten Stand gebracht.

Das Lager, das sie unsretwegen aufgegeben hatten, war hübsch anzusehen. Suppe oder Eintopf köchelte auf einem selbstgebauten Herd, der Rauch strömte über einen in die Mauer gebrochenen Abzug in das angrenzende Treppenhaus, wo er sich ins Unsichtbare verflüchtigen konnte. Aus dunkelblauen Matten, die sie offenbar im Geräteraum der Turnhalle gefunden hatten, war ein Liegebereich gebildet worden. Sichtblenden, deren Herkunft ich nicht gleich erkannte, teilten das Polsterfeld in unterschiedlich große Schlafkabinen. Wir löschten das Herdfeuer mit Trockenschaum und suchten dann routinemäßig nach Waffen und nach jenen ominösen Explosivstoffen, die in unserem Lehrmaterial in tausendundeiner Variante abgebildet und beschrieben sind, sich aber im Alltag der Einsatzwirklichkeit zum Glück so gut wie niemals finden lassen.

Ich tapste über die festen Matten. Ich bückte mich, um einen der zurückgelassenen Schlafsäcke umzudrehen und auszuschütteln. Als ich ihn wieder hinwarf und aufsah, begriff ich, wodurch das Lager in blickgeschützte Séparées gegliedert wurde. Es waren jene großen Landkarten und Schaubilder, wie sie in den ersten Jahren meiner Schulzeit gelegentlich noch ältere, wohlmeinende Pädagogen in unsere Klassenzimmer schleppten. Dereinst hatte man das obere Querholz in eigenen Ständern festgeklemmt; hier über der Gemeinschaftsliegefläche der Sekundären Habitanten hingen sie an Schnüren von der Decke: die vielen, längst in Auflösung begriffenen Staaten Afrikas, die einheimischen Wald- und Wiesenvögel, der rote und der blaue Blutkreislauf des Menschen.

Ich schlüpfte durch einen weiteren Spalt und stieß auf den Vergessenen. Er schlummerte. Die Aufgescheuchten hatten offenbar versäumt, ihn anzustupsen. Unser Trupp war Mann für Mann vorbildlich leis gewesen, auch das Zischen des Feuerlöschers hatte ihn nicht geweckt. Er war noch jung, nicht einmal halbwüchsig, gewiss der Benjamin des Clans. Die Mütze, deren Klappen Ohren und Wangen bedeckten, schien aus Filz gemacht. Und auch ihr Schnitt kam mir, so überzeugend wie ein historisches Kostüm, tatarisch oder mongolisch vor. Ein springendes Raubtier, das Logo eines Sportwarenherstellers, war auf den Filz geklebt und ging gut mit dem Folkloristischen zusammen. Der Knabe regte sich. Er schnaufte, drehte sich, er schnaubte noch einmal so selig tief, wie es nur junge Schläfer können. Vielleicht hatte er meinen letzten Schritt gespürt, aber das Schwanken der harten Matte war nicht stark genug gewesen, um ihn aufzustören.

Die Stiefel mit den Weichschaumsohlen sind die besten, die wir bislang hatten. Der härteste Untergrund fühlt sich durch ihre feinporigen Sohlen an wie Laub, wie Schnee oder wie eine Schicht aus Flaum und Federn. Dennoch glaubst du dich sicher erdverbunden, ganz leiblich weltläufig, als gingest du barfuß über bloßen Grund. Ich hob den schwerelos behelmten Kopf. Ich schenkte der Rückwand, den kunterbunt aufgedruckten alten und neuen Bundesländern des letzten deutschen Staates, einen langen, interessierten Blick. Ich tippte mit dem Handschuh dorthin, wo wir gewissermaßen waren. Dann machten ich und meine Stiefel einen extraweiten, supersachten Schritt, um durch den nächstliegenden Schaubildschlitz dem Schlafgemach dieses Sekundären Träumers zu entschlüpfen.